JN034009

ジュール・ヴェルヌとフィクションの冒険者たち

ジュール・ヴェルヌとフィクションの冒険者たち

新島進 編

水声社

まえがき

私市保彦

本書は、二〇一七年十月二十二日に慶應義塾大学で開催されたジュール・ヴェルヌをめぐるシンポジウムを基に生まれた研究論集である。シンポの当日、冒頭の挨拶を引き受けたという縁で、わたしが序言を書かせていただくことになった。

当日はフォルカー・デース氏を迎えてのシンポであったが、ドイツ生まれのデース氏は、ヴェルヌ協会誌編集長をつとめられるなど代表的なヴェルヌ研究家であり、とりわけ石橋正孝氏とはヴェルヌ研究の盟友であって、すでに石橋正孝訳の浩瀚な『ジュール・ヴェルヌ伝』（水声社）も刊行されていて、日本でもヴェルヌ研究家として知られる存在となっている。

周知のように、ヴェルヌは明治時代に森田思軒の『十五少年』（一八九六年）などをはじめもっとも頻繁に翻訳・紹介された外国作家の一人であり、押川春浪（一八七六—一九一四）や矢野龍渓（一八五〇—一九三一）などに大きな影響をあたえていたが、単なるＳＦ冒険小説・少年文学として読まれてきたという経緯があった。しかし大戦後フランスのヌーヴェル・クリティックのグループなどを中心に、本格的な文学としてさまざまな解読がこころみられてきた。またアカデミックな研究の対象ともなり、つぎつぎと重要な研究が刊行されはじめている。このたびの慶大のシンポに基づく論集は、日本でのそのような試みである。

ジュール・ヴェルヌは、作家として開花するにあたってはじつにさまざまな文学を吸収したあとがある。古代神話やホメロスの叙事詩をはじめ、ドイツではホフマンやおそらくシラー、アメリカではエドガー・ポー、フェニモア・クーパーやおそらくメルヴィル、イギリスではディケンズやゴシック小説など、フランス本国では『日月両世界旅行記』のシラノ・ド・ベルジュラックやバルザックの〈人間喜劇〉という連作の形式と人物再登場法、あるいはアレクサンドル・デュマなど枚挙にいとまない。いわばヴェルヌは自ら創造した主人公たちのようにひたすら過去の軌跡を追いながら別天地を構築し、時間軸による物語世界から汎空間的なフィクションへと、神学的・実証主義的世界観から科学的・技術的世界観へとそのパラダイムを組み替え、巨大な新ジャンルを生み出した作家だったのだ。

一方、連作〈驚異の旅〉という巨大な建造物が構築されるや、レーモン・ルーセルを頂点として、ヴェルヌを愛読しヴェルヌに取り憑かれた作家たちも陸続と現れる。こうした影響関係を解明し、本格的な世界文学としての特徴を解き明かすのは、これからのヴェルヌ研究の大きな課題であろう。その点では、本論集は日本におけるその一歩となろう。このように巨大なヴェルヌ像を解明するには、受容と発進の軌跡の追求やテーマ研究といった比較文学的な研究、あるいは本国の文学との関係をつきとめる間テクスト研究ばかりでなく、古代にさかのぼる神話類型としての形象の追求、世界と宇宙の無限の空間への旅をしながらの百科全書的な博物学的な知識も求められよう。

いずれにせよ、ヴェルヌの世界は一国にとどまるものではなく、国際的な広がりと連携にささえられ、ヴェルヌ研究家も世界各国で活躍している。その意味で、ドイツのデース氏を日本に迎えて、国際的な場で内容においても国際的な視野で誕生した本論集は、いかにもヴェルヌ的な追求の場である。

　このようなシンポと論集の刊行を企画・推進した新島進氏、石橋正孝氏、島村山寝氏などに深い謝辞を贈るとともに、援助をたまわった慶應大学と刊行していただいた水声社には深い謝意を呈するものである。さいごに、本書が新たなヴェルヌ研究の開幕として大きな刺激となることを期待してやまない。

目次

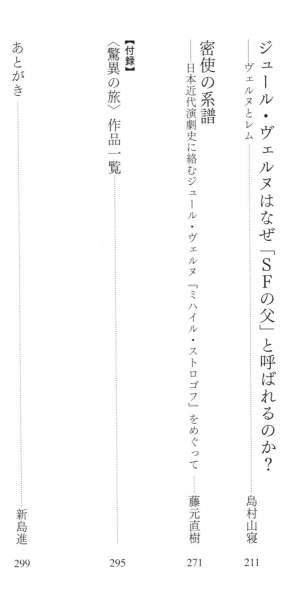

物質主義の矯正装置としての幻想
――ヴェルヌとホフマン

フォルカー・デース

エルンスト・テオドール・アマデウス・ホフマン（一七七六―一八二二）は、十九世紀のドイツ・ロマン派文学のなかで、もっとも複雑にして影響力の大きな芸術家のひとりである。だからといって、ワインとポンチの力を借りて幻想的な短篇小説の執筆に勤しんだアルコール中毒者にすぎない、と決めつける道学者めいた者がいないわけではまったくない(1)。ジュール・ヴェルヌと同じく法律家であった彼は、プロシアの圧政を体現する人々の間で判事の職を務めていた。そういうわけで、彼は、世俗的な日常と詩的憧憬に引き裂かれたロマン主義的芸術家の典型であった。こうした分裂は、彼の未完の傑作『牡猫ムルの人生観』（一八一九年および一八二一年）に表れており、そこでは、標題の猫が上辺だけの己惚《うぬぼ》れた芸術家を象徴し、やや奇矯ながら天才的な指揮者であるクライスラーと対照される。そして、後者はホフマンの自画像であると考えられてきた（図1）。

ホフマンは、独創的な作家であるのみならず、作曲家としてもまずまずで、交響曲一篇、室内楽

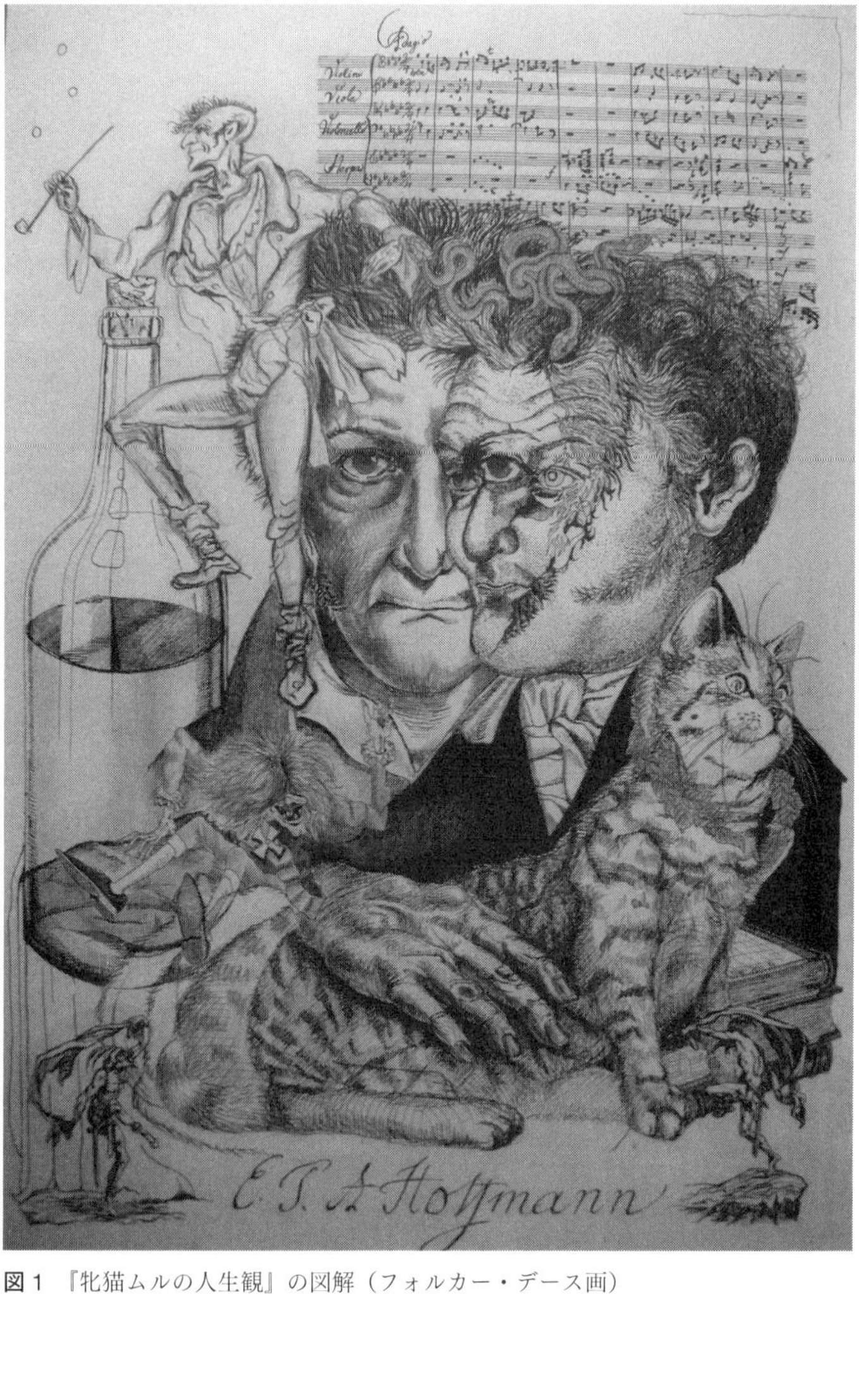

図１　『牝猫ムルの人生観』の図解（フォルカー・デース画）

や舞台音楽、数篇のオペラの実作がある。劇場の支配人、革新的な音楽評論家、悪ふざけがすぎて庇護者からしばしばたしなめられる風刺画家でもあった。フランスにおけるホフマン受容には凄まじいものがあった(2)。早くも一八二九年には、全作網羅を目指す作品集が二種類競合し、それらの翻訳の質が低かったことから、ほかの訳者たちの対抗心を煽った。シャルル・ボードレールは、「ホフマン風（ホフマネスク）」という言葉を一八四六年から用いているが、極めて特殊なタイプの幻想——日常に不意に闖入する幻想——を指すために「ホフマン的（ホフマニアン）」という言葉がそれ以前から使われており、そうした幻想を、フランスの多くの作家がなんとか我が物とし、模倣し、乗り越えようとすらしていた。そうした作家たちのなかには、バルザック、ヴィクトル・ユゴー、テオフィル・ゴーティエ、シャルル・ノディエ、ジョルジュ・サンド、アレクサンドル・デュマ等々、ジュール・ヴェルヌが熱烈に愛読していた著者たちも混じっていた。

図2　アレクサンドル・デュマ

ジュール・ヴェルヌは、一八四八年にパリに上京してすぐ、アレクサンドル・デュマと知り合ったわけであるが（**図2**）、デュマは「くるみ割り人形」を翻案しており、それは一八四五年、のちにヴェルヌの編集者となるジュール・エッツェルによって刊行されている。タイトルは原作そのままながら、デュマの単独名義で発表され、真の作者は序文でついでに言及されるだけのこのヴァージョンは、その筋立てがチャイコフスキーの有名なバレエ（一八九二年）の元になった。エッツェル自身、スタールの筆名で幻想的な長篇小説『お望みの場所への旅』（一八四六年）を書き、ドイツ人物語作家の模倣に一枚噛んでいる。フランスにおける受容の特異性は、芸術家の人生と作品が混ぜ合わせられ、ホフマン作品の数多い翻案、そして、小説や戯曲に、作者本人が登場人物として現れていることだ。デュマもこの種のジャンルに一変種を加え、「ビロードの首飾りの女」（一八四九年）と題した中篇小説で、ホフマンがパリで経験した冒険を書いた。この作品は同年、それぞれ独立した複数の短篇を同一の枠組みで結びつけるホフマンの手法を借用した作品集『千霊一霊物語』に再録された。

こうした文学的活動のもっとも顕著な例は、一八五一年にパリで上演された戯曲である。これこそわれわれを直接的にジュール・ヴェルヌへと導くことになるのだが、というのも、この翻案戯曲をきっかけに、それを通じてヴェルヌはホフマン作品を発見した蓋然性が高いからだ。「ホフマンのようにする」のは当時の流行であって、ジュール・バルビエ（図3）とミシェル・カレ（図4）によるこの戯曲もその例に漏れない[3]（図5）。二人の共作者は、ホフマンの短篇三作を翻案し、『ゼラピオン同人集』（一八一九—二一年）に倣って、それらを一つの枠組みで結びつけたのであった。『ホフマン物語』において、ホフマンは学生たちに自らの失恋を、すなわち、不可避的に芸術家の幻滅に終わる三つの恋愛を物語る。自動人形でしかない娘（オランピア）、歌いながら死ぬ娘（アントニア）、娼婦ジュリエッタに寄せた愛は、彼に向かってこう言い放つ詩神に身を捧げる結果に至るのだ。

図３　ジュール・バルビエ

図４　ミシェル・カレ

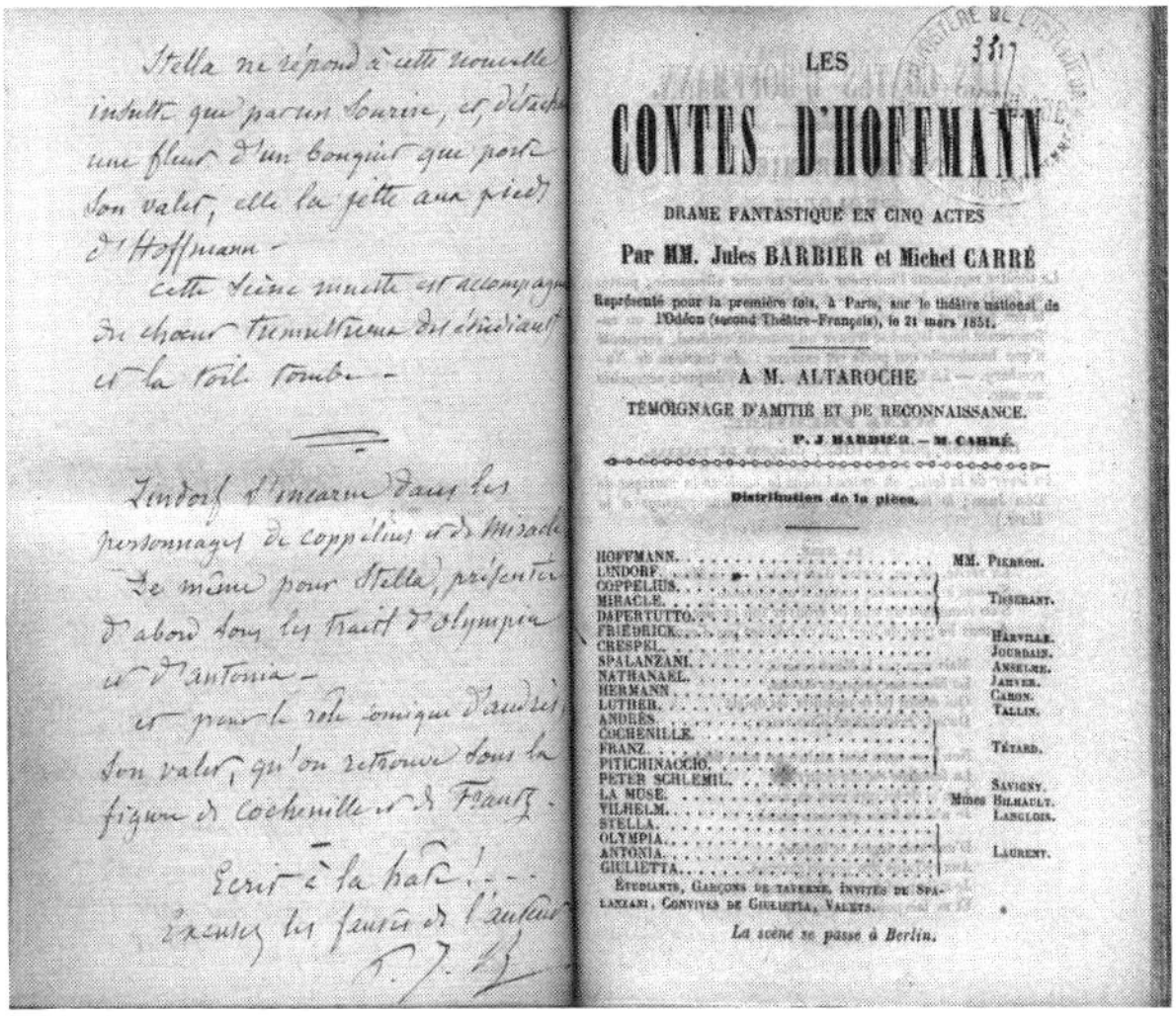

Stella ne répond à cette nouvelle insulte que par un sourire, et, détache une fleur d'un bouquet que porte son valet, elle la jette aux pieds d'Hoffmann.

Cette scène muette est accompagnée du chœur tumultueux des étudiants et la toile tombe.

Lindorf s'incarne dans les personnages de Coppélius et de Miracle. De même pour Stella, présentée d'abord sous les traits d'Olympia et d'Antonia. Et pour le rôle comique d'Andrès son valet, qu'on retrouve sous la figure de Cochenille et de Frantz.

Écrit à la hâte!... Excusez les fautes de l'auteur

P. J. B.

LES

CONTES D'HOFFMANN

DRAME FANTASTIQUE EN CINQ ACTES

Par MM. Jules BARBIER et Michel CARRÉ

Représenté pour la première fois, à Paris, sur le théâtre national de l'Odéon (second Théâtre-Français), le 21 mars 1851.

À M. ALTAROCHE

TÉMOIGNAGE D'AMITIÉ ET DE RECONNAISSANCE.

P. J BARBIER. – M. CARRÉ.

Distribution de la pièce.

HOFFMANN . . . . . . MM. PIERRON.
LINDORF, COPPELIUS, MIRACLE, DAPERTUTTO . . . . . . TISSERANT.
FRIEDRICK . . . . . . HARVILLE.
CRESPEL . . . . . . JOURDAIN.
SPALANZANI . . . . . . ANSELME.
NATHANAEL . . . . . . JANVIER.
HERMANN . . . . . . CARON.
LUTHER . . . . . . TALLIN.
ANDRÈS, COCHENILLE, FRANZ, PITICHINACCIO . . . . . . TÉTARD.
PETER SCHLEMIL . . . . . . SAVIGNY.
LA MUSE . . . . . . Mmes BILHAULT.
VILHELM . . . . . . LANGLOIS.
STELLA, OLYMPIA, ANTONIA, GIULIETTA . . . . . . LAURENT.

ÉTUDIANTS, GARÇONS DE TAVERNE, INVITÉS DE SPALANZANI, CONVIVES DE GIULIETTA, VALETS.

La scène se passe à Berlin.

図５　『ホフマン物語』（1851 年）

ペンをお取り！……お前の最後の愛人はこの私！〔……〕
とはいえ、これからは空しい情熱から解放されて
人間の悲惨という重荷を投げ捨てるのです！
お前の力と精力はことごとくその頭脳にあるのだから！
人間であることをやめるのです、ホフマン！　愛している！　詩人におなり(4)！

共作者の一人、オペラ台本作者のミシェル・カレ（一八二一―一八七二）は、一八五二年頃にジュール・ヴェルヌの共作者となり、四本の台本を一緒に書くことになる。ヴェルヌによって同時期に書かれた別の二本の戯曲にも、恋愛と芸術に引き裂かれる芸術家というテーマが見出される。『モナ・リザ』（同じくミシェル・カレとの共作による韻文喜劇）では、モデルの女性に対する恋愛感情と画業の完成との間で画家レオナルド・ダ・ヴィンチが板挟みとなり、最終的には、渇望の的であった女性を捨てて、『最後の晩餐』の制作を取る。喜劇『ラ・ギマール』におけるジュール・ヴェルヌは、十八世紀末の名高い踊り子を舞台に上げ、彼女もやはり肉欲を断念して芸術に全身全霊を捧げる。

なんてこと！　わたしにはもう恋人はいないのね！　あら、こちらにいたわ（と観客に向かって）。わたしの本当の愛人はこちら、皆様方よ、さあ拍手して、手をお持ちってことをお示しなさいな(5)。

ホフマン作品においてかくも中心的な位置を占めている芸術家の問題が、ヴェルヌの場合は戯曲作品のテーマとなり、ホフマン特有の幻想的な側面は、とりわけ散文作品の方に表れている。ジュール・ヴェルヌが共作者カレの戯曲以外にホフマン作品を読んでいたのは明らかで、彼の蔵書に二種の作品集が含まれている事実がそれを裏付けている。[6] 一八六〇年には、ホフマンの直接的な影響がエドガー・アラン・ポー（一八〇九―一八四九）作品の発見に押しやられてしまうにせよ、ジュール・ヴェルヌは、作家としてキャリアを重ねるなかで終始ホフマンを独特の仕方で参照し続けるのである。そのポー論（一八六四年）のなかで、ヴェルヌは、ホフマンにはリアリズムが欠如していると批判し、ポー作品にこのリアリズムの到達点を見出す。

ホフマンがなしたのは混じり気のない幻想文学であり、物理的な道理とは相いれない。ポーの場合はそうではない。ポーの登場人物たちは下手をすれば実在しうる。すぐれて人間的な、しかし異様に研ぎ澄まされた感性に恵まれ、なんとも神経質な、人に酸素過多の空気を吸わせたらそうなるような、いわばガルヴァニ電流を流された並外れた人物たちで、その生きざまときたら激しい燃焼としか言いようがないとはいえ。[7]

以上の文章を書いていた時、ジュール・ヴェルヌは、キャリアにおける決定的な転機に差しかかっていた。編集者エッツェルが彼を自社に囲い込み、彼に科学小説を発展させるよう仕向けたところだったのだ。このジャンルは当時、読者にとっても、批評家たちにとっても新しいものと感じられていた。こうした見通しに立って、ジュール・ヴェルヌは、アン・ラドクリフ（一七六四―一八二三）に代表されるゴシック小説およびホフマンの幻想小説からだけではなく、エドガー・アラン・ポーにおける誇張および物質主義と彼が見なしていた部分からも差異化を図ろうとした。先の批判には、否定的な形で《エクス・ネガティヴォ》彼自身の文学観をなす原理が表現されていたのである。

　興味深いことに、引用した評論に現れる酸素過多の空気のイメージは、小説『月を回って』（一八七〇年）に、そしてなにより一八七二年の中篇「オクス博士の酔狂」で蒸し返される。学者オクスは、自らの実験のために小さな街の住人たちを弄び、「熱烈な血気に逸る奇妙な人物、まさしくホフマンの著作から抜け出してきた変人」（第四章）として描かれている。(8) オクス博士とは後ほどまたお目にかかろう。かくて、ホフマンは〈驚異の旅〉に非合法的に舞い戻るのであり、彼の作品に対する言及によって、ジュール・ヴェルヌは主に三作品において、自らの創造性、そして、関心の的となっていたいくつかの問題に対して取るべき態度に思考をめぐらせている。

　その三作とは、若き日の中篇「ザカリウス親方または魂を失った時計師」（一八五四年）、大がかりな見せ場の多い戯曲『不可能を通る旅』（一八八二年）、そして小説『カルパチアの城』（一八九二年）である。三作はまた、ヴェルヌ作品における三つの段階を代表している一方で、数多くの間テクスト的目配せによってホフマンモデルを中核に据えた点で共通している。文学的モデルの模倣とパロディは、ジュール・ヴェルヌにとって、模範となった作家の技法を我が物としつつ、自作にメタテクスト的次元をもたらすことにより、己の芸術家像を深めるための遊戯的な手段をなしていた。模倣およびモデルからの自由というこの原理を、ヴェルヌは、若き日の詩作――その多くが生前は未発表[9]――で早くも実践していた。

「ザカリウス親方」は、ジュール・ヴェルヌが初出の二十年後に短篇集『オクス博士』(一八七四年、前出の中篇も収録)に収めるに際して手直しをしたため、二ヴァージョン存在する。それらの異同は、本論の文脈ではわれわれの関心を引くものではなく、改編は当初の内容を追認しているにすぎない。挿絵画家のテオフィル・シュレールが手直しされたヴァージョンのために挿絵を制作し始めた時、彼は中篇の中身を本能的に理解していた。シュレールはエッツェルに宛てて次のように書いている。「やれやれ有り難い。印象的なシーンがあって創作意欲を掻き立てられますね。混じりけなしのホフマンで〔……〕最善を尽くします[10]」。

ザカリウス親方は、スイスの時計職人で、脱進機の発明を始めとしてその技芸に加えた改良のために、人間と機械の区別を見失い、誇大妄想に陥って自らを神に等しいと見做すようになる。

わしは時間を正確な法則に従わせたのではないか、そしてわしは時間を思うがままにできるのではないか。だが〔……〕すべての科学の力を借りるわしの技術の素晴らしさを考えたことがおありではないのか。そんなはずはない、このわし、ザカリウス親方が死ぬはずはない、なぜならわしは時間を統御したのだから、時間はわしとともに終わるだろう。〔……〕いや、わしは、この宇宙を自分の掟に従わせた創造主と同じく、死んだりはしない！　わしは神と並び立ったのであって、その力を分け持っているのだ！　神が永遠を創ったというなら、ザカリウス

親方は時間を創ったのだ！　（第三章[11]）

彼は、自分が作った時計に己が魂を分散させたのだと信じているが、それらが理由もなくことごとく時を打つのを止めた瞬間、本当とは思えなくなる。時計を回収し、修繕しようとするがその甲斐もない。作品の破滅とともに、ザカリウスは自らも命を失うのではないかと恐れる。その時、ピットナッチオという名の、やはり時計そっくりの奇怪な存在が出現し、ザカリウスの時計のうち、まだ動いている最後の一台を所有しているという。この傑作を喜んで彼に譲る代わりに、彼の娘のジェランドと結婚させるよう要求してくる。彼女には、徒弟のオーベールという許嫁がいるにもかかわらず。驕りと貪欲に目が眩んだザカリウスは、この提案をしまいには受け入れ、廃墟と化した城、アンデルナット城に向かう。そこで、交換が執り行われるはずであった――生気を欠いた機械のための犠牲に人間が供される交換が。時計はそこにあり、毎時間ごとに瀆神的な格言を表示する。「人間は神と等しくならなければならない」「人間は科学の奴隷とならなければならず、そのために親戚や家族を犠牲にしなければならない」（第五章）。しかし、最後の瞬間、真夜中になったその時、時計は宣告する。「神と等しくなろうとする者は、永遠に劫罰を受けるであろう！」時計は壊れ、ザカリウスは絶命する（図6）。

ホフマンの影響は、ドイツ人作家の作品から借用され、ジュール・ヴェルヌの手で万華鏡のように再配置された細部と同じくらい[12]、構造に露呈している。そうした細部の例として、時計職人の名（Zacharius）が、ホフマンの短篇「ちびのツァッヒェスまたの俗称をツィノーバー」に登場し、ピットナッチオと同様にこびとであるツァッヒェス（Zacharie）に由来する事実が挙げられる。「イウス（ius）」という語尾（ドイツ人の人名としては廃れており、存在していないとすらいえ、むしろツァハリーアスZachariasとなるべきところだ）は、「砂男」を象徴する悪魔的人物たるコッペリウス親方を思わせる（奇矯な時計職人はといえば、「くるみ割り人形」に登場する）。ピットナッチオという名前自体、「シニョール・フォルミカ」に登場する小男ピティキナッチョPittichinacchioから作られたものである。この人物も、コッペリウス親方と同様、カレとバルビエの戯曲に出てくる。周知のように、オノマトペは、ジュール・ヴェルヌが文学的出典を示す際の常套手段のひとつであった。筋立てにおいて、ヴェルヌは「スキュデリ嬢」を忠実になぞっている。自作の宝飾品と倒錯的な関係を結んでいる金細工師カルディラックの物語である。自作を回収しようとする偏執に憑かれるあまり、彼は顧客を殺害し、娘のマデロンと徒弟のオリヴィエの自由を危険に晒してしまう。

図6　「ザカリウス親方」（1874年）より

　細部はひとまずおいて、ヴェルヌが再利用した登場人物相互の配置、そしてザカリウスとカルディラックがともに自作に魂を吹き込んだと思い込み、なんとしてでもそれを取り戻そうとするという並行性を思い出していただきたい。ヴェルヌは、芸術家を悪魔的な学者に、犯罪と美徳の葛藤を科学と宗教の葛藤に置き換えた。ホフマンの中篇は、珍しく超自然的な要素をほぼ欠如させており、幻想性は、カルディラックが、生まれる前から感情と行動をある種の固着によって支配され、犯罪者となるべく運命づけられていたように見えるという点にしかない。対するジュール・ヴェルヌは、ホフマンの独壇場、すなわち幻想にプロットを据えており、科学と宗教という相容れない二領域がそこで対決することになる。

「ザカリウス親方」は、ジュール・ヴェルヌのその後の展開を予告したテクストであり、科学の物質主義に反対する彼の立場は、十年後に誕生する〈驚異の旅〉のイデオロギーとなんら矛盾していない。それどころか、この立場は、エッツェル書店の出版方針の要請に基づいて科学主義的に見える表面の背後に隠された基盤であり続ける。おまけに、この初期中篇に対する間テクスト的目配せおよび類似した結末――誇大妄想に囚われた主人公が、冒瀆的な主張を実行する過程で命を落とす――が、ジュール・ヴェルヌの書き上げた最後の作品である『世界の支配者』（一九〇四年）にも見出される。この作品は、著者本人によれば、『神に等しく』ないし『神に次ぐ支配者』と題されるべきだったという。小説の草稿には見られる宗教的な箇所が削除されたのは、間違いなく編集者のエッツェル・フィスの影響である。「ザカリウス親方」と『世界の支配者』は、〈驚異の旅〉全体を挟み込む主題論的な括弧のようになっているのだ。

一八七七年に「オクス博士の酔狂」をオペラ・ブッフに仕立てた作曲家オッフェンバックが、一

図7　オッフェンバック

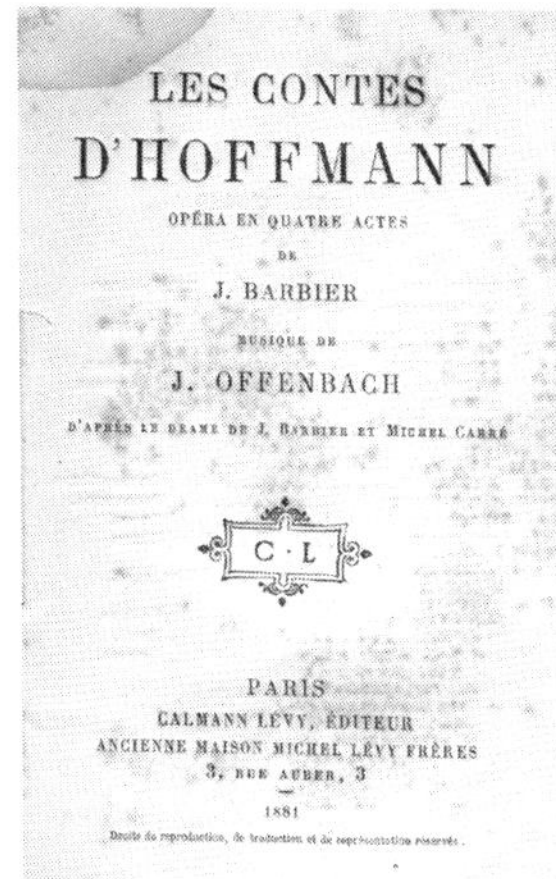

LES CONTES
D'HOFFMANN
OPÉRA EN QUATRE ACTES
DE
J. BARBIER
MUSIQUE DE
J. OFFENBACH
D'APRÈS LE DRAME DE J. BARBIER ET MICHEL CARRÉ

C·L

PARIS
CALMANN LÉVY, ÉDITEUR
ANCIENNE MAISON MICHEL LÉVY FRÈRES
3, RUE AUBER, 3
1881
Droits de reproduction, de traduction et de représentation réservés.

図8『ホフマン物語』(1881年)

図9『不可能を通る旅』の舞台装置を伝える当時の新聞

八八〇年の暮れにこの世を去る（図7）。彼の最後のオペラとなった『ホフマン物語』が未完のまま遺され、それは翌年、部分的に再構成されると同時に損なわれたヴァージョンで上演された。この台本を書き直したのは、とうに亡くなっていたミシェル・カレの共作者ジュール・バルビエ（一八二五―一九〇一）であった（図8）。粗筋と構造は実質、そのままだった[13]。

ジュール・ヴェルヌが共作者のアドルフ・デヌリーと――『ホフマン物語』がパリの劇場で華々しく復活したまさにその時に――『不可能を通る旅[14]』を書き始めたのは、偶然ではない。戯曲は、二年後の一八八二年末に上演される。〔同じく二人の手による〕『ミシェル・ストロゴフ』の演劇版とは異なって、一つの小説には基づかず、演劇版であれ、オペラ版であれ、『ホフマン物語』を範にしてその構造に依拠し、〈驚異の旅〉を構成する複数の作品と間テクスト的に戯れる。『ホフマン物語』と同じように、ヴェルヌとデヌリーは、この作品において、〈驚異の旅〉の三作――『地球の中心への旅』を第一幕、『海底二万里』を第二幕、月世界二部作を第三幕――をレビュー仕立てにし、連作のほかの長短篇に対する目配せを加えたのであった。

ハテラス船長――ジュール・ヴェルヌの長篇第二作（〈驚異の旅〉という総タイトルを冠された最初の作品）の主人公で発狂する――の息子は、途轍もない野心に駆られている。彼は当然、ジュール・ヴェルヌの小説の読者なので、名高い先行者たちが到達できなかった目的地に到達し、彼らを凌駕してやろうと考え、数人の友人および許嫁のエヴァを連れて冒険に出る。彼の野心を煽り立てる悪魔的なオクス博士は、実のところ、ハテラスを狂気に追いやり、エヴァを奪い取ろうとしている。科学的な使命を果たそうと言っておきながら、オクスは性的欲望を満たすことしか頭にない。彼の敵対者はヴォルシウス（語尾がホフマン的であることにお気づきだろう！）で、敬虔かつ音楽好きなこのオルガン奏者は、学者の忌まわしい意図を見抜いたのである。前述の四作の登場人物に次々と成り代わり、リーデンブロックからネモへ、ネモからミシェル・アルダンとなって、ハテラスの冒瀆的な目論見を止めさせようとする――ハテラスは目的を達するごとに、ますます野望をエスカレートさせるため、その都度、ヴォルシウスは失敗する。逆説的なことに、この芝居は、絢爛な舞台装置の力を借りて、人間の強欲には「禁断」であるはずの場所をことごとく観客に見せてくれる（図9）。地球の中心、水没したアトランティス、そして、遙か遠方の惑星アルトール（ラテン語で「養い手」を意味する）。最後の星は住民のせいで資源が枯渇し、ジョージ〔・ハテラス〕が惹き起こした爆発によって烏有《うゆう》に帰する。

最終的に、ヴォルシウスはオクスに勝利する。説明されない奇跡によって、登場人物たちは破局を無事に生き延び、デンマークにあるエヴァの母の城に戻っている。ジョージだけが完全に正気を失っていた。オルガン奏者（彼自身は芸術とカトリック信仰の総合を象徴している）の指揮の下、科学者としてオクスはヴィルシウスと力を合わせ、ハテラスの誇大妄想を鎮め、彼を許嫁の元に戻そうとする。夢幻劇というジャンルにはお決まりの、そして俗悪なカトリック趣味に属するフィナーレをもってすべては幕を下ろす。

〈驚異の旅〉に対する目配せに負けず劣らず、『ホフマン物語』に対する目配せも明らかである。オクス博士という登場人物がヴェルヌ作品とホフマン（およびオッフェンバック！）作品を結び合わせるが、彼は、幻想的な旅を実現させるにあたって、謎の霊薬を用いるだけになおさら、原作中篇の奇矯な御仁以上に、「砂男」の悪魔的なコッペリウス親方に似ている。「ザカリウス親方」に対する目配せは、宗教と科学の対峙というテーマだけではない。ジェランドがピットナッチオに狙われるように、エヴァはオクスに付け狙われる。アンデルナット城における中篇の大詰めは、アンデルナックと名づけられた城で演じられる芝居の大団円の大枠をなしている――類似がたまたま生じたわけでないのは確実だ。

ヴェルヌはジャンルを変えて、昔の情熱――演劇――に立ち戻り、自らの小説作品を回顧的かつ意想外な形で総合する必要性を感じていたらしい。その結果、パリの観客たちは、〈驚異の旅〉の（表面上は）楽観的精神と相反するように思われる反進歩主義的イデオロギーに違和感とショックを覚えた。時あたかも、議会では、女子の義務教育とともに、政教分離の問題が論争の的となっており、それは二十年にわたってフランス政治の課題となるのだが（それがようやく実現したのは一九〇五年、ヴェルヌの没年のことだった）、いずれも戯曲のなかで激しく攻撃されている[15]。栄光の頂点にあったヴェルヌは、演劇とホフマン風幻想によって、編集者から押しつけられていた「教育と娯楽」のイデオロギーから一瞬逃れようとしたのである。彼は、自作の小説の受容に対して、それとは真っ向から背馳するイデオロギー的立場から介入を図ったのだ。恵み深い科学は悪魔的となり、キリスト教信仰がその代わりとなるか、主導権を握って人類の救済を確かなものとする。

「ザカリウス親方」の最後に現れ、『不可能を通る旅』の枠組みを形作る城は、一八九二年刊行ということで比較的後期の作品である『カルパチアの城』のプロットの要をなしている。第一文からして、メタテクスト的な言説がフィクションとしてのステータスと戯れを演じている。「これは空想の物語ではない。ただ小説じみているだけである。信じがたい話だからといって本当の話ではないと結論するのはいかがなものだろう。それは誤りではなかろうか」〔以下、この小説からの引用はインスクリプト版の新島進訳による〕。カルパチアの人里離れた谷間で羊の群の番をしている脇役、牧人のフリックが行商人と出会い、後者は前者に望遠鏡を売りつけ、第一章の最後で完全に姿を消す（図10）。「どこに行くのだろう？」と語り手は疑問を呈する。「それはどうだっていい。行商人はこの話にちょいと立ち寄っただけなのだから。もう二度と会うことはあるまい」。

とはいえ、この望遠鏡の売却がその後に続く物語を始動させるのであり、行商人という登場人物は無意味ではない。彼は『ホフマン物語』から（より正確には、原作中篇の「砂男」から）直接的にコッペリウス親方を引き継いだ結果であって、親方も「黄金の砂時計」なる看板（問題の中篇および『黄金の壺』という、ホフマンのもっとも有名な二作のタイトルの要素を組み合わせている[16]）を掲げて気圧計や光学機器を販売している。そういうわけで、ジュール・ヴェルヌは類似を強調している。「彼のような温度計、晴雨計、古時

図10　『カルパチアの城』（1892年）より

計の商人といったものは実際、そのどことなくホフマン風の雰囲気で、世離れた者という印象を与える」（第一章）。冒頭から、小説全体の間テクスト的性格がはっきり打ち出されているのだ。

悲劇に終わる愛、ゴシック小説から直接抜け出してきた枠組み、オペラ、ラ・スティラという（『ホフマン物語』のステラを連想させる）名の歌姫、狂気、死者の蘇りの幻想といったテーマを喚起する小説のプロットのなかで、ジュール・ヴェルヌは、ロマン主義作家たち——ヴィクトル・ユゴー、ミュッセ、とりわけホフマン——に対する目配せを連発し、諸ジャンルの約束事と戯れる小説を書いている。ホフマンの中短篇や友人であるカレおよびバルビエの戯曲、オッフェンバックのオペラをジュール・ヴェルヌが実際に参照しているかどうか[17]、それはさして重要ではない。すべてが、目配せの織物の中に渾然一体となり、そこではホフマンの記憶が遍在している。おまけに、小説の終わりは、「ザカリウス親方」に文字通り木霊を返している。砕け散る時計に、ラ・スティラの声の録音を収めた函の破壊が呼応している。

> 古時計が雷鳴のような音とともに破裂し、ぜんまいが飛び出し、千度も奇怪にねじれながら部屋中を飛び跳ねた。老人は立ち上がり、そのあとを追いかけ、掴もうとしながら果たせずに叫んだ。「わしの魂が！　わしの魂が！」
>
> （「ザカリウス親方」第五章）

突然、鏡が砕ける音が鳴り響く。幾千のガラス片が部屋中に散らばるなか、ラ・スティラが姿を消す……「……」「ゴルッ男爵は」恐ろしい叫び声をあげた。そして、こう繰り返した。「彼女の声が……彼女の声が！　彼女の魂が……ラ・スティラの魂が……」

（『カルパチアの城』第十六章）

「不可視の花嫁」をめぐる遺作『ヴィルヘルム・シュトーリッツの秘密』において、ジュール・ヴェルヌは、ホフマン作品への最後の目配せを行っているが、それは同時にポー作品への目配せでもあった。[18] この二人の文学的模範を組み合わせることは、すでに『氷のスフィンクス』（一八九七年）でもなされていたかもしれない。アメリカ人作家の唯一の長篇『アーサー・ゴードン・ピムの冒険』に対する間テクスト的オマージュであり、その続篇である。実際、この作品を編集者エッツェル・フィスに売り込むに際して、ジュール・ヴェルヌは次のように書いている。

> ポーが未完結のままにしたことすべてを、彼の登場人物の何人かを包み込んでいる伝説を活用しました。非常によいアイデアを思いついたのですが、万人と同じくこの小説をフィクションだと思い込んでいた私の登場人物のひとりが、真相に直面するというものです。[19]

同じ原理が、すでにE・T・A・ホフマンによってその中篇「盗賊」（一八二一年）の中で展開させられており、そこでは、作者が奇妙な出会いによって読者を――と同時に登場人物たちを――驚かせる。ボヘミア地方を旅行中だった二人の男が、ある城に滞在するよう招かれたところ、そこの住人が少しずつ自分たちの身元を明らかにしていく。彼らは、フリードリッヒ・シラーの有名な戯曲『盗賊』の登場人物だったのである。当初は信じようとしなかったものの、恐怖に襲われた二人の旅人は、それまで純然たる空想の産物だと思っていた悲劇が実話であったことを認めざるをえなくなる。一八三〇年に仏訳されていたこの作品をジュール・ヴェルヌが読んでいたかどうか、その点は定かでないものの、『カルパチアの城』を思わせる要素がまたもやそこには見出される。特に、城の破壊および城から「茫然自失の体で」（二五八頁[20]）救出されるフランツ（Franz）伯爵（ヴェルヌの主人公の名はFrantzと綴る）がそうである。ある一節など、その全体が『カルパチアの城』でフランツ・ド・テレクの身に起きることを予告しているように思われる。フランツ伯爵は、悲恋の記憶から逃れようとして旅に出たにもかかわらず、無意識のうちに死んだ恋人に引き寄せられ、城に辿り着くのだ。

もっと歳を取り、彼女には嫌われているとわかって、私は、この世のあらゆる気晴らしに身を投じれば、命取りになるに違いない情熱に打ち勝てると信じた。私は旅をし、フランスを、イタリアを回ったが、彼女のイメージ、私の心から永遠に消え去ったと思っていた彼女のイメージがさらに輝きを増していったのだ。致命的な毒が私の血管をめぐっていた！　どこに行こうとも、休息も安らぎも得られなかった！　夜の蛾が光の周りを旋回し、絶えず炎に近づいていくように、しまいには、アメリーとはもはや会うまいという固い決意とともに、私は絶えず彼女に近づいていき、父の言いつけに従うためという口実の下、城に帰ることにした。

（二〇二―二〇三頁）

ジュール・ヴェルヌ作品において、自己言及は決まって、影響を受けた著者たちの作品への表敬と一体を成している。ホフマンを実例にとってこのことを証明しようとしてきたわけだが、同じことをポーやフェニモア・クーパーの作品に関しても行えるだろう[21]。ホフマンの幻想小説のおかげで、ジュール・ヴェルヌは、その小説の中に、一見したところ相容れないように見える要素、科学と宗教、幻想と現実を対峙させるのに適した次元を導入できたのである。単なる剽窃ではなく、模倣とパロディが文学的約束事との戯れを惹き起こす。彼が物語る、多かれ少なかれ驚異的な物語とは別に、彼の小説は、それ自身のフィクションとしてのステータスを同時に物語っている[22]。

（石橋正孝訳）

註

（1）　彼は、このような悪評を、もう一人別の幻想小説作家と共有している。アメリカ人エドガー・アラン・ポー（一八〇九―一八四九）である。二人の著者は（ポーがホフマンの作品をよく知っていたという事実を除けば）祖国でよりも死後にフランスで評価され、フランス文学に影響を及ぼした点で共通している。後者に含まれるジュール・ヴェルヌは、まず順番に、次いで同時に二人からの影響を示している。

（2）　ホフマンは、ドイツ語圏の諸国において、第一次世界大戦後に初めて「再発見」された。フランスにおけるホフマン受容については、以下の三冊が委曲を尽くしている。Elizabeth Teichmann : *La Fortune d'Hoffmann en*

France (Genève : Droz, 1961). Ute Klein : *Die produktive Rezeption E.T.A. Hoffmanns in Frankreich* (Frankfurt am Main : Peter Lang, 2000). Andrea Hübener : *Kreisler in Frankreich. E.T.A. Hoffmann und die französischen Romantiker* (Heidelberg : Winter, 2004). 最初の著作は、ホフマンの翻訳とその影響の歴史を一八二六年から一八四〇年までの期間について辿り直し、二番目の著作がそれを一八八〇年まで延長している。ロマン主義とりわけこの時期の音楽との関係は、三番目の著作に詳しい。いずれの著者もホフマンとヴェルヌの関係には触れていない。

（3） Michel Carré et Jules Barbier : *Les Contes d'Hoffmann*. Drame fantastique en cinq actes. Paris : Michel Lévy frères, 1851. 初演は、オデオン座にて一八五一年三月二十一日。

（4） Op. cit., pp. 87-88.

（5） J. Verne : *Théâtre inédit*. Paris : le cherche midi éditeur, 2005, p. 635.

（6） この二冊はナント市立図書館に所蔵されている。*Contes nocturnes* (traduction de La Bédollière), Éd. Barba, [1855] (MJV A3274). *Contes fantastiques* (traduction de Xavier Marmier), avec une introduction de Théophile Gautier. Paris : Charpentier [1878] (MJV3314). 小説家の蔵書は部分的にしか知られていない。以下を参照。V. Dehs : « La bibliothèque de Jules et de Michel Verne », in *Verniana* vol. 3, 2010-2011, pp. 51-118. http://www.verniana.org/volumes/03/HTML/Bibliotheque.html. ジュール・ヴェルヌが『ヴィルヘルム・シュトーリッツの秘密』〔邦訳は新島進訳、インスクリプト刊〕において参照している版は以下。*Contes fantastiques de Hoffmann* (traduction de P. Christian). Paris : Lavigne, 1843. この翻訳は、カミーユ・パガネル（一七九五―一八五九）という政治家に捧げられており、この珍しい姓をヴェルヌは『グラント船長の子供たち』で借用している。

（7） J. Verne : « Edgard Poë et ses œuvres », in *Musée des familles* vol. 31, avril 1864, pp. 193-208, ici p. 194.〔引用は新島進訳による〕

（8） ヴェルヌはポーの名も付け加えることができただろう。というのは、この中篇は、アメリカ人作家の短篇「鐘楼の悪魔」からも着想を得ているからである。

（9） J. Verne : *Poésies inédites*, éditées par Christian Robin. Paris : le cherche midi, 1989.

（10）　« Choix de lettres 1860-1877 » [édité par Pierre-Pascal Furth], in *Europe* n° 619-629, novembre-décembre 1980, pp. 125-173, ici p. 159.

（11）　引用は一八七四年版による。

（12）　詳細については以下の拙論を参照。« E.T.A. Hoffmann et Maître Zacharius », in *Bulletin de la Société Jules Verne* (Paris) n° 72 (1984), pp. 167-174 ; « Inspirations du fantastique ? Jules Verne et l'œuvre de E.T.A. Hoffmann », in *La revue des Lettres modernes. Jules Verne 5. Emergences du fantastique*. Paris : Minard, 1987, pp. 163-190 ; « Verne et Hoffmann », in *Revue Jules Verne* n° 31 (2010). Amiens : Centre international Jules Verne, pp. 13-26, et – pour les notes – n° 32 (2011), pp. 124-126.

（13）　興味深い逸話を一つ。一八五一年の『ホフマン物語』においてステラ、オリンピア、アントニア、ジュリエッタを演じた女優マリ・ローラン（一八二五―一九〇四）は、同じ時期のパリで、ジュール・ヴェルヌとアドルフ・デヌリーの大仕掛けの芝居『ミシェル・ストロゴフ』（一八八〇年から一八九七年まで上演）で皇帝の密使の母マルファ・ストロゴフ役を演じ、評判になっていた。

（14）　戯曲の執筆には長い時間がかかり、最初の構想は一八七五年に遡る。以下の拙論を参照。« Un carrefour des *Voyages extraordinaires* : La pièce *Voyage à travers l'impossible* (1882) », in María Herminia Laurel et María Pilar Tresaco (dir.) : *Jules Verne et les pouvoirs de l'imagination. Carnets. Revue électronique d'Études Françaises*. Association Portugaise d'Études Françaises, deuxième série, n° 15, 31 janvier 2019. https://journals.opendition.org/carnets/9034

（15）　公演はどちらかといえば失敗に終わり、九十七回の上演では、経費を賄うのがやっとのところであった。作者生前には再演される機会がなく、戯曲も刊行されなかった。著者自筆原稿はまったく現存せず、一九八一年に刊行された最初の版は検閲局に提出された写しに基づいている。

（16）　この点はすでにアンリ・セピが以下の版の注で指摘している。Jules Verne : *Voyages extraordinaires. Michel Strogoff et autres romans*. Paris : Gallimard, 2017 (coll. « bibliothèque de la Pléiade », 626), pp. 1225-126, note 26.

（17）　この小説の源泉については多くの研究が存在する。以下に代表例を挙げる。Daniel Compère : « *Le Château des Carpathes* de Jules Verne et E.T.A. Hoffmann », in *La Revue de littérature comparée* vol. 45, n° 4, 1971, pp. 594-600 ; Robert

Pourvoyeur : Jacques Offenbach et Jules Verne. Bad Ems : *Bad Emser Hefte* n° 188, juin 1999 ; Charles Philippe Scheinhardt : Jules Verne. *Le Château des Carpathes* et la question du fantastique. Mémoire de maîtrise, université de Paris II, 1994 ; Jean-Pierre Picot : « *Le Château des Carpathes* : influences, confluences, effluences », in Corina Moldovan : *Jules Verne dans les Carpathes* [publication entièrement consacrée à ce roman]. *Cahiers de l'echinox* vol. 9. Cluj (Roumanie), 2005, pp. 32-42.

（18）　一八九八年に執筆されたこの小説は、一九一〇年に初めて刊行された際、作家の息子ミシェル・ヴェルヌによって大幅な改竄を施されていた。草稿に基づくオリジナルヴァージョンは、ようやく一八九五年に至ってジュール・ヴェルヌ協会が刊行した。ミシェル・ヴェルヌが物語を十九世紀末から十八世紀半ばに移したため、ホフマンとポーに対する直接的言及（第一章および第九章）は削除された。

（19）　一八九七年九月一日付。以下に収録。Olivier Dumas et al. : *Correspondance inédite de Jules et Michel Verne avec l'éditeur Louis-Jules Hetzel (1886-1914)*, tome I. Genève : Slatkine, 2004, p. 252.

（20）　E.T.A. Hoffmann : « Les Brigands. Aventures de deux amis dans un château de Bohème », in *Œuvres complètes de E.T.A. Hoffmann* (traduction de Loève-Veimars), vol. XVI. Paris : Eugène Renduel, 1830, pp. 159-270.

（21）　ポーがヴェルヌに及ぼした影響に関する研究は大量にあるにもかかわらず、クーパー作品に関してはまだほとんど手つかずで、博捜に値する。

（22）　したがって、私はダニエル・コンペールの以下の著作の結論に同意する。Daniel Compère : *Jules Verne écrivain*. Genève : Droz, 1991.

或る復讐譚の変奏
――『モンテ＝クリスト伯爵』[1]から『シャーンドル・マーチャーシュ』[2]へ

三枝大修

ジュール・ヴェルヌの長篇小説『シャーンドル・マーチャーシュ』（以下、『シャーンドル』）は、よく知られているとおり、アレクサンドル・デュマ・ペール（Alexandre Dumas père, 一八〇二―一八七〇）の『モンテ＝クリスト伯爵』（以下、『モンテ＝クリスト』）を下敷きにして書かれている。ヴェルヌはその構想段階における書簡（一八八三年）でも[3]、刊行時に添えたデュマ・フィス宛の献辞（一八八五年）でも[4]、出版から十年後のインタビュー（一八九五年）でも[5]、『シャーンドル』を「わが『モンテ＝クリスト』」、「〈驚異の旅〉における『モンテ＝クリスト』」などと呼んでおり、これがデュマの小説を意識的にリメイクすることで成立した作品であることは疑いようもない。

では、ヴェルヌがデュマから拝借してきたものとは具体的には何であるのか。『モンテ＝クリスト』と『シャーンドル』とに共通して見出されるモティーフとは何か。

意外なことに、この問いに充分な答えを返してくれる先行研究は見当たらない。二作品の相似性は一読するや明らかであり、その詳細はいちいち検分するまでもないと考えられているのか、両者の共通点を地道にピックアップし、その結果を体系的に提示しようとした文献は、管見のかぎり、存在していないのである。

そこで、本稿ではその欠落を埋めるべく、二作品のテクストの徹底的な対照作業を行っていきたい。まずは第1節・第2節で、すでに先行研究によって指摘されているものも含めて『モンテ＝クリスト』と『シャーンドル』の共通点を洗い出し、それをリスト化していく。そのうえで、第3節において本稿独自の新たな知見を提出することを目指す。

1 プロット

まずは『モンテ＝クリスト』と『シャーンドル』のプロットを比較し、双方に共通して現れる要素を物語の時系列に沿って見ていこう。

(1) 密告と逮捕

いずれの作品でも主人公は物語の序盤で卑劣な密告に遭い、官憲に逮捕される。

デュマの作品の主人公エドモン・ダンテスは、許嫁メルセデスとの結婚とファラオン号船長への昇進を控えて順風満帆の人生を送っているかのように見えたのだが、その幸せを羨むフェルナン（のちのモールセール伯爵）とダングラールの陰険な企みにより、匿名の手紙で「ボナパルト派の手先」（CMC, 5, 49）ではないかという事実無根の告発がなされて逮捕される。この事件を担当した検事代理ヴィルフォールも自らの出世と保身のために、ダンテスを——無実と知りながら——監獄送りにする。

一方、ヴェルヌの作品の主人公シャーンドル・マーチャーシュは、祖国ハンガリーの独立のためにオーストリア政府に対する蜂起を準備していたのだが、その企みを嗅ぎつけたサルカニーとツィローネ、銀行家のシーラス・トロンタル[6]に密告され、二人の仲間（バートリ・イシュトヴァーンとサトマール・ラースロー）とともに逮捕される（図1）。

『モンテ＝クリスト』では嫉妬、『シャーンドル』では金銭が密告の主な動機である。

図1　主人公シャーンドル・マーチャーシュ（右）と二人の仲間

（2）投獄と脱獄

逮捕された主人公は、デュマの作品ではマルセイユから小舟でイフ城へ、ヴェルヌの作品ではトリエステから馬車でパジンの城塞へと移送され、そこで投獄される。両者とも、最終的には脱獄と逃亡に成功するのだが、その方法は大きく異なる。ダンテスは、同じくイフ城に収監されていたファリア神父の亡骸に扮し、粗布の袋に詰めこまれたまま海に投げこまれるものの、その袋をナイフで切り裂いて脱出し、荒海を泳ぎきって助かる。シャーンドルは、二人の仲間とともに牢獄の窓の鉄格子を外し、建物の外に出て城塞の壁づたいに脱出する（ただし、サトマール・ラースローだけは逃げ遅れてしまう）（図2、図3）。

なお、獄中で過ごした期間についてはダンテスの十四年に対してシャーンドルたちは半月ほどと大きな隔たりがあるが、前者はこのあいだにファリア神父からさまざまな知（財宝のありか、諸言語、諸学問）の伝授を受けている。また、主人公たちはいずれも獄中にありながら――『モンテ＝クリスト』ではファリア神父の教示によって、『シャーンドル』では偶然的な音響現象によって――自分を陥れた張本人が誰なのかを知り、復讐の誓いを立てる。

（3）試練と復活

脱獄後の主人公は、いずれもただちに「水」の試練を受ける。イフ城から夜の荒海に投げこまれたダンテスは、まずティブラン島を、ついで――夜が明けてから――視界に入ってきたタルターヌ船を目指し、力のかぎり泳ぐ。一方、シャーンドルを待ち受ける「水」の試練は川と海とで二重である。まずはパジンの城壁から崖下の谷底に落下し、仲間とともにフォイバ川の急流に呑みこまれる（図4）。ついで――その数十時間後――今度は警官隊の追跡をかわすために岩場からアドリア海に飛びこみ、イタリア行きの蒸気船が通りかかるまで長時間の過酷な遠泳を行う（図5）。かくしていずれの主人公も「墓」になぞらえうる不吉な城塞からの脱出後に、「水」の試練をくぐり抜けることで象徴的な「死」からの「復活」を果たすのである。

図2　パジンの城塞からの脱出

図3　パジンの城塞からの脱出

図4　フォイバ川の急流

図5　イタリア行きの蒸気船の船尾にしがみつく主人公

（4）富の獲得

イフ城からの逃亡に成功したダンテスはモンテ＝クリスト島へ行き、ファリア神父から話に聞いていた財宝を発見する。かたや、オーストリア領からの逃亡に成功したシャーンドルはヨーロッパを離れて小アジアに渡り、医術を駆使して名医の評判を確立するのだが、患者の一人であったオスマン帝国の要人ファズ＝ラートがあるとき事故で亡くなると、肉親のいないこの大富豪から全財産を遺贈されて一挙に巨万の富を獲得する。

こういった財産獲得の方法の違いについて、ジャン＝ピエール・ピコは、デュマにおける財宝は『千一夜物語』の中でのように「奇跡的な幻想《ファンタスム》に発出する」ものだが、「ヴェルヌは財宝の世俗化を行っている」と評している(7)。たしかに、ダンテスが無人島の洞窟の中から財宝を発見するのに比して、シャーンドルの富の獲得が基本的に医師としての労働によるものであり、そのぶん現実的かつ散文的であることはまちがいない。だが、周知のように、いずれの作品においてもこうして得た財力こそが主人公に圧倒的な力を与え、その後の恩返しや復讐を可能ならしめているのである。『冒険小説論』のジャン＝イヴ・タディエも指摘していることだが、「財宝はその発見者を、法を超越した異界の人間とする(8)」のだ。

（5）名の獲得

デュマの主人公ダンテスは、イフ城からの脱出に成功したあと、複数の偽名を使うようになる。

中でも重要なのはもちろん「モンテ＝クリスト伯爵」だが、ほかにもその時々の状況に応じて「船乗りシンドバッド」「ウィルモア卿」「ブゾーニ神父」といった偽名と変装とを使い分けている。一方、ヴェルヌの主人公シャーンドルもまたオーストリア領からの脱出に成功したあとは「アンテキルト博士」という偽名を使用する。

以上のように、主人公たちは物語のある時点において新たな名を獲得するわけだが、これに関しては以下の三点を指摘しておきたい。

一つ目は、偽名か本名かという違いはあるにせよ、『モンテ＝クリスト』でも『シャーンドル』でも主人公の名前がそのまま作品名になっているということだ。また、ヴェルヌの作品のタイトルはデュマのものとは違って「伯爵」という語を含んでいないが、シャーンドル・マーチャーシュもまた歴としたハンガリーの伯爵であるため、主人公は二人とも「伯爵」であるという点が共通している。ただし、シャーンドルが生まれながらの伯爵であるのとは異なって、ダンテスは生まれにおいては平民であり、その爵位は彼が財宝を手に入れてから領地（モンテ＝クリスト島）とともに購入したものである。モンテ＝クリストは自分が「トス

図6　アンテキルタ島

カーナ大公国にこしらえてもらった急造の伯爵」（CMC, 41, 522）であることを公言しており、パリの社交界でもそれはすぐに人々の知るところとなる。

二つ目は、両者の偽名がいずれも地中海に浮かぶ「島」に由来しているということだ。かたやイタリア半島の西方、エルバ島やコルシカ島のすぐ近くに位置する実在の島、モンテ＝クリスト島。かたやキレナイカ（リビア東部）の沖合、シドラ湾に浮かぶという架空の島、アンテキルタ島（図6）。ダンテスはモンテ＝クリスト島で発見した財宝によってその島自体を購入し、伯爵の肩書を得る。シャーンドルは東方で手にした財産によってアンテキルタ島を購入し、そこに一種の理想社会を築こうとする。その意味では、いずれの島も主人公たちに「名」と「領地」とをもたらしているのだといえる。

三つ目は、両者の偽名の音韻的な類似である。アンテキルタ（Antékirtta）については、「島がそう名づけられているのは、シルト諸島あるいはキルト諸島と呼ばれる島々の手前にあるからだ」（*MS*, III-2, 293）という記述が作中にあり、この固有名詞は「〜の手前」という意味をもつ接頭辞「アンテ」（anté-）と、これまた架空の地名であるシルト諸島ないしはキルト諸島を示す語「キルタ」（Kirtta）との合成によって作られたものなのだということが分かる。このとき、「アンテキルタ」は「アンテ」と「キルタ」の二語に分解できるわけだから、この島の名前に由来するシャーンドルの偽名「アンテキルト」（Anté-Kirtt）とイタリア語で「キリストの山」を意味する二語からなる「モンテ＝クリスト」（Monte-Cristo）との音韻上の類似は明白であろう。

（6）東方滞在

モンテ＝クリスト島で財宝を手に入れたダンテスは、マルセイユの恩人モレル氏の会社を倒産の危機から救って恩返しをしたあと、九年ほどフランスを離れて世界各地（特に東方《オリエント》）をめぐる。彼自身の言うことを信じるならば、中近東はもちろんインドや中国にまで行ったという。

> ナポリではマカロニを、ミラノではポレンタを、バレンシアではオリャ・ポドリーダを、コンスタンティノープルではピラフを、インドではカレーを、中国ではツバメの巣を食べて生きてきました。（*CMC*, 40, 505）

この旅のあいだに、生まれはヤニナ（ギリシャ）の太守の娘だが、その後、奴隷の身分にまで落ちぶれてしまった少女エデを、ダンテスはコンスタンティノープルでトルコの太守から買い取っている。

一方、アンテキルト博士もまた十数年にわたって小アジアで医師として活動し、富と名声とを手中にしたことはすでに述べたとおりである。

これらの東方滞在の結果、二人の主人公は服装や立ち居振舞に至るまでオリエントの文化・習慣を深く身につけることとなる。例えば東方から帰還したダンテスは「チュニジアの民族衣装」を着て「黄色いバブーシュ」を履き、湾曲したアラブの短剣「カンジャール」（*CMC*, 31, 346）を腰帯に差すといった出で立ちでフランツ・デピネ男爵の前に姿を現すし、アンテキルト博士もまた「長い年月をかけて身につけた習慣だけが与えてくれる完璧な自然さでアラブの服を着こなす姿が北アフリカで目撃されている。」（*MS*, V-2, 507）

（7）帰還

東方での長期滞在ののちに、主人公たちは西方（西地中海）へと帰還する。その目的は、ダンテスにとっては——すでにその九年前の時点でモレル氏への恩返しは果たしているので——主に復讐だが、シャーンドルにとっては複数個存在している。すなわち、フェラート家への恩返し、バートリ家への援助、仇敵たちの捜索と裁き、植民地アンテキルタの運営である。

（8）恩返し

ダンテスはかつての雇い主であった船主モレルに恩義を感じており、その会社を破産の危機から救う。また、それから九年が経ち、モレルが他界したあとも、パリでその子どもたち（マクシミリアンとジュリー）の庇護者となる。一方、シャーンドルはかつて身命を賭して彼をかくまってくれた漁師アンドレア・フェラートに恩義を感じており、アンドレアの死後はその子どもたち（マリアとルイージ）をマルタ島で見つけだして保護する。また、これは必ずしも恩に報いているわけではないが、旧友バートリ・イシュトヴァーンの妻子を探し出し、窮境から救うことでかつての友情に報いている。

（9）復讐

一八三八年の春から秋にかけて、ダンテスは二十三年前（一八一五年）に自らを陥れたモールセール、ダングラール、ヴィルフォールに対しての復讐を行う。貴族院議員のモールセールは議会でかつての悪事が暴かれて名誉を失い、家族からも見放されて自殺する。王室検事のヴィルフォールは親類や召使を次々に失ったうえ、妻子が服毒自殺を遂げて発狂する。銀行家のダングラールは財産を失って一家も離散するが、ダンテスに赦しを与えられ、命だけは助かる。

一方、シャーンドルもまた一八八二年に入ってから、十五年前（一八六七年）の密告者たち、す

図7　エトナ火山の硫気孔に投げ落とされるツィローネ

図8　ケンクラフ島の爆発

なわちサルカニー、ツィローネ、トロンタル、カルペーナを見つけだして捕まえようとする。このうちツィローネだけはエトナ火山での戦闘のさなかに落命するが、ほかの三人は一人ずつ捕まえてアンテキルタ島に移送し、裁判にかける（図7）。その結果、三人には死刑判決が下されるのだが、悪人たちは刑が執行される直前にケンクラフ島で地雷を踏み、島とともに消滅する[9]（図8）。

（10）正体開示

長らく偽りのアイデンティティのもとで認知されていた主人公が、恩返しや復讐の瞬間などに自らの正体を明かす。『モンテ＝クリスト』でも『シャーンドル』でも何度か目にすることとなる、じつに印象的な――ときには劇的ですらある――シーンである。真実を知らされるのが主人公の味方であるにせよ、敵であるにせよ、その人物は等しく驚愕することになるのだが、タディエの指摘するごとく、「こういった正体の開示は、悪人たちにとっては懲罰に、善人たちにとっては報償になる[10]」。

作品ごとに見ていこう。まず『モンテ＝クリスト』では、主人公の味方であるマクシミリアン、敵とも味方とも決めがたいかつての隣人カドルース、敵方のモールセール、ヴィルフォール、ダングラールに対して個別に「モンテ＝クリスト伯爵」の正体の開示が行われる。マクシミリアンに対する台詞と、それとはトーンの異なるダングラールに対する台詞を以下に続けて引用しておこう。

なぜならば、私は君のお父様が、今日の君のように自殺しようとしていた日に、命を救ったことのある人間だからです。なぜならば、私は妹さんにあの財布を、お歳を召したモレルさんにファラオン号を贈った人間だからです。なぜならば、私は子どもだった君を膝の上で遊ばせた、エドモン・ダンテスだからです。（CMC, 105, 1261）

私は、おまえが売り渡し、密告し、名誉を傷つけた男だ。おまえのせいで許嫁が身を汚してしまった男だ。おまえが資産家にのし上がるために踏みつけにした男だ。おまえのせいで父親が餓死してしまった男だ。その男は、おまえを餓死の刑に処したわけだが、赦してやろう。なぜならば、その男自身もまた赦される必要があるからだ。私はエドモン・ダンテスだ！（CMC, 116, 1382）

一方で、『シャーンドル』では、主人公の味方であるペーテルに対しては第二部の末尾で早くも真実の伝達が行われるのだが、三人の仇敵（サルカニー、トロンタル、カルペーナ）に対しては小説の最終章、島の法廷での裁きの場面においてようやく「アンテキルト博士」の正体が明かされる。

そして私は、あなた方の裏切りのせいで、パジンの主塔で銃殺されてしまったサトマール・ラースローとバートリ・イシュトヴァーンの同志です！ 財産目当てであなた方が誘拐したサーヴァの父親です！……私は、シャーンドル・マーチャーシュ伯爵です！（MS, V-5, 547）

原文を参照してみれば一目瞭然なのだが、これらの台詞はいずれも「Je suis ＋ 名詞 ＋ 関係詞節」という同じ構造の文の繰り返しでできている。また、主人公の正体についてのヒントがいくつか与えられたあとで、最後の一文に至ってようやく本名が明かされる、という構成の面でも一致している。つまり、ヴェルヌは『モンテ＝クリスト』のプロットのみならず、主人公がここぞという場面で口にする決め台詞の組み立てまでも、デュマからほぼそのまま受け継いでいるのだ。

最後に、メインプロットからはやや外れるが、二作品に共通する重要なサブプロットも一つ挙げておきたい。時系列のうえでも、以下に見る「恋の成就」こそが二作品の掉尾を飾っていることはご存じのとおりである。

（11）禁断の恋とその成就

ダンテスにとっての恩人の息子であるマクシミリアン・モレル、シャーンドルにとっての旧友の息子であるバートリ・ペーテルは、主人公たちにとっては絶対的な庇護と援助の対象なのだが、じつはおのおのがそれとは知らぬままに、いわば「敵側」の家の女性と密かな恋を育んでいる（図9）。すなわち、デュマの作品ではマクシミリアンがヴィルフォール家の娘ヴァランティーヌと、ヴェルヌの作品ではペーテルがトロンタル家の娘サーヴァと相思相愛の仲なのである（図10）。主人公たちを困惑させ、当事者たる青年たちをも大いに悩ませるこういった禁断の恋は、『モンテ＝クリスト』においても『シャーンドル』においてもメインプロットと密接に絡み合う重要なサブプロットを形成している。

なお、経緯については省くが、最終的にはどちらの恋もハッピーエンドとなり、マクシミリアンはヴァランティーヌと、ペーテルはサーヴァと結ばれることになる。

(12) まとめ

以上の考察を整理すると、『モンテ＝クリスト』と『シャーンドル』のプロットにおける共通項が鮮明に浮かびあがってくる。すなわち、主人公の〈密告〉、〈逮捕〉、〈投獄〉、〈脱獄〉、〈水の試練と復活〉、〈財産や新たな名の獲得〉、〈東方滞在〉、〈西方への帰還〉、〈恩返しと復讐〉、〈庇護する若者たちの恋の成就〉という物語の骨組みを、二作品はまるごと共有しているのである。

図9　アンテキルト博士とペーテル（右）

図10　サーヴァ

2　主人公

『モンテ＝クリスト』と『シャーンドル』のあいだには、プロットのほか、主人公の特徴についても明確な類似が認められる。それを以下にまとめていこう。

（1）船舶の所有

二人の主人公は、いずれも地中海の島と莫大な財産のほかに複数の船舶を所有している。十九歳という若さでファラオン号の船長の職を打診されたダンテスが優れた船乗りであることは言を俟たないが、それから二十三年の月日を経て「モンテ＝クリスト伯爵」を名乗るようになっても海に対する彼の愛情は衰えを知らない。その意味で――やや逆説的な物言いにはなるが――モンテ＝クリスト伯爵はデュマの創造した最もヴェルヌ的な主人公だと言えるのかもしれない。

私は船乗りなのです。お分かりでしょう。ほんの子どもの頃から、年老いたオケアノスの腕の中や麗しきアンピトリテの胸の上であやされていました。前者の緑のマント、後者の紺碧のドレスと戯れていたのです。私は恋人を愛するように海を愛しています。長らく会えずにいると、恋しくなるのです。（*CMC*, 85, 1054）

彼がそう言って出かけた先、ノルマンディーの入江には、「船体が細くてマストが高く、モンテ＝クリストの紋章旗を斜桁《しゃこう》に掲げた小型のコルヴェット船」（CMC, 85, 1059）が揺れている。言うまでもなく、伯爵の所有物である。この船のほかにも、ダンテスは少なくとも「ヨット」（CMC, 46, 588）と「蒸気船」（CMC, 46, 589）を所有していることが、執事との会話などから察せられる。かたや、アンテキルト博士も自らの船団を所持しており、スクーナーのサーヴァレーナ号、蒸気ヨットのフェラート号、さらには数隻の水雷艇エレクトリック号が、地中海全域に及ぶ『シャーンドル』の航海と冒険を彩っている（図11、図12）。

図11　船上のアンテキルト博士（左）

図12　水雷艇エレクトリック号の活躍

（2）謎と情報網

東方から帰ってきた主人公は二人とも経歴に不明点が多く、謎多き人物として描かれるのだが、その謎は小説の読者ではなく、むしろ作中の他の登場人物たちに対して威力を発揮する。というのも、謎や秘密のおかげで二人は世間の注目を浴びたり、敵を疑心暗鬼に陥れたりすることができるからだ。

〔モンテ＝クリスト〕伯爵の出身地は？　どの言語を話すのか？　何で生計を立てているのか？　莫大な財産はどこから来たのか？　知られざる、どんな謎の前半生があって、それが後半生をあの暗く厭世的な色調で染めあげたのか？　もしぼく〔フランツ〕が君〔アルベール〕の立場だったら、そのあたりが知りたくなるところだね。

（CMC, 38, 482）

アンテキルト博士の名をかくも高からしめるのに貢献していたのは、まずもって、この人物をとり巻く朦々たる謎だった。出身地はどこなのか？　誰も知らなかった。どのような過去の持ち主なのか？　それも分からなかった。以前はどこで、どんな環境で暮らしていたのか、それは誰にも言えなかっただろう。

（MS, II-3, 173）

この種の秘密は人々の興味をかき立てると同時に、敵対する者たちに対しては武器としても作用する。タディエの表現を借りるならば、偽名や変装といった「積極的な仮面」の数々が真のアイデンティティを覆い隠すことで主人公にある種の「不可視性」を与え、その「脆弱性のなさを確固たるものとする」[11]のである。

一方で、どちらの主人公も、恩返しと復讐に関わる情報の収集には余念がない。モンテ＝クリスト伯爵は「すべてを知るための手段」（*CMC*, 76, 933）を複数所持していると言われているし、アンテキルト博士もまた郵便・電信を利用した強力な情報網を地中海に築いている。

> フランスやスペインからモロッコ、アルジェリア、トリポリタニアに至るまで、あまたの国の岸辺を波で洗うこの素晴らしい海のあちこちから手紙や至急報が届いていた。送り主は？　もちろん、特派員たちである。彼らは何らかの任務に従事しており、その重要性は見誤りようもなかった。〔……〕地中海全域を監視下におくような不可解な通信が行われていたのだ。
>
> （*MS*, II-5, 207-208, 210）

このように、自身の情報はわずかしか出さず、それでいて――独自のネットワークのおかげで――周囲の出来事や人間関係には完璧に通じているため、主人公たちは要所要所で敵を出し抜くなど、つねに情報戦で優位に立つことができるのである。

（3）博識

二人の主人公はともに博識であり、医学、化学を含むさまざまな学問に通暁している。ダンテスはイフ城の地下牢でファリア神父に数学、物理学、歴史学、語学などを教授されたわけだが、東方からの帰還後はさらに守備範囲が広がり、「少しばかり医者でもある」（*CMC*, 48, 619-620）と自分で述べている。また、ペルージャでは実際に病人の治療も行っている。

> 私は二週間前からその旅籠に滞在していたのですが、自分の従僕の熱病と宿の主人の黄疸を治したせいで、偉い医者だと思われていました。（*CMC*, 52, 651）

加えて、「化学と自然科学をかなり徹底的に研究した」（*CMC*, 52, 651）成果なのか、毒薬に詳しいうえ、強力な催眠剤を「自分で調合する」（*CMC*, 40, 507）こともできる。

一方、「若い頃は医学、化学、自然科学の研究に没頭していた」（*MS*, III-2, 291）というシャーンドル伯爵もまた学識においてはダンテスに引けをとらない。

財産のおかげで遊び暮らすこともできたはずだが、そうはせず、彼は自分の好みに従って物理学と医学の分野に足を踏み入れていった。もしも生計を立てるために患者を診なければならなかったとしたら、有能な医者になっていたことだろう。だが彼は、化学者として識者たちに高

く評価されていたし、それで充分だと考えていた。（*MS*, I-2, 22）

のちに彼が小アジアで「アンテキルト博士」を名乗り、まさしく「有能な医者」として「患者を診」ることで富と名誉とを獲得した経緯についてはすでに概観したとおりである。

（4）仮死状態の操作

化学・医学の知識やその臨床実践の賜物なのか、主人公たちは仮死状態を自在に操ることができる。小説の終盤、モンテ＝クリスト伯爵は継母に毒殺されかけているヴァランティーヌに「エンドウ豆ほどの大きさの丸くて小さな錠剤」（*CMC*, 101, 1223）を飲ませるのだが、じつはこれは「上質のアヘン」や「最高級のハシッシュ」（*CMC*, 40, 506）からなる強力な催眠剤にほかならず、娘は「伯爵が与えた麻酔薬の作用に打ち負かされて少しずつ眠りこんで」（*CMC*, 101, 1224）いく。かくして仮死状態に陥り、いったんペール＝ラシェーズ墓地に埋葬された彼女を伯爵が救い出すのである。

一方、アンテキルト博士も、ペーテルをまずは死とも見紛うほどの昏睡状態に置いたうえで埋葬先の墓地から救い出すのだが、この仮死状態を現出させるにあたって博士が用いた手段は、ダンテスとは異なり、催眠術であった。

彼〔博士〕は抗いがたい強さでペーテルを凝視した。その目からはまるで磁力が放出されているかのようであり、博士は思考が消えかかっている青年の脳の中に、おのれの生命を、おのれの意志とともに行きわたらせようとしているように見えた。

突然、ペーテルがなかば身を起こした。まぶたが持ちあがり、博士をじっと見つめた……。それからまた倒れて意識を失った。

(*MS*, II-7, 259)

その後、再び催眠術の活用される場面が出てくる第四部第一章で説明されるところによれば、博士のこの能力は、すでに身につけていた医学的・生理学的な知見に東方での臨床経験が加わることで開花したもののようである。

東方を旅するあいだに、博士は催眠暗示のこのうえなく興味深い事例をいくつも研究し、生理学のこの分野に豊かな新知見をもたらすことに成功していた。したがって、この種の現象には精通しており、そこから引きだしうる成果についても詳しかったのだ。(*MS*, IV-1, 393-394)

手段やメカニズムは異なるにせよ、ダンテスもシャーンドルも学問研究のおかげで人を眠らせたり、仮死状態に置いたりすることができるのである。

(5) 多言語話者

ダンテスはすでに若年時にイタリア語と現代ギリシャ語を、イフ城での収監中に「スペイン語、英語、ドイツ語」(*CMC*, 17, 183) を習い覚えていたが、東方ではさらにアラビア語までマスターしたようである。ヨーロッパへの帰還後は、特定の故郷を持たない「世界人」であることを誇り、「私はあらゆる慣習を受け入れ、あらゆる言語を話します」（*CMC*, 48, 616）と豪語している。

一方で、アンテキルト博士も「地中海で用いられているほかの諸言語と同じくらいアラビア語も正確に話せた」（*MS*, V-2, 508）とあるから、彼もまたダンテスと同様、東方での滞在中にアラビア語を含む複数の言語を身につけたのだろう。他の場面でも母国語であるハンガリー語のほか、イタリア語やスペイン語を流暢に操るなど、多言語話者ぶりを見せつけている。

このように、二作品の双方において主人公の語学力が際立っているわけだが、これはもちろん――『シャーンドル』についてクリストフ・ゴションが指摘しているとおり――デュマやヴェルヌの創作上の必要性に基づく、いわゆる「ご都合主義」的な設定だと考えるべきだろう。「あまたの話し言葉が交差し、横並びになり、重なり合う」地中海沿岸の「途方もない言語的多様性によって物語の展開が妨げられたり、登場人物のあいだにプロットを損ないかねない障壁が打ち立てられたりしてはならない」からこそ、ヴェルヌは――またデュマも――「数カ国語を操れたり、言語による相互理解の能力を徹底的に活用できたりする人物を登場させている」[12]のである。

（6）まとめ

以上、ダンテスとシャーンドルのプロフィールの比較から、両者がともに（ヨーロッパ人でありながら）長期の東方滞在経験をもつ多言語話者であること、西方への帰還後は偽名や変装によってアイデンティティを隠していること、莫大な財産の持ち主であり、地中海の島と複数の船舶と独自の情報網を所有していること、化学や医学をはじめとする諸学問に精通し、人の眠りや仮死状態を操る術をもっていること、などが明らかになった。プロットの一致に加えて、こういった主人公の相似性もまた『モンテ゠クリスト』と『シャーンドル』の紐帯となっていることを、ここであらためて確認しておくことにしよう。

3 その他

テクストをためつすがめつ眺めていると、プロットや主人公の造型以外にもまだいくつか二作品の共通点が目に入ってくる。先行研究で指摘されていないと思われるものを以下に四つほど挙げ、ヴェルヌ研究に対する本稿のささやかな貢献としたい。

(1) グスレ

『モンテ゠クリスト』にも『シャーンドル』にもバルカンの民族楽器グスレが登場する。デュマの作品での演奏者は、ギリシャ出身の女奴隷エデである。

ああ！　あれはエデのグスレです。そうです、国を追われたあの可哀想な娘は、ときどき故郷の曲を私〔モンテ゠クリスト伯爵〕に弾いて無聊を慰めているのです。（*CMC*, 53, 677）

かたや、ヴェルヌの作品でもラグーザ（現在のドゥブロヴニク）を舞台に展開される第二部の冒頭で、グスレの奏者がひとしきり演奏を行う。

音楽家たちの中でもグスラール、つまりグスレの奏者がいちばん儲けていた。彼らはこの風変わりな楽器で伴奏しつつ、しゃがれ声で故郷の歌を歌うのだが、それはわざわざ足をとめて耳を傾ける値打ちのあるものだった。（*MS*, II-1, 150）

ならば、『シャーンドル』に登場するグスレの発想源は『モンテ＝クリスト』なのか。残念ながら、そう確言することはできない。というのも、ヴェルヌがアドリア海沿岸の風俗を描くにあたって主に参照していたのはシャルル・イリアルトの紀行文『アドリア海沿岸とモンテネグロ』[13]であることが分かっており、グスレやグスラールについての記述の量を比べてみるならば、この楽器はデュマの小説よりはむしろイリアルトの書物から借りられてきたものである可能性が高いからだ。とはいえ、作品に登場するモティーフの出所はただ一つと決められているわけではないし、『モンテ＝クリスト』のグスレがイリアルトの記述とともに『シャーンドル』に何がしかの影響を与えていた可能性もまた決して否定はできない。

（2）祝福されし者

デュマの作品にもヴェルヌの作品にも「祝福されし者」という意味の名前をもつごろつきが登場

する。『モンテ＝クリスト』のベネデットと『シャーンドル』のベニートである。[14] 幼いころから悪事ばかり働いていた前者は本文中で「かくも不似合いな名前を付けられてしまったベネデット」（*CMC*, 45, 580）と呼ばれているが、シチリアの山賊一味の古株である後者もまた「ベニートと──おそらくはそうでないからこそ──呼ばれている男」（*MS*, III-6, 359）と形容されており、いずれの作品においても「祝福されし者」という意味の名をもつ人物の、名前と実体との乖離がことさらに強調されている、という点が目を惹く。『シャーンドル』の端役にヴェルヌが与えた「ベニート」という呼称、そしてそれについての注釈は、札付きの悪党にあえて「ベネデット」という「不似合いな」名前を与えた『モンテ＝クリスト』の作者への、悪戯めいたオマージュだったのではないだろうか。

（3）数字「十七」

『シャーンドル』には「十七」という数字がよく出てくる。アンドレア・フェラートのロヴィニ滞在歴が「十七年」であったりサーヴァの年齢が「十七歳」であったりするのはそれぞれにストーリー上の必然性があり、ヴェルヌが恣意的に選んだ数字であるとは言えないため、特にそこに意味を読みとろうとするには当たらないだろうが、それ以外にも、他の数字を書き入れてもよかったはずのところで「十七」が選ばれているケースがこの作品では不自然なほど多いのである。

例えば、作中に登場する建物の「番地」。バートリ夫人のラグーザでの住所は「マリネッラ通りの十七番地」（*MS*, II-4, 194）だが、カターニアの「山岳協会の支部」の所在地もまた「リンカーン通りの十七番地」(*MS*, III-7, 366)であるという。『シャーンドル』全篇を通じて番地というものがたったの三つしか登場しないことを考えるならば、そのうちのじつに二つまでもが「十七番地」であるということには驚きを禁じえない[15]。

だが、ヴェルヌのこの小説の中で「十七」という数字が最も強調されるのは、そのものずばり「十七回」という章題が与えられている第四部第三章だ[16]。ヴェルヌはそこにモナコのカジノで起こった椿事、すなわちトランテカラントというカードゲームの最中に十七回連続で同じ「赤」の目が出た、というエピソードを書きこんでいる(図13)。以下は、起こったばかりの事件について興奮気味に語らうカジノの客たちの会話である。

図13 モナコのカジノ

「十七回?……」

「十七回!」

「そうさ!……十七回、赤だったんだ!」

「そんなことがありうるのか!……」

「普通ならありえない。でも、本当なんだ!」

「で、賭けてた連中は、赤が出ない方にこだわったってわけか?」

「胴元の儲けは九十万フラン以上だ!」

「十七回！……十七回だって！……」

（*MS*, IV-3, 423）

『シャーンドル』にはなぜこれほど「十七」という数字が出てくるのだろうか。さすがに論証することは困難だが、本稿ではこれもまたデュマの小説への遊戯的な目配せなのではないか、という仮説を提示しておきたい。というのも、『モンテ＝クリスト』にもやはり同一の出来事が十七回繰り返されて登場人物の注意を惹きつける、というシーンがあるからだ。以下は自邸で催した夏の舞踏会の最中に、十七人もの招待客が一様にモンテ＝クリスト伯爵の出席の有無を尋ねてきたことで、この異邦人に対する世間の注目度の高さにあらためて感銘を受けた様子のアルベール子爵の台詞である。

「十七！」とアルベールが答えた。
「どういうことですの？」
「順調だ、ということです」と子爵は笑いながら続けた。「同じ質問をなさったのが、あなたで十七人目なのです。伯爵は人気ですね！……お祝いを言ってあげなくちゃ……」

（*CMC*, 70, 851）

かたや、十七回も繰り返しなされた同じ質問。かたや、十七回も連続で出たカードゲームの「赤」の目。同一の出来事の反復回数が話題になる、という同様の場面を書くにあたって二人の小説家が「十七」という同じ数字を選択したのは、やはり後発のヴェルヌが先発のデュマに倣ったからではないのか。この仮説の当否のほどは確かめようもないが、偶然的なものであると考えるには不自然なほど『シャーンドル』に数字「十七」が頻出してくることだけは確かである。

(4) ベルトゥチオとアンドレア・フェラート

意外に思われるかもしれないが、『シャーンドル』の中で主人公に次いで『モンテ＝クリスト』の影響が強く感じられる登場人物は、コルシカ島出身の漁師アンドレア・フェラートである。比較対象となるデュマの作中人物は、やはりコルシカ島を故郷とする執事ベルトゥチオだ。

(4-1) 名前　「イタリア系」(MS, I-8, 121) のコルシカ人であるというアンドレア・フェラートとその息子ルイージに関しては、そもそもその名前がすでに『モンテ＝クリスト』からの引用であるように思われる。というのも、アンドレア (Andréa) にせよ、ルイージ (Luigi) にせよ、同じファーストネームをもつ人物がデュマの小説にも登場するからだ。すなわち、イタリアの偽貴族アンドレア・カヴァルカンティ (Andrea Cavalcanti) と、ローマの義賊ルイージ・ヴァンパ (Luigi Vampa) である。[17]

(4-2) コルシカ人のステレオタイプ　ベルトゥチオもアンドレア・フェラートもともに生まれはコルシカ島であるわけだが、デュマもヴェルヌもコルシカ人のステレオタイプを巧みに織りこみながらこの人物を描出している。

例えば、「コルシカ人は迷信深い」というステレオタイプ。ベルトゥチオは主人であるモンテ＝クリスト伯爵から「困った奴だ！　どこまで行ってもコルシカ人なんだから！　謎やら迷信やら、そんなものばっかりだ！」（*CMC*, 43, 541）とその迷信深さをからかわれ、アンドレア・フェラートもまた「その出身のせいで、やや迷信がかった考えを抱いていた」（*MS*, I-8, 122）と評されている。

だが、さらに重要なのは、「ヴェンデッタ」と呼ばれる仇討ちの慣習がコルシカには存在しているという点だ。つまり、『モンテ＝クリスト』や『シャーンドル』のメインテーマの一つである「復讐」が、コルシカ人の通俗的イメージには初めから組み込まれているのである。「ヴェンデッタ」というのは被害者の親族による仇討ちのことだが、『モンテ＝クリスト』ではまさに典型的なコルシカ人であるベルトゥチオが検事ヴィルフォールに対して「ヴェンデッタ」を実践する。すなわち、兄を殺した犯人の捜査を拒む検事に対して復讐を宣言し、実際に好機をうかがってこの冷血漢を刺殺しようとするのである。

あんたはコルシカ人のことをよくご存じなんだから、連中がどんなふうに約束を守るのかも心得ているはずだ。〔……〕宣言しておこう。俺はあんたを殺す、あんたをだ。いまこの瞬間から、俺はあんたにヴェンデッタを宣言する。（*CMC*, 44, 549）

つまり、モンテ＝クリスト伯爵とその執事とは、いずれもヴィルフォールに恨みをもち、ヴェンデッタを実践せんとする復讐者同士なのだ。

一方で、ならず者に対する正当防衛であったとはいえ、人を殺めてしまったアンドレア・フェラートは、ベルトゥチオが復讐をもくろむ側であるのとは対照的に、ヴェンデッタを恐れる側の人間である。だからこそ、ベルトゥチオを警戒してニームからヴェルサイユへと居を移したヴィルフォールと同様、コルシカを離れてイストリア半島のロヴィニへと移り、そこで漁師として生活しているのだ（図14）。

> だが、アンドレア・フェラートは密林《マキ》に逃げこむような男ではなかったし、死者の仲間や友人、さらには警察までも相手どり、闘争の日々を暮らそうと考える男でもなかった。また、最終的には家族にも累が及ぶことになるだろうから、復讐の連鎖を続けていこうと考えるような男でもなかった。
>
> （*MS*, I-8, 121）

図14　主人公たちをかくまう漁師アンドレア・フェラート（左）

自らが仇討ちを行うにせよ、他者からの仇討ちを恐れるにせよ、ベルトゥチオとアンドレア・フェラートの人生は、いずれも何らかのかたちで故郷コルシカの風習ヴェンデッタと深く関わっているわけである。

すでに見てきたように、ヴェンデッタに関して言えば、ベルトゥチオとアンドレア・フェラートの立場は正反対であった。一方は復讐を画策し、一方は復讐を恐れていた。だが、ひとたびヴィルフォールへの報復が果たされるや——実際にはヴィルフォールは死んではいないのだが——ベルトゥチオもまたロヴィニの漁師と同様、人殺しを自認することとなる。その結果、神の赦しを求める立場を二人は共有する。

（4-3）命には命を

まずは『モンテ＝クリスト』の方を見てみよう。宣言してあったヴェンデッタを実行に移し、邸の庭に出てきたヴィルフォールを刃物で刺したあと、ベルトゥチオはこの酷薄な検事に棄てられようとしていた——つまり殺されかけていた——赤ん坊を救う。同じ人間の手でほぼ同時になされた殺人と人命救助。この巡り合わせのうちに、彼は神の意思を見ている。

「ということは、神は俺を断罪しているわけではないのだ」と私は思いました。「一人の人間から命を奪ってしまった代わりに、別の人間に命を返すことをお許しになったのだから」

（*CMC*, 44, 554）

ところで、ヴェルヌがアンドレア・フェラートを描くにあたって『モンテ＝クリスト』を参照しているにちがいないと確信されるのは、ベルトゥチオのつぶやくこの理屈が、多少の変形を被りながらではあるが、ごろつきの命を奪ってしまった漁師の頭の中にも以下のように反響しているからだ。

人を一人殺めてしまった罪は、自分の命を危険にさらして別の誰かの命を救う日まで、決して許されることはあるまい。彼〔アンドレア・フェラート〕はそう考えていた。(*MS*, I-8, 122)

この「考え」は、少しあとでこんなふうに言い換えられてもいる。

サンタ・マンザ出身の漁師〔アンドレア・フェラート〕は、かつての決意をいささかも忘れてはいなかった。すなわち、命には命を！　自分はすでに一人の人間の命を奪っている。だから、別の誰かの命を救わなければならないのだ。(*MS*, I-8, 123)

文中の「命には命を」は、ハンムラビ法典の名高い報復律「目には目を」のもじりだろう。結果的に、ロヴィニの漁師のこの信念のおかげでシャーンドルは救われるわけだが、殺人と活人の等価原理とでも呼ぶべき彼の奇妙な考え方は、『モンテ゠クリスト』に出てくるもう一人のコルシカ人、ベルトゥチオのそれをヴェルヌが引き継ぎ、変奏したものであると考えて差し支えあるまい。

(4‐4) 肌をなす――デュマを引用するヴェルヌ　逐語訳すれば「肌をなす(作る、こしらえる)」だが、実際には「殺す」という意味になる不思議な表現(faire une peau)が、『モンテ゠クリスト』には何度か登場する。最初に出てくるのは第三十一章、フランツ・デピネ男爵によるモンテ゠クリスト島訪問のシーンである。

「肌をなしたってことで、あいつら〔コルシカの山賊〕は追われてるんですよ。絶対にそうです。復讐ってのは、コルシカ人の本性に含まれてるものなんだがね！」
「肌をなした、というのはどういう意味だね？　人を殺したってことかね？」とフランツがなおも問いただした。
「敵を殺したってことですよ」と船頭が続けた。「人殺しとはずいぶん違います」

（*CMC*, 31, 339. 強調原文）

しばらくあとで、この表現はやはりコルシカと結びつけられて再登場する。以下はベルトゥチオに話しかけるモンテ＝クリスト伯爵の台詞である。

君はコルシカ人だから、肌をなしてやりたいという気持ちに抗えなかったんだ。あの地方で反語的にそう言うのは、じつは逆に肌を壊すことなんだがね。

（*CMC*, 43, 543）

コルシカの俚言めいたものとしてデュマが自作に登場させているこの珍しい表現を、ヴェルヌは以下のように引用符つきで——ただし出典は明かさずに——借用している。

ある日、堪忍袋の緒の切れたアンドレア・フェラートは怒りにまかせて「肌をなして」しまった。（MS, I-8, 121）

怒りにまかせて「肌をなして」しまう二人のコルシカ人。この特殊な表現が『モンテ＝クリスト』にも『シャーンドル』にも現れる——しかも、後発のヴェルヌは引用符まで付けている——となれば、ヴェルヌがこれをデュマの小説から意識的に借用していることは疑いえないだろう。作品のプロットや主人公の造型のみならず、テクストの細部においてもヴェルヌが『モンテ＝クリスト』を参考にし、ときにはそれを引き写していたことの、これは決定的な証拠であると見てまずまちがいあるまい。

結論

『シャーンドル』が『モンテ＝クリスト』をリメイクしてできた小説であることは広く知られている。が、奇妙なことに、この二作品が何をどの程度まで共有しているのかを詳らかにしてみせた研究は、これまでのところ存在していなかった。

そのため、本稿では両者に共通する要素をできるかぎり網羅的に把握することを目指し、第1節では二作品のプロットにおける共通点を、第2節では主人公のプロフィールにおける共通点を、それぞれ洗い出そうと試みた。また、第3節ではバルカンの民族楽器グスレや「十七」という数字、ベニートやフェラート父子の命名の仕方、コルシカの風習や心性や方言といった、ヴェルヌがデュマから拝借してきたと思しき言葉やモティーフを――どれも断片的なものではあるが――いくつか新たに発掘した。

『モンテ＝クリスト』も『シャーンドル』も浩瀚な小説なので、両者のテクストをさらに粘り強く吟味すれば、ここに挙げたもののほかにもまだヴェルヌによるデュマの言葉の変奏は発見できるだろう。だが、その作業はまた別の機会を待って行うこととし、今回はひとまずここで筆を措くことにしたい。

註

（1）　本稿における『モンテ＝クリスト伯爵』の引用はプレイヤード版（Alexandre Dumas, *Le Comte de Monte-Cristo*, éd. Gilbert Sigaux, Paris, Gallimard, coll. « Bibliothèque de la Pléiade », 1981）から行い、引用文直後の括弧の中に「*CMC*」と書名の略号を記したあと、参照箇所の頁番号等を示す（例：（*CMC*, 30, 330）＝『モンテ＝クリスト伯爵』第三十章、三三〇頁）。なお、訳文の作成にあたっては、大矢タカヤス氏による名訳（新井書院、二〇一二年）を大いに参考にさせていただいた。

（2）　本稿における『シャーンドル・マーチャーシュ』の引用は初版挿絵本（Jules Verne, *Mathias Sandorf*, Paris, J. Hetzel, coll. « Les Voyages extraordinaires », 1885）から行い、引用文直後の括弧の中に「*MS*」と書名の略号を記した

あと、参照箇所の頁番号等を示す（例：（MS, IV-3, 423）＝『シャーンドル・マーチャーシュ』第四部第三章、四二三頁）。引用はすべて拙訳（他のフランス語文献についても同様）。

（3）「強姦も姦通も行き過ぎた情念も描くことなく、われわれの読者のために真の『モンテ＝クリスト』を制作しようとしています」（Lettre de Jules Verne à Pierre-Jules Hetzel du 2 décembre 1883, *Correspondance inédite de Jules Verne et de Pierre-Jules Hetzel*, éd. Olivier Dumas, Piero Gondolo della Riva et Volker Dehs, Genève, Éditions Slatkine, t. III, 2002, p. 202）。なお、この手紙の末尾には「わが『モンテ＝クリスト』」という表現も見られる。

（4）「私は『シャーンドル・マーチャーシュ』を〈驚異の旅〉の『モンテ＝クリスト』にしようと努力いたしました」（Jules Verne, « À Alexandre Dumas », *Mathias Sandorf*, Paris, J. Hetzel, coll. « Bibliothèque d'éducation et de récréation », t. I, 1885, s. p.）。

（5）「いまから十年ほど前に『シャーンドル・マーチャーシュの冒険』を彼〔デュマ・フィス〕に捧げて古くからの友情を記念したことがあります。この作品を〈驚異の旅〉における『モンテ＝クリスト』と呼んだのです」（Ange Galdemar, « Un après-midi chez M. Jules Verne », *Le Gaulois*, n° 5645, 28 octobre 1895, p. 2）。なお、このインタビュー記事の中には「〈驚異の旅〉におけるわが『モンテ＝クリスト』たる『シャーンドル・マーチャーシュ』」という表現も見られる。

（6）『モンテ＝クリスト』のダングラールものちに銀行家として成功するので、二作品のいずれにおいても主人公の仇敵の一人は裕福な銀行家である、という共通点が指摘できる。

（7）Jean-Pierre Picot, « Le chef-d'œuvre et son double : *Le Comte de Monte-Cristo*, d'Alexandre Dumas et *Mathias Sandorf*, de Jules Verne », *Bulletin de la Société Jules Verne*, n° 108, 1993, p. 47.

（8）Jean-Yves Tadié, *Le roman d'aventures* [1ère éd. 1982], Paris, Gallimard, coll. « Tel », 2013, p. 63.

（9）じつは、「仮借なき復讐の誓い」（*CMC*, 21, 232）を立ててそれを実行に移すダンテスとは対照的に、シャーンドルが自らの闘争を「復讐」と呼ぶことはない。

「そうだ！　復讐しなくては！」バートリ・イシュトヴァーンとサトマール・ラースローが叫んだ。
「復讐？　ちがう！……罰を与えるんだ！」

(*MS*, I-5, 83)

「シャーンドルが復讐《ヴエンデッタ》に飢えたコルシカ人のように見えてしまってはならない」（*Correspondance inédite de Jules Verne et de Pierre-Jules Hetzel*, *op. cit.*, p. 227）、「シャーンドルを愛させることができなければ君の本は失敗に終わるだろう」（*ibid.*, p. 234）といった編集者エッツェルの指摘を勘案してのことなのか、ヴェルヌの作品では「復讐する（se venger）」の代わりに「罰する（punir / faire justice）」、「復讐（vengeance）」の代わりに「裁き（justice）」や「裁きの仕事（œuvre de justice）」といった表現が用いられているのである。

（10）　Tadié, *op. cit.*, p. 42.
（11）　*Idem.*
（12）　Christophe Gauchon, « Jules Verne et la Méditerranée », *Bulletin de la Société Jules Verne*, n° 173, 2010, p. 17-18.
（13）　Charles Yriarte, *Les bords de l'Adriatique et le Monténégro*, Paris, Hachette, 1878.（グスレについての詳しい言及があるのは三二一頁。）
（14）　ベネデット（Benedetto）もベニート（Benito）もイタリア語圏などで見られるファーストネーム。
（15）　残る一つはサトマール・ラースローのトリエステでの住所、「アクエドット通りの八十九番地」（*MS*, I-3, 40）。
（16）　『シャーンドル』全三十五章の中で、章題に数字が含まれているのはこの第四部第三章のみである。
（17）　『モンテ＝クリスト』にはアンドレア・ロンドロ（Andrea Rondolo）という死刑囚も登場するが、この人物の重要性は低く、アンドレア・フェラートの名前の由来になっているとは考えにくい。

＊　本稿収載の図版（レオン・ブネットによる挿絵）はすべて『シャーンドル・マーチャーシュ』初版挿絵本から採ったものです。画像データをご提供くださいました新井書院の新井浩二様に心より感謝申し上げます。

「生成のブロック」としての「演奏目録《レペルトワール》」
――ヴェルヌとプルースト

荒原邦博

意外な関係

マルセル・プルーストの長篇小説『失われた時を求めて』(1)(一九一三―二七年)とジュール・ヴェルヌの諸作品との間には、いかなる関係があるのだろうか。無意志的想起の作用によって「私」の奥深くに眠っていた幼年期のコンブレの記憶が甦るプルーストの世界と、その一方でほとんど登場人物たちに「私」という意識も自我も感じられない〈驚異の旅〉でヴェルヌが描き出す世界は、一見したところおよそ何のつながりも持っていないように思われる。ボードレールからネルヴァルまでの感覚的刺激に依拠した記憶の働きを自らの先行例として提示する最終篇『見出された時』の語り手は、いわゆる象徴主義の美学から多くの影響を受けながら、それとは一線を画する独自の場所へと進んでいくのであり、小説家プルーストは青少年向けのSF冒険小説で人気を博していた大衆作家ヴェルヌとは、まったく異なる活動と探究の領域を自らのものとしていたことは間違いない。

例えばプルーストの六歳年下でほぼ同世代と言えるレーモン・ルーセルは、その言語実験的な創作手法を特徴とする作風からすると「意外」なことに、ヴェルヌを崇拝していたという(2)。実際、『私はいかにしてある種の本を書いたか』でルーセルは、ヴェルヌに対する大きな尊敬とその作品への傾倒、そして作者ヴェルヌをアミアンまで直接訪問した経験を告白している。ルーセルの作品にはヴェルヌからの影響がいくつもオマージュ的にちりばめられている上に、「意外」ではあるが文学に対する本質的な姿勢を共有しているという意味で、二人の間には堅牢な師弟関係が見られる。だが、ルーセルと同じく幼少年期をオートゥイユで過ごした大ブルジョワのプルーストには、その年下の詩人と同性愛という嗜好まで一致していたにもかかわらず、ヴェルヌ的なものに対するそうした崇敬の念を残念ながら見出すことができない。

とはいえ、『失われた時を求めて』の読者は、小説を読み進めるうちにしばしば子供時代の読書に対して大きな注意が払われていることに気づくだろう。そして第四篇『ソドムとゴモラ』で実際に喚起されるのは、あろうことかヴェルヌその人なのである。そこでは、アルベルチーヌと遠出するために乗った自動車の運転手に「私」がチップをいくら渡すのかを見ようとするバルベックホテルのマネージャー、エメの表情が、まるで「ジュール・ヴェルヌの小説を読んでいる子供の熱心で興奮した表情」(III, p. 413)のようだとされている。だがしかし、ミシェル・ビュトールは「少年期の読書」(一九六九年)においてすでに、プルーストのこの一節から始めて、ヴェルヌの作品世界が今日の「世界の外にある世界」を描き出し、「世界の新しいイメージ」をもたらすものであると結論づけていたのではなかっただろうか。[3] したがって、プルーストとヴェルヌの関係について考えることとは、必然的にビュトールが半世紀以上前に感知した、両者をつなぐ何かについて考えることになるだろう。果たしてプルーストとヴェルヌには本当に関係があったのだろうか。ヌーヴォー・ロマンの「前衛」小説家が残したのは単なる妄言だったのか、それとも歴史の裏をかく洞察だったのか。文学という「世界の新しいイメージ」に触れる「驚異の旅」に、我々もこれから出発することにしよう。[4]

プルーストの書簡と『失われた時を求めて』におけるヴェルヌ

では、プルースト自身はヴェルヌの〈驚異の旅〉シリーズやエッツェルの『教育と娯楽』誌(一八六四—一九〇六年)を実際に読んでいたのだろうか。伝記的な観点から、まずはプルーストのヴェルヌ体験を探ってみることにしよう。

プルーストが生まれた一八七一年にヴェルヌはすでに四十三歳、『気球に乗って五週間』(一八六三年)で実質的な作家デビューを飾ってから十年が経とうとしていた。このときまでに主な代表作である『ハテラス船長の航海と冒険』『地球の中心への旅』『地球から月へ』『海底二万里』などを発表していたヴェルヌは、翌七二年にはいよいよ『八十日間世界一周』を『ル・タン』紙に連載しようと準備に余念がないところであった。したがって、プルーストが少年向けの冒険小説を読む年齢に達する八〇年頃は、ちょうどヴェルヌの作品群が読書界に浸透し、広範な読者を獲得する時期と一致していたと言えるだろう。

『評伝プルースト』[5]においてジャン゠イヴ・タディエは、プルーストが〈驚異の旅〉シリーズを読んでいた可能性を指摘している。プルーストは弟と一緒に〈驚異の旅〉を模した『空想紀行』を読んでいた上、『マガザン・ピトレスク』や『イリュストラシオン』を創刊したエドゥアール・シャルトンが編集長を務めていた『世界一周、新旅行ジャーナル』（一八六〇—九四年）を読むのを、子供の頃の「無上の喜び」としていたと、晩年の手紙[6]で打ち明けているからである（Corr., t. XIX, p. 609）。とはいえ、ヴェルヌの小説そのものに触れた体験をはっきりと語る内容の書簡は残されておらず、青少年期のヴェルヌ体験はあくまでも可能性の範囲に留まっていると言わざるを得ない。

その後、アナトール・フランスの庇護の下で『楽しみと日々』を発表し、ドレフュス事件が起こるとこのユダヤ人大尉の無罪を勝ち取るために署名活動に奔走、そして三人称小説『ジャン・サントゥイユ』を試みるものの、途中で断章形式のままに放棄せざるを得なくなった作家の二十代の生活に、ヴェルヌは一切登場しない。ちょうど三十歳を迎えようとする一九〇一年八月二十一日にオペラ座で上演されたロッシーニの『ウィリアム・テル』を観たプルーストは、シャトレ座で大好評を博していた『八十日間世界一周』にもその前後に出かけたことを、手紙で母親に伝えている（Corr., t. II, p. 451）。アドルフ・デヌリーとヴェルヌの共同制作になる戯曲版『八十日間世界一周』は、一八七四年にポルト・サンマルタン座で初演されて大当たりを取って以来、何度か再演されているが、この年の公演は五月一日から始まり、全部で百四十六回の上演を数えた。観劇後の感想などにはまったく触れられていないため、プルーストがこのヴェルヌの代表作の一つをどのように消化したのかを知ることはできないが、オペラとはジャンルのまるで異なる夢幻劇に対するプルーストの好みを明らかにする事例として、とりあえずはこの観劇体験を押さえておきたい。

続いて、一九〇三年五月半ばの友人ビベスコ兄弟に宛てた書簡において、プルーストはマルセル・ミエルバック（一八七六―一九一二）の近刊小説について、「（ヴェルヌのいくつかの小説などでのように）ある家族が無人島に漂着するとき、新たな必要に応じて、会計士は料理人に、弁護士は森の開墾者に、医師は水夫になる」（*Corr.*, t. III, p. 319）と述べている。すぐ後で「親切なフライデー」の名が引かれていることも示しているように、これは明らかにヴェルヌのロビンソンものへの参照行為である。「いくつかの小説」という言葉にはかなりの具体性が感じられるため、これまでのヴェルヌとその作品に対する指示とは異なり、『神秘の島』（一八七五年）や『二年間の休暇』（一八八八年）などの複数のロビンソンものを――他に情報がないために作品の特定はできないという留保付きではあるが――プルーストが読破していたことは間違いないと考えられる。

それからおよそ十五年が経とうとしていた一九一七年一月初め、体調のすぐれないプルーストは、やはり青年期からの友人リュシアン・ドーデ（アルフォンス・ドーデの息子）に自らの不摂生をこんな風に打ち明けている。「今このとき君に手紙を書いているのはウェルズの奇妙な人物だ、というのも僕は五十時間も前から寝ていないからだ。あるいはまたジュール・ヴェルヌの人物だね、だって僕は座りもしなければ(あまりにも長い間寝ないでいるとひとは座ることができないものだよ)、黙りもしていない」（*Corr.*, t. XVI, p. 29）。「長い間」と否定に置かれている「私は寝たものだ」という二つの言い回しからは、この時点ですでに刊行されていた『スワン家のほうへ』冒頭の、あの誰もが知っている一文が否応なく思い出されるのだが、それはともかく、自分を『タイム・マシン』の「五十時間も寝ていない」登場人物になぞらえたり、「座りもしなければ、黙りもしない」という『八十日間世界一周』の人物に気軽に譬えたりするほど、プルーストはウェルズやヴェルヌを愛好していたのであり、ＳＦ小説や冒険小説は彼の日常生活の中に十分に浸透していたことが、この書簡から明らかになる(7)。

手紙から最後に確認されるヴェルヌへの目配せは、これまでのものとはやや異質である。ほとんど最晩年となる一九二〇年四月二十九日のジャック・ブーランジェ宛て書簡において、プルーストは「同時に人の顔も見られるようになると予言されている電話」（*Corr.*, t. XIX, p. 249）について言及している。これはヴェルヌが「二十九世紀にて。あるアメリカ人ジャーナリストの二八八九年の一日」に登場させている未来の電話のことで、この短篇では主人公が声と同時に映像を送ることのできる「映像伝送機付電話《フォノテレフォト》」を使用する。もちろんこの作品は、ヴェルヌとは言ってもジュールの息子ミシェルが単独で書き上げたもので、出版の経緯からしてプルーストの知るところとなったのは一九一〇年の短篇集『昨日と明日』に収録されて以降のことであると考えられる。プルーストは「映像伝送機付電話《フォノテレフォト》」のことが相当気に入ったらしく、『花咲く乙女たちの蔭に』においてもこの想像上の発明を借用している。「私」はアルベルチーヌの声が「まるで未来のフォトテレフォンが実現すると言われている声のようだと思った。音声から視覚的なイメージがくっきりと浮き上がって見えた」（II, p. 282）。彼女の声と表情がどちらも大事であることを力説する文脈からすると非常に奇妙な比喩の使い方だと思われるが、声と表情は相補的なものなので、そこにはただ単にアルベルチーヌの声しかなくても、その中に彼女の視覚的なイメージが見えるはずだというのだろう。確かにプルーストが電話に大きな関心を示していたことはよく知られているが、ここではプルーストが未来の発明において実現されるかもしれない効果にわざわざ触れているという印象が拭いきれず、ヴェルヌを引用するためにあえてこのような直喩を使用しているのではないかと思わざるを得ない。

こうして、書簡におけるヴェルヌへの参照を一通り辿ってみると、プルーストが少年時代にヴェルヌの作品を愛読していたかどうかは分からないものの、その生涯の間には〈驚異の旅〉シリーズのうちの何冊かを間違いなく読んでいたことが確認できる。小説として作品名まで特定できるのはミシェル・ヴェルヌによる短篇一つだけ、というのは些か惜しい気はするが、ジュールの代表作である『神秘の島』や『二年間の休暇』などのロビンソンものと、（戯曲版しか体験していなかった可能性も高いが）『八十日間世界一周』は読書の記憶として『失われた時を求めて』の作者の中にはっきりと刻み込まれており、『神秘の島』のサイラス・スミスに自らを重ねるほどヴェルヌを愛読していた三歳年長のクローデル(8)や少し下のルーセル同様に、プルーストにも貴重なヴェルヌ体験があったと言うことができるのである。

とはいえ、ひとたび『失われた時を求めて』という小説自体に目を転じると、こうした体験の具体性は一変し、事態は謎に包まれることになる。実際、この長篇の中でジュール・ヴェルヌの名前が引用されるのは、本論の初めのところで触れたエメの表情に関する一カ所だけであり、また〈驚異の旅〉に含まれる作品のうちで登場するのはわずかに二作品という有様で、全体で七篇からなるその長さの割には、ヴェルヌへの参照はほとんど見られないと言っていいだろう。そうした数少ない例外の一つが『ミシェル・ストロゴフ』（一八七六年）であり、もう一つが『海底二万里』（一八六九―七〇年）である。第一篇『スワン家のほうへ』で、スワンの娘ジルベルトが遊び仲間である「私」に向かって、明日以降はいろいろと予定が入っているので会いに来られないと言うときに、理由の一つとして挙げるのが『ミシェル・ストロゴフ』の観劇であるが（I, p. 401）、厳密に言えばもちろんこれは『八十日間世界一周』と同じく小説ではなく戯曲版のほうで、やはりヴェルヌがデヌリーと合作し、一八八〇年にシャトレ座で初演されたものを指している。また、第三篇『ゲルマントのほう』の「ゲルマント家の夕食会」で「独立不羈」と「魅惑」の感覚を与える小説として引用されるのが『海底二万里』である（II, p. 768）。だが、いずれのヴェルヌ作品もプルーストの書簡にも先行作品にも言及がないため、それらがどういった意味合いでの参照行為なのかを確定するための情報が決定的に不足しており、これまでヴェルヌについて二冊の著作（ヴェルヌをめぐる一章を含む『冒険小説論』とモノグラフィー『目を見開いて見るがよい！　見るがよい！』）を書くと同時に、『失われた時を求めて』の新プレイアッド版の責任編集を務めたプルースト研究の泰斗タディエでさえ、プルーストのテクストにおけるヴェルヌという問題を設定することはなかったのである。

プルーストとヴェルヌの間に出現する複数の「横断線」

こうした謎は謎のまま放っておくしかないのだろうか。かくして、プルーストとヴェルヌをめぐる前代未聞の探求が開始されることになる。本稿の筆者はこれまでにヴェルヌについて七つの論考を発表しているが、そのうち四つがプルーストとヴェルヌの関係の解明に当てられている。ここでは、これまでの探求のエッセンスを、順に紹介することにしよう。

最初の論考では、プルーストと『海底二万里』との関係を分析している。(9)『ゲルマントのほう』における『海底二万里』の引用には、「ノルウェー」、「独立不羈」あるいは「魅惑」といった情報が書き込まれており、重要な手掛かりを与えてくれる。なかでも「独立不羈」は、侵略によって国家を奪われた『海底二万里』におけるネモ船長にとって最重要の課題であり、この小説の第一部第十章では、独立があるのは自由な海だけだとされている。(10)ところで、「自由の海(mer libre)」とはフランス語では同時に「不凍海」のことを意味する単語であるが、プルーストもこの言葉を『サント＝ブーヴに反論する』から『見出された時』の草稿へと引き継いで使用しており、小説家の豊かな想像を誘うものであったことが分かる。しかも、単にその語彙が彼にとって親しいものであったというばかりではなく、プルーストは「氷が張っていない海を再び見出す」という形で特別な意味をそこに込めていた。つまり、「時を再び見出す」にあたって必要な、無意志的記憶の作用との関連において「不凍海」を捉えていたわけである。『失われた時を求めて』の決定稿において、実際に「無氷の海」という表現が用いられているのは、第六篇『消え去ったアルベルチーヌ』の第三章「ヴェネツィア滞在」であるが、この水上都市で造船所のドックをふと目にした「私」は、幼年期のプールで感じた気分を思い出し、水の深みを「極地に続く無氷の海なのでは」と訝って「嫌気と怖気に」襲われる(IV, p. 232)。現在の印象と過去の印象との間に偶然の一致をもたらすのは、「無氷の海」という両者に共通のエッセンスである。それでは、「無氷の海」という言葉はどのようにしてプルーストの世界にやって来たのだろうか。

それは、書簡でその読書体験について語っているとおり（*Corr.*, t. XX, p. 92）、一方ではエドガー・アラン・ポーの『アーサー・ゴードン・ピムの冒険』に由来するものであることは間違いないだろう。だがまたその一方で、この南極冒険譚の最後の部分で描き出されるイメージを、引用の形でそのまま北極について転用する『海底二万里』とも、その語彙は見過ごすことのできない関係性を持っていることは明白である。なぜなら、『ゲルマントのほう』において公爵夫人がフィヨルド見物のために「ノルウェー」に行くのは、ナウティルス号が「ノルウェー沿岸の危険な海域」でメールシュトロームに巻き込まれるからに他ならない。ポーの異常な世界とメールシュトロームとの抗し難い魔力に呪縛される「魅惑」の感覚が同時にもたらされるのは、『海底二万里』第二部第二十二章を措いて他にはない[11]。したがって、『失われた時を求めて』のわずか数行のテクストの中に、プルーストは『海底二万里』全体を要約していると言うことができるのである。

こうして最初の分析から、意外な、それでいて本質的な関係がプルーストとヴェルヌの間には見出されることが分かった。すなわち、そこには引用をめぐる作品同士の間テクスト性としての、また無意志的記憶という時間に関わる特質としての、さらには（プルースト的な）心理分析小説と（ヴェルヌ的な）冒険小説という文学ジャンルの間にあって、両者を関係づけるものとしての「横断性」が機能していることが、確認されたのである。

続く論考において試みられたのは、一九〇一年にシャトレ座で『八十日間世界一周』の戯曲版を観たプルーストが、このヴェルヌ作品をどのように受容したのかを考察することである。[12]『スワン家のほうへ』の第一部「コンブレ」の冒頭に置かれた「不眠の夜の回想」において、まどろみの中にある人物が過去の状態を経験する様子がウェルズの『タイム・マシン』を参照しながら語られていることは、よく知られている（I, p. 5）。プルーストは書簡において、しばしばヴェルヌとウェルズの作品を同じジャンルに属するものとして並置しており、ヴェルヌの作品も『失われた時を求めて』という長篇小説全体のこのプロローグに、何らかの影響を与えているのではないかと考えられる。ところで、ウェルズとヴェルヌは通常、「近代的な時間システム」に対して二つの異なる態度表明を行っているとみなされており、前者が分秒を刻む機械的時間の外に出たいという激しい欲望を体現しているとすれば、後者は近代的な時間の抑圧性に進んで同調していると考えられている。[13]時間旅行というトポスは「時間システム」への反感を表明する言説の一つの大きな集約点となっていることから、未来と過去という逆の方向性を取りながらも『タイム・マシン』と『失われた時を求めて』が同じ傾向を持つ作品であることはすぐに理解できるが、八十日間で世界を一周できるかどうかという分秒を争うサスペンスがクライマックスを成しているヴェルヌの小説から、プルーストが汲むべきものなどあるのだろうか。

とはいえ、ヴェルヌの時間論をシステムへの同調にのみ還元してしまうのは、単純に過ぎるだろう。なぜなら、『八十日間世界一周』とは、実際にはもう一つ別のサスペンス、八十日間という時間の「測定可能性」を宙吊りにする「幻の一日」によって特徴づけられる作品であり、[14]主人公たちが日付変更線を越えて旅をすることによって知らずに一日稼いでしまう、近代的な時間の関節外しを試みるファルスの系譜に連なるものとして、最初から構想されていたからである[15]。プルーストは一九一六年のある手紙で、友人のヨーロッパ周遊をあえて「四十八時間世界一周」と呼んで『八十日間世界一周』を暗示しているが（*Corr.*, t. XV, p. 248）、この二日間、すなわち一晩の間に、生涯で過ごしたすべての寝室の思い出を辿りつつ、ヨーロッパを一巡りするというのがまさに「コンブレ」冒頭に置かれた「不眠の夜の回想」のエピソードに他ならない。そしてヴェルヌの小説が、究極の時間の外として七十九日と八十日の間に宙吊りにされた「幻の一日」を提示しているように、『失われた時を求めて』も「夜のコンブレ」の回想からはついに零れ落ちたままの「昼間のコンブレ」が甦る無意志的想起の体験を語ることで、現在と過去との間に宙吊りにされた時間の外を描き出しているのである。

こうして、明示的な引用関係こそないものの、双方の小説冒頭においてこれから語られる世界一周あるいはヨーロッパ一周の予定表が提示されていること、またそのようにして、あらかじめ定められたスケジュールから逸脱する「幻の一日」と、紅茶に浸したマドレーヌの味わいから鮮やかに想起される「昼間のコンブレ」が存在することによって、『八十日間世界一周』と『失われた時を求めて』とは見事に対応していることが確認された。もちろんヴェルヌにおいては、時間の計測を極限まで突き詰めることによって、その作品に図らずも逆の可能性が出てくるのであり、ルーセルからビュトールあるいはペレックがヴェルヌ的な計測の試みを引き継いでいるのとは違う意味で、いわば逆説的にこのＳＦ冒険小説作家との相似形を描き出しているのがプルーストなのだと言えるだろう。

記憶と時間についての二つの分析に続くのは、プルーストとヴェルヌにおける絵画作品をめぐる考察である。三つめの論考では、「二十九世紀にて」を取り上げている。[16] ヴェルヌの未来予測小説の中には、クールベやミレーといったいわゆるレアリスムの画家とその作品が登場する。ジュールの息子ミシェルが書いたものに父が手を入れ、さらに息子が推敲したという複雑な経緯を辿って産み出されたためにいくつかのヴァージョンが存在する「二十九世紀にて」の中には、ミレーの《晩鐘》(図1)に対する言及がある。[17] 二十九世紀においては、かつてあれほど名声を誇った《晩鐘》ももはや完全にその価値を喪失し、紙屑同然となってしまっている。そして短篇中に見られる、未来社会における文学や音楽への評価とは著しく不均衡な、この絵画芸術に対する否定は、写真という機械技術の内在化に失敗したことに原因があるとされているのだが、しかし、ミレー芸術の価値喪失という展開には、ジュールとミシェルに共通するアメリカ型の資本主義への揶揄と、ミシェルに特有のキリスト教的な宗教感情の否定が見出せるばかりではなく、レアリスムという芸術運動に付随する政治的な主張という観点からも、ミレーが忌避されたことが分かるのである。

　しかし、この短篇におけるミレーへの言及には思いがけない問題が秘められている。《晩鐘》の受容史をひもとくことによって明らかになるのは、この短篇の生成に関わるいくつかの年と、《晩鐘》の受容において転換点となる幾つかの年が、ぴたりと符

図1　ミレー《晩鐘》

合していることである。つまり、この短篇と《晩鐘》とは図らずも鏡像関係を生きており、それゆえ、「二十九世紀にて」においてミレーの、それも《晩鐘》を選択してしまうことにミシェルの小説家としての限界、すなわち自ら産み出した短篇それ自体の、将来における価値を自己否定してしまうような限界が、そこに露呈しているのだ。

そして、ヴェルヌにおいて、ミレーは「映像伝送機付電話《フォノテレフォト》」という伝達装置から排除されているのに対して、この装置に興味を惹かれたプルーストにおいては、「フォトテレフォン」がミレーを廃れさせることはない。なぜなら、この電話の「やり方《スタイル》」にプルーストはフロベール的な「文体《スタイル》」の可能性を見ているからである（*Corr.*, t. XIX, p. 249）。このスタイルのおかげで、かつてレアリスムという「前衛」運動を代表していたミレーは古びることなく、その作品の中に革新と伝統が同時に感知される「古典」となるのである。

ミレーをめぐるヴェルヌとプルーストとの齟齬はしかし、より正確を期すならば、ミシェルとプルーストとの相違と言うべきだろう。[18]それというのも、父ヴェルヌとプルーストはある種の絵画作品に対して、むしろ等しく積極的な価値づけを試みていたからである。そのことを雄弁に物語るのが、『ヴィルヘルム・シュトーリッツの秘密』を扱う四つめの論考である。[19]ジュール・ヴェルヌの美術趣味は、その唯一の美術批評である「一八五七年のサロン」評が示しているように、極めて保守的であった。それゆえ、「美術アカデミー vs マネあるいは印象派」という対立構図の中で、ヴェルヌの美術趣味とその小説における絵画作品への参照に今日の読者が価値判断を下すのであれば、印象派以後という視点から、作家の趣味の悪さとは言わないまでも、あまりにブルジョワ然とした穏当さを指摘することはたやすい。だが、ヴェルヌ作品の圧倒的な面白さを前にした読者は、そうした単純な二項対立に基づく断定に安易に同調するのが躊躇われることもまた事実である。例えば、『ヴィルヘルム・シュトーリッツの秘密』――ただし一九一〇年に刊行されたジュールの息子ミシェルによる版（物語の時代設定は十八世紀）ではなく、一九八五年に日の目を見たジュール版（物語が展開するのは十九世紀末）においては、[20] アカデミスムの大家レオン・ボナ（一八三三―一九二二）の弟子が描いた肖像画が、レンブラントに匹敵するような極めて大きな役割を作中で与えられている。[21] ボナの絵画（**図2**）は実際、単なるアカデミスム絵画として批判されていたわけではなく、印象派画家、とりわけルノワールの作品とも横断的なコミュニケーションを果たす芸術的効果を持

図2　レオン・ボナ《ヴィクトル・ユゴーの肖像》

図3　ルノワール《シャルパンチエ夫人と子供たち》

つとみなされていたことは、プルーストが『ゲルマントのほう』において、作中画家エルスチールの描いた美術コレクター、シャルル・エフリュッシの肖像画のモデルとしてボナの肖像画を召喚し、ルノワールによるもう一人のコレクター、シャルパンチエ家の肖像画（図3）と合成しようとしたことからも明らかである（II, p. 1241）。この論考では、プルーストが提示するボナの可能性から、ヴェルヌにおける同画家の知られざる機能が初めて明らかになるのだが、すでにいささか論考の紹介に使える頁数が尽きてきたようなので、これまでのところにご興味のある方は、ぜひ拙論が掲載されている日本ジュール・ヴェルヌ研究会会誌、『Excelsior!』の第九号から第一四号までをお手に取って頂ければと思う。

ドゥルーズの「生成のブロック」とビュトールの「演奏目録《レペルトワール》」

こうしてプルーストとヴェルヌとの関係性の探求は意外な展開を見せ、ほぼ完全に忘却されていたものの、両者の間をつなぐ豊かな鉱脈があることが次第に明らかになってきた。本稿の筆者は、そもそもプルーストの研究から出発して、十九世紀と二十世紀をまたぐ世紀転換期の歴史的コンテクストにおいてこの小説家の作品を読んでいく過程で、ジル・ドゥルーズが『失われた時を求めて』の最大の特徴とした「横断性（transversalité）」の概念が、この哲学者自身はそれを歴史的な対象に用いていないながらも、やはり有効であることに気づくことになった[22]。そしてまた、「横断性」の概念は、プルーストとヴェルヌの関係においても、そこで起きている事態を把握する上で、驚くほど見事な鍵を提供するものであることが、時を追うごとにはっきりと感得されてきたのである。両者の関係は「横断性」の概念に限らず、自我の問題ばかりを重視し、それに拘泥するフランス文学を、「アレンジメント」に富んだ英米文学によって揺さぶる試みであること（例えば、ポーを参照する『海底二万里』を引用する『ゲルマントのほう』といった具合に）、あるいは「文学機械」（小説作品のシミュラクルとしての「映像伝送機付電話《フォノテレフォト》」と「フォトテレフォン」）、さらには「器官なき身体」（ジュール版『ヴィルヘルム・シュトーリッツの秘密』における、ボナ＝その弟子マルクによるミラの肖像画と、彼女の声からなる身体）というタームの下で輝きを見せる。これはまさに、ドゥルーズの言う「生成」にとって、プルースト《と》ヴェルヌという組み合わせが、ひとつの「生成のブロック」として、かつてないほどに相応しいものであることを証明しているだろう[23]。

　これまでの探求の成果から導き出される現時点での帰結を明らかにするために、タディエと双璧をなすプルースト研究の大家であり、コレージュ・ド・フランス教授であるという意味ではさらなる巨人である、アントワーヌ・コンパニョンが一九九二年に発表した「マルセル・プルーストの『失われた時を求めて』」を最後に取りあげておこう[24]。これはピエール・ノラによる『記憶の場』に収録された、いわばプルーストの受容史であるが、文学の詩学的転回を主導した師であるロラン・バルトの方向性から身を引きはがし、一九八〇年代から文学作品の新たな歴史的解釈の流れを先導してきた、その弟子コンパニョンの主要論文の一つである。したがって、それから三十年近くを経た今日の読者が、プルーストをヴェルヌと関係づけることが、なぜ新たな冒険となり、文学の新しい世界を開くことになるのかを把握するために、一瞥しておく必要があると思われる。

コンパニョンはこの論文の後半で、バルトの批評活動の展開に沿ってプルースト解釈の流れを辿っている。一九五〇年代半ば以降の言語論的転回の後で、八〇年代から訪れる歴史的解釈の時代を前に、プルーストの作品が読者を失うことなく、「古き良き小説として読まれる」可能性をバルトは提示していたように思われる、とコンパニョンは述べている。[25] そうした主張の論拠として、構造主義から「テクストの快楽」へとバルトがシフトしていった時期の文章、「探求のアイデア」（一九七一年）を引用している。「『失われた時を求めて』は、主として十九世紀というものが産み出すことのできた偉大な宇宙開闢説（バルザック、ワーグナー、ディケンズ、ゾラ）の一つである。宇宙開闢説の、合法的であると同時に歴史的な性格とはまさしく、それらが無限に探索可能な空間（銀河）であるということなのだ」。[26] これを受けてコンパニョンは、プルーストの小説は「冒険小説」を含むあらゆるジャンルを実現する「我々の聖書」なのであると畳みかけるのだが、しかし、そうだとすれば、バルトの引用に顕著な欠如があることに我々は気づくだろう。すなわち、十九世紀が産み出した宇宙開闢説の一つとしてヴェルヌの名前が挙げられていない、ということである。バルトは『神話作用』に「ナウティルス号と酔いどれ船」の一文を書いていたが、確かにそこでもヴェルヌの世界は閉じられた蒐集空間とみなされていたのであり、「無限に」探検へと誘うのはランボーの詩学のほうであると述べていたのだった。[27] そうであるならば、バルト＝コンパニョン的な文学史には、ヴェルヌという大きな欠如があることになるだろう。

その一方で、コンパニョンは「ヌーヴォー・ロマンの波がプルーストの受容に与えた効果をはっきりと確定するのは難しい」としている。[28] ロブ＝グリエ、サロート、ビュトールがプルーストの熱心な読者であった――とりわけビュトールについては、その最初のプルースト論である「マルセル・プルーストの「瞬間」」に触れて、一九五〇年代半ばから始まる新たな知的「前衛」としてのプルースト、という解釈の端緒の一つとなったとしている――ことから、ひとまずフランスの文学的伝統において稀有な彼らの小説技法への反省が、ジェラール・ジュネットの「物語のディスクール」という、小説における語りの技法カタログを一九七〇年代に生み出すことにつながった、と述べている。そして、ヌーヴォー・ロマンは、まさにプルーストが過去の作品に「先取りされたレミニッセンス」を見出すのを好んだように、『失われた時を求めて』自体を、自らの「先取りされたレミニッセンス」として甦らせたのだと結論づけているが、こうした断言に対して、今日のプルーストの読者がいささか限界を感じてしまうのも、また確かなのだ。

それというのも、例えばビュトールの評論集『演奏目録《レペルトワール》』第一巻を開いてみれば、そこにはまさにコンパニョンが言及していたプルースト論の前後に、ヴェルヌ論とルーセル論が収録されているからである。[29] なるほど、『失われた時を求めて』を「小説の小説」として読む一九五〇年代半ばからの解釈は、『見出された時』をルーセルの『私はいかにしてある種の本を書いたか』と同一視することによって成立したのであり、[30] プルースト＝ルーセルという結びつきを普及させることに、ビュトールの評論集が寄与したことも確かである。とはいえ、プルースト論の直前にヴェルヌ論が位置していることも、見逃すことのできない事実である。そうだとすれば、『演奏目録《レペルトワール》』第一巻のこれらの論考の配置を理由に、コンパニョンのテクストを相変わらず呪縛している、バルト、ジュネット、コンパニョンという系譜を、我々はそろそろ本気で疑わなければならない時代に突入しているのだ。[31]

ビュトールの文学的営為とともに開かれる、新たな文学史の可能性。その一つの可能性が、まさにプルーストをヴェルヌとともに「演奏」することなのである。ビュトールは実際、『演奏目録《レペルトワール》』第二巻に収録された「プルーストにおける架空の芸術作品」において、まずは『花咲く乙女たちの蔭に』で画家エルスチールが口にする、《カルクチュイ港》における「フロリダ」的要素を、シャトーブリアンを経由して、ヴェルヌの『地球から月へ』の「フロリダ」に結びつける。次に『月を回って』の砲弾ロケットによる運動を、『見出された時』における芸術的視点への考察と結びつけている。[32] この同一視はいささか唐突ながら、何人もの、本質的に独創的な芸術家たちのもたらす新たな視点を経めぐる旅が、〈驚異の旅〉そのものであるという解釈を提出しており、両者を地続きの世界として読む可能性を開いてくれる。[33] そしてまた、ビュトールにとって批評とは、「原典」からの多数の引用を含む二次創作に他ならないのだから、「ヌーヴォー・ロマン」に分類される四つの小説作品はその逆に、当然ながらそれ自体、批評となっているはずだ。そうであるならば、ビュトールの最初のプルースト論が『ミラノ通り』と『時間割』をつなぐ環[34]」として読めるのと同じように、この「通り」がフランス語では「パサージュ（passage）」であることに、読者は奇妙なめまいを覚えるのではないだろうか。つまり、ビュトール自身がそう意図していたかどうかとは関係なく、ヴァルター・ベンヤミン的な「パサージュ」をめぐる思考が、ビュトールに受け継がれ、それが必然的にプルーストの作品を招き寄せ、プルーストの新たな姿を『時間割』とともに提示したのではないか、とも考えられるのである。したがって、そこには「メタ小説」としての『失われた時を求めて』と同時に、ジュネット的ではなく、場合によってはバルトよりもさらに広い射程を持つ文学史へと開かれたプルーストの世界が垣間見られていたのであり、その作業は『演奏目録《レペルトワール》』と連動して、実践されていたのである。こうした成り行きを把握することは、まさにベンヤミン的な「想起の仕事」としての歴史認識に他ならないだろうし、ビュトールによる文学史は、現在の状況《コンステラツィオーン》＝星座において初めてアクチュアルになり、強調された意味での歴史的な対象となる。そしてヴェルヌの砲弾ロケットに乗っていたのが、写真家ナダールのアナグラムから産み出されたアルダンであることにかけて言えば、我々は「写真小史」ならぬプルーストにおける「ヴェルヌ小史」を書くときが、今まさに到来しているということになるだろう。

プルーストとヴェルヌとともに文学の「歴史を逆撫でする」

ベンヤミンは「顕彰や擁護［によって］価値を認められるのは、作品の要素の中で、すでに後代への影響史の中に組み込まれてしまった要素だけである」と述べているが[35]、我々はバルト、ジュネットによる言語論的転回でもなく、（バルトに遡及的にその可能性を見出す）コンパニョン的な歴史的転回でもなく、その両者の間にあって、そこに影響関係があるとは意識されない場所、いまだ思考されざるプルーストとヴェルヌの関係について探求する旅、冒険小説よろしく「驚異の旅」に出ることになるのである。それこそまさに、ベンヤミン的な意味において、文学の「歴史を逆撫でする」ことに他ならない。

ここで使用される「冒険小説」の語には、ジャック・リヴィエール的な意味も込めておきたい。リヴィエールは一九一三年、『スワン家のほうへ』が出版される直前に「冒険小説」と題されたマニフェスト的な評論を発表している[36]。そこでの議論は簡単にまとめると次のようなものである。象徴主義の試みはすでにやり尽くされてしまい、新たな時代は新たな文学を必要としている。新しい小説家は事件でいっぱいの、複雑な展開の小説を書くべきである。作品は脱線に満ちており、大部分のものとなる。つまり「冒険小説」とは新たな物事を使って進行する小説のことを指しており、冒険とは作品の素材というよりむしろ形式である。「冒険小説」においては推理小説とは異なり、犯人探しという終着点があらかじめ定められていないので、読者は完全に未知のものであるが不可避的な何かを期待することができるのである。このように、リヴィエールの「冒険小説」論の柔軟さはジャンルの規定を目指すものではないだけに際立っている。そして、ジャンルとしての「冒険小説」をも含みこんだ『失われた時を求めて』の第一篇が彼自身の評論の数カ月後に登場したとき、希求する新たな「冒険小説」をリヴィエールがそこに読み取ることになったのは、ごく自然な成り行きであっただろう。

リヴィエールの「冒険小説」とはしたがって、「横断線」としての「冒険小説」であり、プルーストとヴェルヌが広義の「冒険小説」の系譜を、伝統という形ではなく、離散したままの偶然の連続性として肯定する「ほとんど連続した連鎖[37]」として作り上げていることを明らかにしている。ある日、スワン家のほうとゲルマントのほうをつなぐ「隠された小さな扉」(IV, p. 76) が見出されるように、プルーストのほうとヴェルヌのほうをつなぐ「小さな扉」、それはもちろん「一片の文章

＝小楽節（petite phrase）」であるわけだが、ドゥルーズ的な「抜け道＝横断線（transversales）」に出会い、ビュトールのように文章＝楽節を「即興演奏」することによって、ヴェルヌとプルーストとが前代未聞の両立可能となる世界、「生成のブロック」をなす世界に、我々読者はそのつど一瞬、立ち会うのである。この世界をめぐる旅には、まだ二つの謎、ジルベルトが観に行く『ミシェル・ストロゴフ』の謎と、ヴェルヌのロビンソンものの謎が残されている。それでは読者のみなさま、また次の旅でお会いしましょう！

註

（1）　本論中で使用する『失われた時を求めて』のテクストは全て以下の校訂版を典拠とし、引用ないし参照後に、巻数を示すローマ数字および頁数を記すことにする。Marcel Proust, *À la recherche du temps perdu*, édition publiée sous la direction de Jean-Yves Tadié, 4 vol., Gallimard, coll. « Bibliothèque de la Pléiade », 1987-1989.

（2）　新島進「遅れてきた前衛、ルーセルを通したヴェルヌ再読」『水声通信』第二七号（特集ジュール・ヴェルヌ）、二〇〇八年十二月、一四五—一五五頁。

（3）　Michel Butor, « Lectures de l'enfance », *Répertoire III*, Éditions de Minuit, 1968, p. 259-262.（ミシェル・ビュトール「少年期の読書」調佳智雄訳、ジュール・ヴェルヌ『ハテラス船長の冒険』所収、パシフィカ、一九七九年、二三五—二三九頁）

（4）　本論の「序」にあたる「意外な関係」および第一節の終わりまでは、拙論「プルーストと『海底二万里』

――あるいは「冒険小説」としての『失われた時を求めて』」『Excelsior!』第九号、一〇二―一〇六頁と重複する部分があることをお断りしておく。

（5） Jean-Yves Tadié, *Marcel Proust. Biographie*, t. 1, Gallimard, coll. « folio », 1999, p. 111.

（6） 本論中で使用するプルーストの書簡は全て以下の校訂版を典拠とし、これ以降の同書への参照は、引用後に *Corr.* の略号および巻数と頁数を記すことにする。*Correspondance de Marcel Proust*, texte établi, présenté et annoté par Philip Kolb, 21 vol., Plon, 1970-1993.

（7） 最高の暇つぶしになる本はないかと訊ねてきた女友人に、プルーストは「イギリスのジュール・ヴェルヌのようなもの」としてウェルズを紹介したことがある（*Corr.*, t. III, p. 37）。ただし、本稿の筆者の調査によれば、『タイム・マシン』に「五十時間も寝ていない」人物は出てこないし、『八十日間世界一周』の主人公についても「座りもしなければ、黙りもしない」様子は一切見られないため、書簡の記述はプルーストの記憶違いによるものと考えられる。

（8） 倉片健作「神の足跡を求めて、ポール・クローデルと『神秘の島』」『Excelsior!』第八号、一〇九―一二〇頁。

（9） 以下について詳しくは、拙論「プルーストと『海底二万里』――あるいは「冒険小説」としての『失われた時を求めて』」、前掲論文、一〇二―一二三頁、を参照のこと。

（10） Jules Verne, *Vingt Mille Lieues sous les mers*, Hachette, 1977, p. 88.

（11） *Ibid.*, p. 466-468.

（12） 以下について詳しくは、拙論「プルーストと『八十日間世界一周』――あるいは「四八時間世界一周」としての『失われた時を求めて』」『Excelsior!』第一〇号、一五四―一七五頁、を参照のこと。

（13） 松浦寿輝『波打ち際に生きる』羽鳥書店、二〇一三年、四九―一二八頁。

（14） フォリオ版の『八十日間世界一周』（Jules Verne, *Le Tour du monde en quatre-vingts jours*, édition présentée, établie et annotée par William Butcher, Gallimard, coll. « folio », 2009）へのウィリアム・ブッチャーの序文（特に p. 12-15）を参照のこと。

(15)　『八十日間世界一周』の重要な発想源の一つにポーの「週に三日の日曜日」があることはよく知られている（エドガア・アラン・ポオ「一週間に三日曜」『エドガア・アラン・ポオ全集』第四巻、谷崎精二訳、一九七〇年、三〇五―三一四頁）。

(16)　以下について詳しくは、拙論「プルーストと「二十九世紀にて。あるアメリカ人ジャーナリストの二八八九年の一日」、あるいは「ミレー」をめぐる「フォトテレフォン」としての『失われた時を求めて』」『Excelsior!』第一一号、一一一―一四一頁、を参照のこと。

(17)　Jules Verne, « Au XXIXe siècle. La Journée d'un journaliste américain en 2889 », *Hier et demain, Œuvres de Jules Verne*, t. XXV, Éditions Rencontre, Lausanne, sans date, p. 206.

(18)　ミシェルとは異なり、ジュールがミレーを高く評価していたことについては、ジュールによる「一八五七年のサロン」を詳しく分析した、以下の論考を参照のこと。拙論「反転それとも「埋葬」、あるいは『二〇世紀のパリ』と『海底二万里』におけるクールベの／による「埋葬」」『Excelsior!』第一四号、一三七―一五九頁。

(19)　以下について詳しくは、拙論「『失われた時を求めて』と『ヴィルヘルム・シュトーリッツの秘密』、あるいは反ユダヤ主義と反ドイツ感情をめぐる「横断線」と「器官なき身体」」『Excelsior!』第一二号、一一二―一二五頁、を参照のこと。

(20)　Jules Verne, *Le Secret de Wilhelm Storitz*, Gallimard, coll. « folio », 1999.（邦訳はもちろん、ジュール・ヴェルヌ『カルパチアの城／ヴィルヘルム・シュトーリッツの秘密』〈驚異の旅〉コレクションV）、新島進訳、インスクリプト、二〇一八年）

(21)　同書、一八九、二〇二頁。

(22)　詳しくは、拙著『プルースト、美術批評と横断線』左右社、二〇一三年、を参照のこと。

(23)　ジル・ドゥルーズ、クレール・パルネ『ディアローグ　ドゥルーズの思想』江川隆男・増田靖彦訳、河出文庫、二〇一一年、一八頁。また、ドゥルーズ＝ガタリは『アンチ・オイディプス』において、「脱領土化のプロセス」を描き出す作品として、彼ら自身でヴェルヌの『カルパチアの城』に言及しているが、この小説をマネとアカデミスム絵画の「闘争機械」として読み解く試みとしては、拙論「鏡の中のラ・スティラ、あるいはジェロームとオランピアの間で生成／闘争するイメージ」『Excelsior!』第一三号、八三―一〇二頁、がある。

（24） Antoine Compagnon, « *La recherche du temps perdu* de Marcel Proust », dans Pierre Nora éd., *Les Lieux de Mémoire*, t. III, Gallimard, 1997, p. 3835-3869.

（25） *Ibid.*, p. 3860.

（26） Roland Barthes, « Une idée de recherche », *Le Bruissement de la langue*, Éditions du Seuil, coll. « Essais », 1984, p. 308.

（27） Id., « Nautilus et bateau ivre », *Mythologies*, Éditions du Seuil, coll. « Essais », 1970, p. 80-82. なお、バルトには『神秘の島』をめぐる次の論考もある。Id., « Par où commencer ? », *Poétiques*, Nº 1, 1970. 確かに、この「どこから始めるべきか?」では、静態的な構造分析から動態的な「構造分析」、すなわち「テクスト分析」へとバルトは移行しており、「テクストを爆発させる」べく『神秘の島』の読解を実践している点において、それ以前の『神話作用』でヴェルヌ作品の特徴を「閉じている」としていた彼自身の立場とは異なっている。とはいえ、『神話作用』でまさに『海底二万里』におけるナウティルス号に言及していたにもかかわらず、「どこから始めるべきか?」では、『神秘の島』と『海底二万里』が〈驚異の旅〉というシリーズを構成しており、なおかつ『神秘の島』においてネモとナウティルス号が（バルザック的な意味で）再登場することについては一言も触れられていないことから、やはりバルトはヴェルヌの作品群を「シリーズ」として（その反復を含んだ時間性において）捉えていなかったことが分かる。

（28） A. Compagnon, « *La recherche du temps perdu* de Marcel Proust », art. cité, p. 3851-3853.

（29） M. Butor, « Le point suprême et l'âge d'or à travers quelques œuvres de Jules Verne », *Répertoire I*, Éditions de Minuit, 1960, p. 130-162 ; « Les « moments » de Marcel Proust », p. 163-172 ; « Sur les procédés de Raymond Roussel », p. 173-182.（ミシェル・ビュトール「至高点と黄金時代――ジュール・ヴェルヌのいくつかの作品を通して」「マルセル・プルーストの「瞬間」」「レーモン・ルーセルの手法について」、『レペルトワール』第一巻、石橋正孝監訳、幻戯書房、二〇二一年、所収）。

（30）　A. Compagnon, « *La recherche du temps perdu* de Marcel Proust », art. cité, p. 3859.

（31）　例えば、すでに一九七三年の時点において、蓮實重彦がフランスの批評をバルト、リシャール、（そしてジュネットではなく）ビュトールの三人に代表させ、とりわけビュトールに、バルトやリシャールと比較して、はるかに広い、新たな射程を持つ文学史の可能性を見ていたことについては、石橋正孝による「解題」（ミシェル・ビュトール『レペルトワール』第一巻、前掲書、所収）を参照のこと。実際、ビュトールは、註27で触れたバルトとは異なり、そのヴェルヌ論「至高点と黄金時代」（一九四九年）を〈驚異の旅〉以前にヴェルヌ作品に付けられていた）〈既知の世界と未知の世界〉というシリーズ名への言及から始めているばかりでなく、小説の中でヴェルヌがシリーズについての言及を登場人物たちに行わせている『蒸気で動く家』から『ハテラス船長の航海と冒険』へと議論を進めた上で、一八七五年以前の全作品を統合する小説として『神秘の島』を分析している。つまり、ビュトールは「反復」と「シリーズ」に対する関心から、ヴェルヌの作品群とプルーストの『失われた時を求めて』とを同時期に読んでいたのであり、一九五〇年頃から新たな独自の文学史を出現させていたのである。この点については、本稿の筆者による『蒸気で動く家』（インスクリプト、二〇一七年）と『ハテラス船長の航海と冒険』（同、二〇二一年）の「訳者あとがき」も参照のこと。

（32）　M. Butor, « Les œuvres d'art imaginaires chez Proust », *Répertoire II*, Éditions de Minuit, 1964, p. 252-292. ビュトールは同論文で二回（p. 275 と p. 292）、プルーストとヴェルヌを積極的に関係づけている。

（33）　そこでの「若返りの泉（fontaine de Jouvence）」に対する注目は、後に刊行されるミシェル・セールのヴェルヌ論のタイトル『青春　ジュール・ヴェルヌ論（*Jouvences sur Jules Verne*）』とも響き合っている。

（34）　石橋正孝による「解題」（ミシェル・ビュトール『レペルトワール』第一巻、前掲書、所収）を参照のこと。

（35）　ヴァルター・ベンヤミン『パサージュ論』、第三巻、今村仁司・三島憲一ほか訳、岩波現代文庫、二〇〇三年、二一四頁。（Walter Benjamin, *Paris, capitale du XIXe siècle. Le Livre des Passages*, trad. Jean Lacoste, Éditions du Cerf, 1989, p. 240.）

（36）　J.-Y. Tadié, *Le Roman d'aventures*, Gallimard, coll. « Tel », 2013, p. 189-191.

(37)　Marcel Proust, « Classicisme et romantisme », *Contre Sainte-Beuve*, précédé de *Pastiches et mélanges* et suivi de *Essais et articles*, édition établie par Pierre Clarac avec la collaboration d'Yves Sandre, Paris, Gallimard, coll. « Bibliothèque de la Pléiade », 1971, p. 617.

師弟の邂逅
——ヴェルヌとルーセル

新島進

「〔制約という概念は〕レーモン・ルーセルを礎とするもので、潜在文学工房《ウリポ》、つまりレーモン・クノーが主だって先導しているグループの活動そのものです。これはひとつの伝統であって、私の考えではある意味、ジュール・ヴェルヌにも由来します」——ジョルジュ・ペレック「『煙滅』について」（一九六九年のインタビュー）

ジュール・ヴェルヌの愛読者は数あれ、その偏愛ぶりにおいてフランスの詩人レーモン・ルーセルの右に出る者はおるまい。とはいえ、ルーセルといえば『アフリカの印象』（一九一〇年）に登場する「子牛の肺臓でできたレールのうえを走るギリシア奴隷の像」といったオブジェが示す無類の奇抜さと、独自の創作方法〈手法〉(1)で知られ、一般には難解な、そして奇妙《エクサントリック》な詩人とされている。そのルーセルが、青少年向けの冒険小説で一時代を博した、つまりは大衆作家であったヴェルヌを崇めていたという逸話には喫驚するを禁じえない。あるいはその突飛さこそがルーセルらしいといえる。ルーセルの邦訳を手がけた岡谷公二氏はルーセルが大衆的な作家を愛読していたことについて「この好みはきわめて特異で人の意表をつく。とくにヴェルヌに対する彼の尊敬の念は、限度を知らなかった[2]」し、にもかかわらず、「両者の作品を読み比べるならば、この二人がまぎれもない精神上の父子であることが、読者にはすぐわかる[3]」と付言する。特異であるのに明白——ルーセルのヴェルヌ崇拝はかように両義的であり、その本質は未だ謎に満ちている。そして文学の世界に、同時代のソシュールにも劣らぬインパクトをもたらしたルーセルを通してヴェルヌを再読することは、大衆作家には収まらない後者の文学性、その革新性をあぶり出すのではないか。本稿では主に、両者のテクストのあいだに見られる具体的な影響関係を明らかにしてみたい。

奇妙な師弟関係

ジュール・ヴェルヌ——一八二八年ナント生まれ、一九〇五年アミアンにて死去。レーモン・ルーセル——一八七七年パリ生まれ、一九三三年パレルモにて死去。前者は地方在住の人気作家、後者はパリ郊外の豪邸に住む大ブルジョワと、地理的に隔たり、また社会階層も異なっていたが、両者は三十年ほどの時をフランスの同時代人として生きていたことになる。ルーセルが生まれたときヴェルヌはすでに四十九歳。『気球に乗って五週間』(一八六三年)で実質的な作家デビューを飾ってから十年以上が過ぎ、『八十日間世界一周』(一八七三年)や『神秘の島』(一八七四—七五年)といった今なお読み継がれる作品の多くを書き終え、文学的栄光の渦中にいた。ルーセルは一八九七年、二十歳のときに『代役』という作品を自費で刊行して詩人の道を歩みはじめ、ヴェルヌは一九〇五年の死の直前まで書き続けていたため、二人がともに創作活動をしていた期間は約十年間であるが、ルーセルは未だ無名であり、ヴェルヌはその奇異な作品を目にしてはいないだろう。そしてルーセルが一九一一―一二年、『アフリカの印象』の劇場版によってスキャンダルをひき起こし、幾ばくかの衆目を集めたとき、ヴェルヌはもはやこの世にいなかった。

ルーセルのヴェルヌ崇拝はのちに、本人が残した二つの文書によってわれわれの知るところとなった。まずはルーセル死去から二年後の一九三五年、遺言によって死後刊行された『いかにして私はいくつかの本を書いたか』に収録の、同タイトルの覚え書き（以下、「いかにして」）においてである。このエッセイは〈手法〉の秘密を明かす前半部と、自身の半生を語る後半部に分かれるが、その後半部に以下の文言がある。

私はまたこの覚書のなかで、ジュール・ヴェルヌという桁外れの天才に敬意を表しておきたい。

このお方に対して私は無限の憧憬を抱いている。

『地球の中心への旅』、『気球に乗って五週間』、『海底二万里』、『地球から月へ』、『月を回って』、『神秘の島』、『エクトール・セルヴァダック』のいくつかのページにおいて、このお方は人の言語が到達しうる絶頂に登りつめた。

私は兵役を務めていたアミアンで、一度、訪問を許されるという僥倖に恵まれ、不滅の作品を数多書いた手を握ることができた。
おお、比類なき巨匠よ、あなたの本をくり返し読むことで過ぎたわが生涯の崇高な時が祝福されんことを。(4)

なにより驚かされるのは「人の言語が到達しうる絶頂」という表現であり、これにはむしろ唖然とさせられる。ヴェルヌ作品のレッテルともいえる「胸躍る冒険」や「科学や地理学の知識」ではないのだ。ルーセルはこの時代からすでにヴェルヌを大衆作家ではなく、一文学者とみなしていたのではないか。後段の「訪問を許された」というくだりについてはのちに検討する。
もうひとつは一九四九年にはじめて公開された手紙であり、一九二一年の春ないしは夏、ルーセルが、作家ミシェル・レリスの父親で、ルーセル自身の友人であったウージェーヌ・レリスに宛てた手紙である。レリス父が病気の療養中、ヴェルヌの本を貸してくれと、おそらくは軽い気持ちでルーセルに頼んだ手紙への返信となっている。

金曜日
友よ
ああ、あなたは危険な話題に触れてしまった！
私の命をさしあげても、ジュール・ヴェルヌの作品を一冊でもお貸しすることはできません！　私はあのお方の作品に熱狂しており、「羨望《ジャルー》」を抱いているほどなのです。もしもあなたが作品を読まれたら、どうかそのことを絶対に私には話さないでください、あの御名を私の前で発することさえ遠慮願いたいのです。なぜなら、あの御名を跪かずに発するなど、それは私にとってひとつの冒瀆に思われるのですから。あのお方こそは、他を遥かに凌駕した、〈すべての世紀を通じてもっとも偉大な文学上の天才〉です。この時代の作家がひとり残らず忘れ去られ、長い時間が過ぎても、あのお方だけは「残る」でしょう。そもそも、あのお方の作品を子どもに読ませることは、ラ・フォンテーヌの『寓話』を習わせるのと同様に異常《モンストリユー》なことです。あまりに深遠なゆえ、大人でさえ評価できる人間はほとんどいないのですから。

久しく見ることのなかったあなたの手跡を拝見し、私がどれほど嬉しかったか想像もできますまい。

どうかご自愛のうえ、一日も早い快復を。それこそがなによりの歓びです、
あなたの友にとって。

レーモン・ルーセル[5]

ここでもやはり青少年向け冒険小説作家を「すべての世紀を通じてもっとも偉大な文学上の天才」とする、この——失笑を誘うほどの——崇拝ぶりをどう捉えたらよいのだろう。それも第一次大戦後の、ヴェルヌがほとんど世間から忘れ去られていた時代にである。ラ・フォンテーヌへの言及も謎めいている。ともあれルーセルのこの文面が今日、ヴェルヌ再評価の号令のごとく引用されることは文学史の皮肉といえるかもしれない——あのルーセルがこれほど賞賛しているのだから、

ヴェルヌは新しいのです、と。ミシェル・レリスはまた、ルーセルが作家ピエール・ロティ、天文学の啓蒙家カミーユ・フラマリオン、詩人フランソワ・コペ、さらに作曲家ジュール・マスネなどにも狂信的といえる偏愛を示していたことを明かしているが、[6]ルーセルが「いかにして」で一節を割いて賞賛しているのはヴェルヌのみであり、[7]〈驚異の旅〉の作家は間違いなくルーセルのアイドルのなかで別格であったことがうかがえる。

七　作品と、それ以外

慕っている作家がいれば、そのスタイルや文体を真似、やがてオリジナルな要素を獲得していく、それが物書きの自然なあり方であろう。あるいはヴェルヌの同時代にはポール・ディヴォワやルイ＝アンリ・ブースナールのような大衆作家が現われ、〈驚異の旅〉に類似する読み物が量産されていた。かほどにヴェルヌを崇拝するルーセルもまた「科学や地理学の知識を駆使した胸躍る冒険」を書いてよいものを、やはりそこはルーセルであり、その作風は同時代のエピゴーネンとは一線を画する（というよりは、すべての作家と一線を画するのだが）。『アフリカの印象』といった散文長篇作品もあれ、ルーセルは生涯、韻文を捨てなかったという根本的な違いもある。以下で考査するようにテクストに現われるヴェルヌの影は見え隠れする程度であり、共通する文学的本質は深部に隠されているように思われる。

ヴェルヌは〈驚異の旅〉シリーズで人気作家となる遥か以前の一八四九年に劇作家としてデビュ

ーし、その〈驚異の旅〉も長短篇を含めて八十作品になりなんとする長大なシリーズであり、さらにドキュメンタリーや自作の劇場版、死後刊行作品も残している。半世紀以上にわたって書かれた膨大なテクストのなかで、ではルーセルは特にどんな作品を好み、また、どんな影響を受けているのだろうか。ウージェーヌ・レリスへの手紙にもあったとおり、ルーセルはヴェルヌの本を友人にも——金銭を湯水のように使える大富豪であったにもかかわらず——貸せぬほど、まさに聖遺物のごとく扱っていたと思われるが、晩年に手放してしまったのか、これまでのところルーセルが所蔵していたヴェルヌの本は発見されていない。よって物的な裏づけは期待できず、検証はテクストのつき合わせからの推測に頼るしかない。なお、ヴェルヌ作品のなかには、今日では実際にはアンドレ・ローリーや、ヴェルヌの息子ミシェル・ヴェルヌが実質的な作者であることが判明しているタイトルがあるが、ルーセルをはじめ、当時の一般読者はそのことを知らなかったはずであり、影響関係を考えるに際には作者問題にも留意しなければならない。

　ここで注目したいのは「いかにして」においてルーセルが掲げていたヴェルヌの七作品である。この選択に深い意味を見いだすことはできるのだろうか。順に見ていこう。最初の『地球の中心への旅』には確かに明らかなオマージュ、目配せを確認すること

『地球の中心への旅』の暗号

J m n e , b
e e , t G e
t' b m i r n
a i a : a !
i e p e ü

「黒人たちのあいだで」の暗号

LEEBCLASIPA
[...]
ETSLSENDEIR
[...]
STDAUSDUULD
[...]
LRUNRBEVXL

図1　〈縦読み〉の暗号文

1° Un thermomètre centigrade de Eigel, gradué jusqu'à cent cinquante degrés, ce qui me paraissait trop ou pas assez. Trop, si la chaleur ambiante devait monter là, auquel cas nous aurions cuit. Pas assez, s'il s'agissait de mesurer la température de sources ou toute autre matière en fusion.

2° Un manomètre à air comprimé, disposé de manière à indiquer des pressions supérieures à celles de l'atmosphère au niveau de l'Océan. En effet, le baromètre ordinaire n'eût pas suffi, la pression atmosphérique devant augmenter proportionnellement à notre descente au-dessous de la surface de la terre.

3° Un chronomètre de Boissonnas jeune de Genève, parfaitement réglé au méridien de Hambourg.

4° Deux boussoles d'inclinaison & de déclinaison.

5° Une lunette de nuit.

6° Deux appareils de Ruhmkorff, qui, au moyen d'un courant électrique, donnaient une lumière très-portative, sûre & peu encombrante (1).

図2　ヴェルヌ『地球の中心への旅』の6つの道具

1° Une lampe actuellement sans lumière.

2° Un étroit poinçon à aiguille d'or prodigieusement ténue.

3° Une petite règle de quelques centimètres, tout en lard, montrant sur un de ses côtés six divisions principales, qui, marquées par de forts traits numérotés, contenaient chacune douze subdivisions indiquées en lignes plus fines et plus courtes. Raies et chiffres tranchaient par leur couleur rouge vif sur le gris blanchâtre du lard. L'ustensile, délicatement exécuté, reproduisait en miniature l'ancienne toise, divisée en six pieds et soixante-douze pouces.

4° Une mince tablette verte et carrée faite en quelque cire durcie.

5° Un appareil acoustique fort simple consistant en une courte aiguille d'or adaptée à une membrane ronde pourvue d'un cornet.

6° Une petite feuille rectangulaire de carton blanc, dont une ouverture centrale enserrait juste, dans ses bords imperceptiblement dédoublés, un grenat plat et facetté, qui, taillé en losange, donnait à l'ensemble une apparence d'as de carreau.

図3　ルーセル『ロクス・ソルス』の6つの道具

ができる。(8) ヴェルヌの物語は暗号文の解読からはじまるが、その暗号は折句の一種、いわゆる〈縦読み〉をすることで解けるようになっている。主人公の二人が簡単な例(9)を挙げて説明する（図1）。

この意味不明の文字列は、左上から縦方向に読んでいくとJe t'aime bien, ma petite Graüben !（大好きだよ、僕のかわいいグラウベン！）となるのだ。一方、ルーセルはといえば、一九〇〇年頃に書かれたとされ、生前は未発表だった「黒人たちのあいだで」という短篇(10)においてまったく同様の、縦読みの暗号を用いているのである。

これをアクセルがおこなったのと同じ要領で読解すると、LES LETTRES DU BLANC SUR LES BANDES DU VIEUX PILLARD（年老いた盗賊の一味についての白人の手紙）と解せる文章になる。つまり『地球の中心への旅』で用いられた暗号システムのオマージュ的な借用と見ていいだろう。

ヴェルヌ作品のアクセルとリデンブロック教授は地球の中心への旅のために六つの器機を準備するが、ルーセル『ロクス・ソルス』（一九一四年）に登場するリュシュス・エグロワザールは、自身の珍妙な蓄音機を製作するに際し、やはり六つの道具を用意させ、その箇条書きのフォーマットが明らかにヴェルヌのそれをなぞっている（図2、図3）[11]。〈驚異の旅〉の少なからぬ作品が噴火や爆発で終わり、これについては神話学や精神分析の観点から幾多の解釈がおこなわれてきたが、『地球の中心への旅』もまた同様で、一方、『ロクス・ソルス』における最後の実験も、火薬の精製とその爆破実験であった。そしてレフェランスの面でいえば、『地球の中心への旅』で言及されるクロノメーター、マストドン、顔面角といった事物や語がルーセル作品にも見られる[12]。

それに続く四つのタイトルは〈乗り物〉が主題となる作品群だ。『気球に乗って五週間』の気球

図4　ヴェルヌ『気球に乗って五週間』の気球

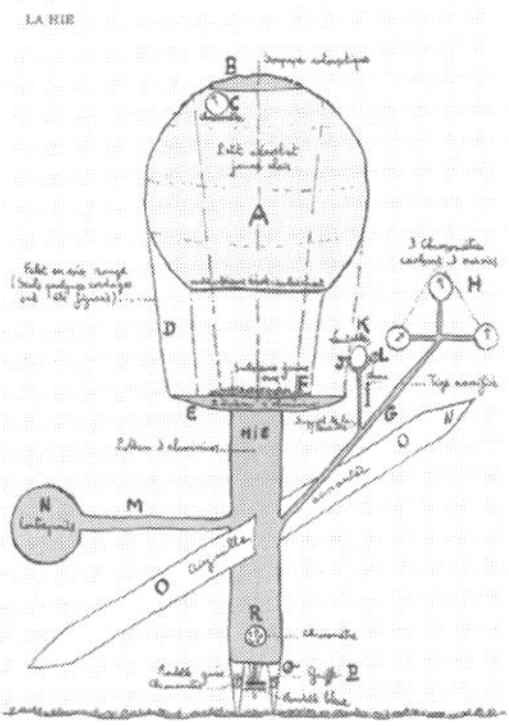

図5　ルーセル『ロクス・ソルス』の撞槌

と『ロクス・ソルス』第二章に登場する通称、撞槌《とうつい》は、ルーセルとヴェルヌの関係性を語るうえでもっとも明白な共通のモチーフだろう（図4、図5）[13]。『海底二万里』（一八六九―七〇年）の潜水艦については、ルーセル『額の星』（一九二四年）においてその前身である装置が語られるほか[14]、『アフリカの印象』のフォガルがおこなう海中散歩はノーチラス号のそれの悪夢版といったところだ。『地球から月へ』（一八六五年）と『月を回って』（一八七〇年）において巨大大砲によって有人の砲弾が月に打ちあげられるなら、『ロクス・ソルス』のやはりリュシュス・エグロワザールの挿話に、亡き娘の産着をつくるために用いられる小型ロケット（fusée）が登場する。

ここまでを概観してみても、ルーセルのテクストへのヴェルヌの影響の特徴が見えてくる。『地球の中心への旅』の暗号や六つの器機の列挙については明白な目配せだとして、最後の爆発を除けば、ほかに類似が指摘できる要素はなにか本質的な関連性を示すものではない。ヴェルヌの〈乗り物〉作品にしても、ルーセルは実生活で使用するためのキャンピングカーを設計して実際に旅をしたが、そうした〈乗り物〉で冒険をする作品があるわけではない。むしろルーセルの場合、撞槌《とうつい》にしろ、小型ロケットにしろ、それが実際の気球やロケットのミニチュアとして描かれている点が特徴としてある。ルーセルにはスケールが異なるものを同一視する独特の詩学があり、デビュー作の『代役』から、とりわけ晩年の韻文作品『新アフリカの印象』（一九三二年）までの詩句をなす顕著な原理になっている。たとえば気球は同詩にも登場するが、そこでは「出発する気球乗りが日のもとにくり出すバラスト投擲を、砂時計の内部落下と（とり違えてはいけない）[15]」と謳われている。ルーセルの気球は、ナイル河源流探索の物語とはまるで相容れない。

残りの二作品『神秘の島』と『エクトール・セルヴァダック』（一八七七年）は、前者は無人島、後者はアルジェリア北部という限定された空間が世界から切り離され、そこで展開する物語という共通点を持つ。この二作品については、ルーセルにも漂流をモチーフにした挿話は散見されるが、注意を惹かれるのはせいぜい、『エクトール・セルヴァダック』の舞台となるジブラルタル海峡、あるいはヴェルヌの登場人物たちが訪問するダミエット、当地にある聖王ルイの遺跡が、ルーセル『額の星』の一挿話や、『新アフリカの印象』第一歌の冒頭で言及されるくらいだ。あるいはヴェルヌの代表作が連なる作品群にあって『エクトール・セルヴァダック』だけが知名度で劣り、この選択の意図を問いたくなるが、同作が単に、ルーセルが生まれた一八七七年に刊行されているのを記念してということもありうる。[16]

では、七作品以外にはどんな影響関係が見られるだろうか。語のレヴェルでいえば、ルーセル研究においては早くからヴェルヌ『緑の光線』（一八八二年）が注目されてきた。[17] ルーセルに「エイの皮」という短篇があり、これは「〈緑の光線〉岬のしたでエイの皮（La peau de la raie sous la pointe du Rayon-Vert）が煌めいていた」という一文ではじまり、「緑の鉛筆の先のしたにある髪の分かれ目の肌（La peau de la raie sous la pointe du crayon vert）」というフレーズで終わる。[18] エリック・ロメール監督の映画作品にインスピレーションを与えたこの〈緑の光線〉は、それを見ると幸せになるという一般に流布した迷信であり、ヴェルヌもメロウなオチに用いているが、ルーセルがこのヴェルヌ作品を知らなかったはずはない。『新アフリカの印象』にも「緑の光線が放たれたときのカメラの足を、捨てられた三粒のサクランボに残っているものと（とり違えてはいけない）[19]」という詩句がある（ここでも三脚とサクランボの柄というスケールの異なるものが同一視されている）。そもそも緑（vert）という語は、フランス語でガラス（verre）、虫（ver）、韻（vers）といった語と同音異綴語であり、ルーセル作品の〈手法〉において重宝され、また、マルセル・デュシャンの「彼女の独身者たちによって裸にされた花嫁、さえも」、通称、〈大ガラス（le Grand Verre）〉を生む遠因ともなるが、少なくともヴェルヌ作品へのオマージュとするのは無理がないであろう。[20][21]

挿話のレヴェルで明白な例としては『グラント船長の子どもたち』（一八六七―六八年）、『頑固者ケラバン』（一八八三年）、そして『八十日間世界一周』を挙げておきたい。『グラント船長の子どもたち』では、冒頭のやはり暗号文が、空白を埋めていくというルーセルの詩作方法を彷彿させるほか、巨大なコンドルがロバート少年を抱えたまま空を舞うシーンは、『アフリカの印象』でタルーの息子のひとりレジェドが、やはり大きな猛禽類に自らを運ばせ、空中遊泳する芸において反復されていると勘ぐらざるをえない（図6、図7）。ヴェルヌ『頑固者ケラバン』の最終盤において主人公はトルコのボスフォラス（Bosphore）海峡を一輪車による綱渡りで横断する。ルーセル作品に綱渡りは何度か登場するが、とりわけ『額の星』の一挿話で、恋人にアピールするためにイタリアのボニファシオ（Bonifacio）海峡を綱で渡ろうとする男が登場し、少なくとも互いに、実在の綱渡り師ブロンダン（一八二四―一八九七）の芸から想を得ているであろうことで一致している。そして『八十日間世界一周』でいえば、かの大どんでん返し、日付変更線を用いたトリックを、ルーセルはやはり『額の星』の一挿話で用いている。ただし、このアイデアはヴェルヌ自身、エドガー・アラン・ポーの短篇「週に三日の日曜日」（一八四一年）から拝借しているため、両者ともポ[22][23]

ー伝来といえるが、ルーセルが『八十日間世界一周』を読んだり、劇場版を観たりしていないことはありえない。

以上のことからまずは、ヴェルヌ作品の読書体験がルーセルのテクストに明示的に現われるのは、散発的に、せいぜい、いくつかの語や一場面を自身の挿話に組みこんでいるといった程度に過ぎず、それはまた七作品に限られたことではないといえる。あるいはヴェルヌ研究黎明期の論者マルセル・モレは、ルーセルとヴェルヌの関係性において重要なテクストとして後者の『ジャンガダ』（一八八一年）に注意を促したうえでこう書いている――「『ジャンガダ』は確かにルーセルが引用したヴェルヌの七つの長篇小説のなかに入ってはいない。だが、私にいわせれば、それはなにを証明するでもない。偉大な作家――ヴェルヌを筆頭とする――には、決定的な影響を受けた作品についていかなる暗示も避けることがしばしばある」[24]と。実際、七作品の選択における最大の謎は、ヴ

図6　ヴェルヌ『グラント船長の子供たち』のコンドル

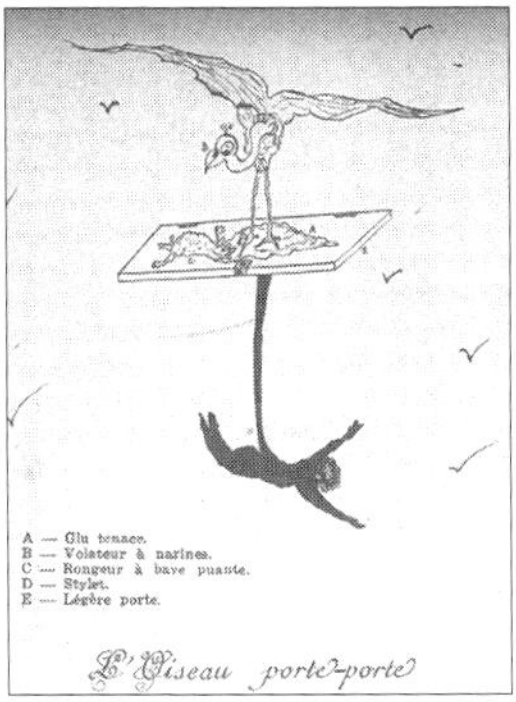

図7　ルーセル『アフリカの印象』の猛禽類とレジェド

エルヌのもっとも知られた作品『八十日間世界一周』が外されている点にある。そして直接現われる影響関係についても、ルーセルのそれにもっとも顕著に爪跡を残しているヴェルヌ作品は、やはり七星《プレイヤード》には含まれていない『ブラニカン夫人』と『セザール・カスカベル』という一般にはマイナーな二作品なのである。

モレの見解

ルーセルとヴェルヌの類縁性を考えるに、その先行研究としてあるのが、マルセル・モレ『とても奇妙なジュール・ヴェルヌ』（一九六〇年）における考察である。ヴェルヌが忘れ去られていた時代、ルーセルが今ほどの注目を集めていなかった時代に両者の関係に光をあてたこの知識人の先見性には驚くべきものがある。モレが重視するのはヴェルヌに数多見られる言語遊戯とルーセルの〈手法〉との近親性だ――同氏は「ヴェルヌは生涯、シャラード、レビュ、ロゴグリフ、アナグラム、クリプトグラムなどにとり憑かれていた[25]」とし、ルーセルに比すべき作品として主に、〈驚異の旅〉の一作『ジャンガダ』と、ヴェルヌが若い頃に書いた戯曲『カリフォルニアの城[26]』（一八五二年）を俎上に載せる。

『ジャンガダ』は南米を舞台に起こった冤罪事件を描き、巨大な筏《ジャンガダ》でアマゾン河をくだる冒険を筋書きとしている。一方で、エドガー・アラン・ポー「黄金虫」で用いられた暗号が作品の鍵となっており、その解読が冤罪を晴らすというスリルが盛りこまれている。事件がすべて解決したあと、暗号解読成功の発端になったのが、リナという名の少女がジャングルで蔓をたどったことであったのを思い出し、リナと結婚することになるファラガッソという男が言う。

「ええ、そうですとも！ あの蔓（liane）がなかったら、リナ（Lina）が蔓のことを思いつかなかったら、わたしがこれほどしあわせになれたはずがありません！」[27]

この台詞はリナと蔓《リアーヌ》をかけた地口だが、モレはこの、語の音声上のズレが作品プロットの源だったのではないかとする。つまり音声上の類似からリナが蔓をたどるという筋が生まれたということだが、そうであればこれは確かに、やはり語の音声上の類似から物語を発想するルーセルの〈手法〉に類する創作方法がとられていることになる。[28]

もう一作は〈驚異の旅〉よりもはるか以前、二十代半ばのヴェルヌが発表した戯曲『カリフォルニアの城』である。これはアルフレッド・ド・ミュッセなどにもある、諺劇というジャンルに属する作品だ。カリフォルニアがいわゆるゴールドラッシュに沸くなか、フランスのナントに住む男が一家を貧困から救うため新大陸に旅立つも、素寒貧になって戻ってくるというプロットのドタバタ劇になっている。タイトルはフランス語で砂上楼閣を意味する「スペインの城」のもじりであり、また登場人物のひとり、アンリエットという女中の台詞はほぼすべてが諺や成句の駄洒落で、それで笑いをとる狙いがある。そして作品は副題として「転石苔を生ぜず（pierre qui roule n'amasse pas de mousse）」という諺を戴き、劇は女中の「転がる父親は苔を集めない（père qui roule n'amasse pas

図8　ヴェルヌ『カリフォルニアの城』のタイトル

IX.　MUSÉE DES FAMILLES.　257

LE SPECTACLE EN FAMILLE.

LES CHATEAUX EN CALIFORNIE, OU PIERRE QUI ROULE N'AMASSE PAS MOUSSE.

COMÉDIE-PROVERBE EN UN ACTE.

図9　ヴェルヌ『カリフォルニアの城』の末尾

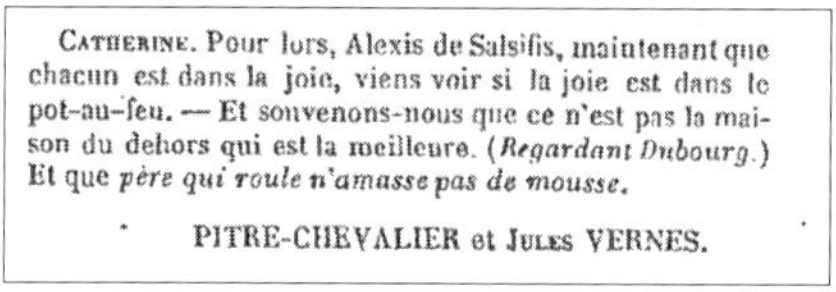
CATHERINE. Pour lors, Alexis de Salsifis, maintenant que chacun est dans la joie, viens voir si la joie est dans le pot-au-feu. — Et souvenons-nous que ce n'est pas la maison du dehors qui est la meilleure. (*Regardant Dubourg.*) Et que *père qui roule n'amasse pas de mousse.*

PITRE-CHEVALIER et JULES VERNES.

mousse)」という駄洒落で幕引きとなるのだ。カリフォルニアを駆けずり回ってきた父親は金を集めてこなかったということだが、つまりpierre（石）とpère（父）だけが異なる、ほとんど同じ二文が作品全体を挟む構成になっているのである（図8、図9）。そしてルーセルであれば、先に「縦読み」の例として挙げた「黒人たちのあいだで」をはじめとする初期短篇は、冒頭と末尾とが、ほとんど同じ音であるが、まったく意味の異なる二文で構成されている。たとえば「黒人たちのあいだで」は、縦読みの暗号の解であった「年老いた盗賊の一味についての白人の手紙（LES LETTRES DU BLANC SUR LES BANDES DU VIEUX PILLARD）」という一文ではじまり、最後のPILLARDがBILLARDとなった「古いビリアード台のクッションに書かれた白墨の文字（LES LETTRES DU BLANC SUR LES BANDES DU VIEUX BILLARD）」という一文で終わる。ルーセルは一九〇〇年頃（二十三歳頃）、この種の短篇を約二十篇ほど書き、[29]三篇のみを刊行、残りは生前には発表せず、死後、遺言により、『いかにして』に『若い頃《ジュネス》のテクスト、もしくは起源《ジュネーズ》のテクスト』と題されて収録された（本論では以後、この短篇群を〈プロト手法短篇群〉と呼ぶ）。ヴェルヌ『ジャンガダ』と『カリフォルニアの城』を念頭にモレはこう指摘する。

『ジャンガダ』という小説が、リナ（Lina）と蔓（liane）という二語の類似性のうえに構築されており、これが『アフリカの印象』の作者を想起させるのは先述のとおりだ。さらに『カリフォルニアの城』は、レーモン・ルーセルに先んずること約四十年、ほとんど同じ二つの文章によってはじまり、終わるという想象力豊かな作品となっている。

レーモン・ルーセルは『カリフォルニアの城』という喜劇――ほかの点も含め、〈創作手法〉を予告するこの諺劇――のことを知っていただろうか？　ジュール・ヴェルヌが若き日に物した喜劇作品の記憶が、〈驚異の旅〉の輝かしい成功によってほぼ完全に陰に追いやられてしまった時代、ルーセルが、田舎や地方にある古い書庫の奥で〈家庭博物館〉〔『カリフォルニアの城』が掲載された雑誌〕のコレクションを発見したということがあっただろうか？　二人が交わした会話のなかで、彼はジュール・ヴェルヌに『カリフォルニアの城』の話をしただろうか？

というのも二人は一八九八年ないしは一八九九年に面会を果たしているのだ。

〔……〕

二人の男は〈握手をする〉だけで満足したわけではあるまい。〔……〕おそらくヴェルヌははじめて、自作についての完全な知識を持った二十歳の青年を前にしたのではないか。作品のなかに冒険小説や科学的未来予想小説とは別種のものを見ていたという意味でだ。ルーセルはヴェルヌの〈創作手法〉の秘密をしかと見抜いており、この訪問に先だつこと数年前より、いくつかのテクストにおいてそれを体系的に用いていたのだ。
ルーセルはその本〔=『いかにして』〕のなかで、「私はとても若い頃、ほとんど同じ二つの語〔pillard と billard のような〕を選び（これはメタグラムを思わせる）、その語に、まったく同じ文章を、だが、異なった意味で解釈できる文章をつけ足すことで、ほとんど同一の二文をつくると、一方ではじまり他方で終わる短篇を書いた」と語っている。そしてルーセルはこの〈手法〉の助けを借り、「黒人たちのあいだで」という『若い頃のテクスト』を書いている。この作品にはジュール・ヴェルヌの痕跡が際だっている。一例を挙げれば、「黒人たちのあいだで」のある段落は、ひとつかふたつの細部、つまり子どもの歳と乗船港の名を別として、一八九一年、ルーセルが十四歳のときに刊行された『ブラニカン夫人』第一章の完全な要約になっている。(30)

モレはここで、一八九八年か一八九九年に両者が実際に会った際、二人のあいだで創作上の秘密についてのやりとりがされたと推測している。しかしフランソワ・カラデックも釘を刺すように、(31)このモレの指摘には事実誤認がある。一八九九年の段階でルーセルが発表をしていた作品は一八九七年刊の『わが魂』、『代役』、「小年代記」のみで、どれも〈手法〉は用いられていない。また先述の、音声上のズレをプロットの源にするというヴェルヌとルーセルの共通性についても、ヴェルヌのそれの多くは、喜劇や洒落た台詞として人を笑わせたり、ユーモアをこめるための地口ととるのが自然であり、一方、ルーセルのそれは、本人が「いかにして」で「韻に類縁する(32)」と語っているとおり、地口ではなく韻、ないしはその拡張なのだ。この違いは決定的ではないかと思われる。その内容がどんなに奇抜でもルーセルは自らの方法で韻文を、詩を書いているのである。ルーセルはそもそもテクストでは地口をほとんど用いない。[33] ルーセルの〈手法〉はテクストの裏で作動している点にその特徴がある——よってルーセルは原文でないと読めないというのは放言にすぎない。フランス語ネイティヴにも〈手法〉の痕跡はわからないからだ。モレの指摘には、ルーセルが〈手法〉を用いて『アフリカの印象』を書くまでに膨大な韻文作品を書き、その失敗から〈手法〉が編みだされたという流れが考慮されていないように思われる。

よって『カリフォルニアの城』がルーセルに直接の影響を与えたか否かについては留保するにしても（私見ではいかなる関係もない）、モレが注意を促すように、ルーセルが「黒人たちのあいだで」を含むプロト手法短篇群を書いていた時期と、ヴェルヌとの邂逅の時期が一致することは無視できない事実である。ルーセルが兵役についたのは一八九八年十一月から二年間であり（ルーセルは楽隊でトロンボーンを吹いていた）、はじめはヴェルヌが住んでいたアミアンに、のちにヴェルサイユに転属になっている。カラデックは、プロト手法短篇群のひとつ「つまはじき」が、仲間の兵隊を楽しませるために書かれたのではないかという。[34] ヴェルヌ訪問の意義とその真相を考えるにあたっては、「黒人たちのあいだで」と『ブラニカン夫人』の筋が酷似するというモレのもうひとつの重要な指摘を再考する必要がある。そこで問題になるのは、同作に加え、その前年の一八九〇年に刊行された『セザール・カスカベル』という作品である。

『ブラニカン夫人』、『セザール・カスカベル』とレーモン少年

『ブラニカン夫人』は一八九一年、『教育と娯楽』誌に一年間にわたって連載され、同年、二巻本としてエッツェル社より単行本化された長篇小説である。同作は、十九世紀半ばに実際に起きたフランクリン遠征[35]を下敷きにしており、タイトルが示すように、女性を主人公にしているという点が特徴的な作品になっている。一八七五年、アメリカのサンディエゴからカルカッタを目指し、商船〈フランクリン号〉が出港しようとしていた。船長は若く実直なジョン・ブラニカンで、その若妻ドリーは九カ月の赤ん坊ウォットを抱いて見送りに来ていた[36]。船が出航したあと、ドリーは二重の悲劇に見舞われる。港に戻ろうとしていた小船が波にあおられ、彼女は赤ん坊ともども海に投げだされてしまうのだ。ドリーは奇跡的に救助されたが、子どもは見つからず、若い母親はあまりの衝撃に理性を失う。さらには出航した〈フランクリン号〉もどこぞの海域で遭難し、夫ジョンが行方不明になる。数年後、正気をとり戻したドリーは、赤ん坊と夫をともに失っていたことを知る。だが、ドリーはジョンの生存を信じ、相続で得た財を使い、〈フランクリン号〉の捜索に乗りだす。数度にわたる試みの末、ジョンがオーストラリア大陸で原住民に囚われていることが確実視される。ドリーは自ら隊を率い、オーストラリアの砂漠を横断する過酷な捜索を決行、ついに夫を見つけだす。また、旅の途中で水夫として探索隊に加わった、異様なほどジョンに似ている少年ゴドフレイが、実はドリーとジョンの実の息子であったことも判明する。ジョンが〈フランクリン号〉で出

航した際、ドリーはそれと知らず妊娠していた。だが、理性を失っているあいだに出産をしたこと、また、彼女の世話をしていた親戚が、ある目論見から赤ん坊を孤児院に預けたことで、ドリーは自分に第二子がいることを知らなかったのである。

モレが、この『ブラニカン夫人』第一章のほぼ「完璧な要約」だとする、ルーセル「黒人たちのあいだで」の一段は以下のとおりである。

ある日、遠洋航海船の船長であるコンパスはブレストから出港した。その妻と、五歳になる息子は別れを告げながら涙し、錨があげられるまで船上に残った。ついに出発の時がきた。妻は子どもとともに河岸に戻り、船は遠ざかっていった[37]。

そもそもルーセルの作品は短篇であってテクストのヴォリュームは著しく異なり、子どもを海で失うというヴェルヌ作品のメロドラマ的展開[38]もないものの、要約といえば確かに要約であり、その後のコンパス船長の足どりは確かにジョン・ブラニカンのそれとほぼ同じである。つまりルーセルのコンパス船長も遭難し、漂流した中央アフリカで黒人の酋長（ブラニカンの場合はオーストラリアの原住民）の人質になるも、その知性を買われ、他部族との抗争の渦中で指南役を担わされるのだ。こうした白人人質譚は『グラント船長の子どもたち』をはじめヴェルヌ作品に遍在するモチーフであり、「黒人たちのあいだで」の拡張版である『アフリカの印象』の枠物語もつまるところ白人人質譚だ。

モレはここで検証を終えているが、実は『ブラニカン夫人』には、音声上のズレをめぐるヴェルヌとルーセルの関係性においてより重要な点がある。同作の第二部に、モレが『ジャンガダ』に見たような、ある種の地口がプロットを生成していると推察できる仕掛けがあり、『ジャンガダ』のそれよりもなおルーセルの〈手法〉を思わせるのだ。『ブラニカン夫人』で問題になるのは「一族の長」、あるいは「頭」を意味するchefという語である（カタカナとして日本語化したシェフ、チーフにあたる）。第二部第二章、ドリー一行がオーストラリア大陸でジョン船長捜索をはじめてから、ジョス・メリットというイギリス人紳士とその付き人、中国人のジン゠ジがドリーの隊に加わる。メリットは『八十日間世界一周』のフィリアス・フォッグを思わせる奇人、「人間機械の完成形といえる男」[39]であり、かつ、その滑稽な役回りは『グラント船長の子どもたち』のパガネルを彷彿させる人物である。メリットは、歴史的な謂われを有する帽子のコレクターであり、ある帽子を自身の帽子博物館に加えるため、怠惰な中国人従者を伴ってオーストラリア大陸の砂漠を旅していた。最終章で明かされることになるが、メリットが探しているのは一八四五年、イギリスのヴィクトリア女王がフランス王ルイ゠フィリップを訪ねたときに被っていた帽子で、それが流転変転の末、オーストラリア大陸の原住民の、ある部族の酋長の所有になっているという情報をつかんでいたのだ——しかし、それは偽情報で、実物はウィンザー城に保管されていたというオチがつく。

メリットとその帽子探しはドリーの夫捜しとは一見無関係であり、作品にユーモアを盛りこむ狂言回しとして、あるいは水増しとはいえなくとも作品を一定の長さにするために加えられた人物ともとれる。実際、この二人を登場させなくとも作品は十分成立する。だが、ドリーの夫ジョンは、原住民たちのあいだで「白人の長[40]（le chef blanc）」とされており、一方、メリットが探している帽子は原住民の酋長（chef）が被る帽子（couvre-chef）である。つまりドリーもメリットも語のレヴェルでは同じものを探しており[41]、酋長（chef）と帽子（couvre-chef）、chef という語の二つの意味が二つの挿話をつないでいるのだ。そして以下の記述から、ヴェルヌは意識的にこの語のズレを用いていたことがわかる。

その〔＝ヴィクトリア女王の〕帽子は一連の有為転変の末、オーストラリアのある部族のお偉方の頭で旅を終えているはずだった。こうして「帽子（couvre-chef）」という呼称が二重に正当化される[42]。

ルーセルのごとく語が先なのか、あるいは挿話を思いついてから語呂合わせに気づき、ヴェルヌが洒落たのか。もちろんルーセルの場合は作品全体が〈手法〉の解決のためにあり、ヴェルヌにおいては仮に語が先であっても、作品の本質はフランクリン遠征の小説化であり、それは余興の域を出ないものだろう。だが、『ジャンガダ』におけるモレの指摘が有効ならば、これらのほうがヴェルヌによる〈手法〉利用例のより明らかな形といえる。

ヴェルヌ作品全体を見渡したとき、『ブラニカン夫人』は実際、ルーセルのテクスト、あるいは実人生に強い影響を与えているといえるが、よりいっそうそう思われる作品は、興味深いことに、その前年に刊行された『セザール・カスカベル』（以後、『カスカベル』）である。『カスカベル』は一八九〇年、『教育と娯楽』誌に一年間にわたって連載された長篇小説であり、同年、二巻本としてエッツェル社より単行本化されている。描かれるのは、力自慢の芸人セザール・カスカベルとその一家からなるサーカス団の故国帰還の旅だ。二十年ものあいだアメリカで巡業をおこない、名声といくばくかの財を築いたカスカベル一家は一八六七年、望郷の念から故国フランス、ノルマンディー地方ポントルソンへの帰国を決意する。北米西海岸、カリフォルニア州サクラメントにいた一家は大陸を横断してニューヨークまで行き、そこから大西洋横断船に乗って帰国の予定であった。しかし旅のはじめに金をすべて盗賊に奪われてしまう。そこでカスカベルが思いついたのが、西回りで帰国するというアイデアだった。つまりサクラメントからそのままアラスカへ向かい、凍りついたベーリング海峡を陸路渡り、シベリア経由でフランスに帰還しようというのである。この〈後ずさりの旅〉[43]はヴェルヌが若い頃から好んでいたテーマであり、類似する展開は『頑固者ケラバン』[44]など他作品にも見られ、〈驚異の旅〉における基本構造のひとつになっている。

そして、ルーセルのいくつかの作品には本作からの影響がきわめて直接的な形で見いだせる。まずは主人公がサーカス団員や芸人であることが挙げられる。カスカベルの一家はめいめいがすぐれた芸人である。家長セザールは力芸や腹話術を得意とし、妻コルネリアもまた剛腕を活かした芸で場を沸かせ、長男ジャンはジャグリング、次男サンドルは軽業、長女ナポレオーヌは綱渡りを得意としている。またそうした軽業のほか、一家は「黒い森の盗賊団」というパントマイム劇を十八番にしている。一方、ルーセル『アフリカの印象』はといえば、架空の王国ポニュケレ＝ドレルシュカフに漂流する白人たちが、「腕も足もない」タンクレード・ブシャレサスと子ども五人たちをはじめ、やはり多くがサーカス芸人であり、作品の大部分はその奇妙奇天烈な芸の描写からなるのだ。白人たちが結成した〈無比クラブ〉の演目には活人画（これも無言である）や、改訂版の『ロミオとジュリエット』などの劇中劇も含まれていた。ルーセルに綱渡りがたびたび登場することは先に述べたとおりである。

もちろん旅回りの芸人を描いた作品といえばヴィクトル・ユゴー『笑う男』（一八六九年）、エクトール・マロ『家なき子』（一八七八年）、『家なき娘』（一八九三年）など、『カスカベル』以外にもルーセルが間違いなく読んでいるテクストはある。しかし『カスカベル』がことさらに重要であるのは、同作品の第一部第十三章「コルネリア・カスカベルのアイデア」においてカスカベル一家とインディアンの部族が軽業対決をする場面を、やはり『アフリカの印象』がなぞるからである。アラスカにたどり着いたカスカベル一家は、最大の難所であるベーリング海の踏破を前に、海峡の氷が完全に固まるのを待ち、ユーコン砦（実在の施設）近くで数週間の休憩をとる。一行が到着したとき、砦周辺は、白人相手に毛皮を売りに来ていたインディアンたちで賑わっていた。カスカベルは芸が鈍らないようにと、インディアンたちの前でサーカスの公演をおこなう。するとインディアンたちは、ヨーロッパ人に身軽さで負けるわけにはいかないと、一家の芸をそっくりそのまま再

図10　ヴェルヌ『セザール・カスカベル』の人間ピラミッド対決

現しはじめる。興行はさながら白人対インディアンの軽業合戦の様相を呈す。カスカベルは「未開人たち」が自分たちの芸をたちまちコピーしてしまうことで「文明人」としての自尊心を傷つけられ、これは絶対に真似できないだろうと、一家が得意としている芸「人間ピラミッド[45] (la pyramide humaine)」を披露する（図10）。すると、

フランスのピラミッドが建造されるや、別の、原住民のピラミッドがその正面に立ちはだかった。仮面もとらず、その一団は、五段ではなく七段のピラミッドを組み、カスカベル一家を一階うえから見おろした。ピラミッド対ピラミッド[46]！

この敗北にカスカベルは、ラ＝フォンテーヌのカラスのごとく「恥じいる[47] (honteux et confus)」……。白人と原住民が芸を競うという筋書きは、『アフリカの印象』でくり広げられる〈白人と黒人による隠し芸大会〉そのままである。

人間ピラミッドに似たサーカスの出し物はルーセル『セーヌ河』（一九〇〇年から一九〇三年頃執筆と推定とされる韻文の戯曲、生前未発表）でも描かれる。ある話者が、信じられないものの一例として、サーカスで見た、父親と六人の息子の力芸の話をする。

父親が位置につくと、いちばん背の高い、長男がひとっ飛びで、父の肩のうえに乗り、父のほうは

その衝撃にもぐらつくことはなかった。〔……〕
長男はもうひとり別の、十四歳ほどの少年の手をとり、
楽々と、こともなげな仕草で
今度はその子を自分の肩に乗せた(48)

あるいは公演の終盤、カスカベルの妻であるコルネリアが芸を披露する番になる。コルネリアはインディアンたちの健闘に報酬を与えると口上を述べ、彼女の手を握り、頬にキスをする権利を与える。これに誘われて原住民の若者や酋長が彼女の手に触れると、男たちは絶叫して倒れてしまう。コルネリアは小型の電池をポケットに忍ばせており、スイッチを押すことで、握手をしてきた相手に電流を流したのだ。原住民たちは、コルネリアを「雷を自由に操る大精霊の伴侶(49)」とみなし、そのおかげで一家の、いや、ヨーロッパ文明の面目は保たれる。『アフリカの印象』における〈無比クラブ〉の白人の一部も、ヨーロッパから運んで来ていた機械装置でタルーをはじめ、黒人たちを驚かせていた。

『アフリカの印象』がつまるところ、ヴェルヌに遍在し、『ブラニカン夫人』もその一例をなす白人人質譚であることは述べたが、カスカベル一行もまた、海峡を横断中、リャーホフスキー諸島のコテリヌイ島に流れつき、ここで島の原住民に囚われ、酋長から三千ルーブルの身代金を要求される。だが、支払うことができないヨーロッパ人たちは氷点下四十度まで気温のさがる島で人質生活を送ることになる。ここでも『カスカベル』が特別なのは、一行が囚われた「練炭化した鯨とマン

モスの骨、そして大量の、木の化石ばかり」[50]のリャーホフスキー諸島が、ルーセル『額の星』の、冷凍マンモスの足で財をなしたファルゲラックという男の挿話で言及されるからである。[51]ここまで特定の語が重複していることからすると、ルーセルが〈手法〉による事実の方程式を解くにあたり、『カスカベル』の読書を利用したことは明らかであると思われる。

これだけではない。『カスカベル』の各所にはルーセルへの影響がうかがえるくだりをほかにも見いだすことができる。白人が黒人に扮するミンストレルというショウ、白人と原住民の少年少女の恋愛と結婚、つまり異種族間婚、いくつかのロシア語、劇中劇というテクスト構成、百面相などがルーセルのテクストにも現われているのだ。[52]さらにルーセルの実人生との関係で注意を惹かれるのが、一行がアメリカ巡業中、移動手段かつ住居としていた大きな馬車、〈ラ・ベル＝ルレット〉（別嬪の車輪）である（図11）。

サーカス団のように、カウチ＝ハウスに乗ったまま旅を済ませられたらと、そうした夢想をしたことのある者は少なくあるまい。集落や村がぽつぽつとしかないような土地を進むときに、ホテルや、宿や、怪しいベッドや、もっと怪しい台所に気を揉むことなしに。金持ちの好事家は普通、行楽用のヨットに乗って過ごし、移動する自宅の利点を思うままにする。同じことを、専用の車でしたことがある者などめったにいまい。むしろ車とは歩く家であろうに。大道芸人だけが、〈固い地面を航海〉する楽しみを味わっているのはどうしたわけか。

実際、サーカスの車、それは寝室や家具を備えた完璧なアパルトマンなのだ。それは走る

〈ホーム〉だ。そしてセザール・カスカベルの車は放浪生活のあれやこれやによく応えていた[53]。

ルーセルが〈走る家（maison roulante)〉と呼ばれる、現代でいうキャンピングカーを建造させ、一部の機構については特許までとり、実際にその車でイタリアなどを旅したことはよく知られている（**図12**）。この車両についてカラデックは『蒸気で動く家』（一八八〇年）に登場する〈大鋼鉄〉から想を得たとしているが[54]、そちらは巨象の形をしたいわば無軌道蒸気機関車であるため、ルーセルが実現した〈走る家〉により近いのは、「走る〈ホーム〉」との語からも〈ラ・ベル＝ルレット〉のほうであろう。

図11　ヴェルヌ『セザール・カスカベル』の〈ラ・ベル＝ルレット〉

図12　ルーセルのキャンピングカー

このように『セザール・カスカベル』と『ブラニカン夫人』という――（故意に？）七作品から除外されている――二篇のルーセル作品への影響は顕著であるといえるが、その刊行年が一八九〇年、九一年と連続していることはなにを意味するだろうか。第一に、この両年にルーセルが十三歳、十四歳であったことは当然重視されるべきだ。先述のとおり、ルーセルがいつヴェルヌ作品と出会い、なにを読んでいたかを知る術はない。だが、十三歳、十四歳といえばヴェルヌ作品のような青少年向けの読み物を自力で読みはじめる年頃であり、ルーセルが両作を『教育と娯楽』誌の連載で、ないしは、お年玉用に年末に編まれていた挿絵入り豪華本を買ってもらい、リアルタイムで読んだ初の作品であるとしても年代的な齟齬はおきない。さらに『ブラニカン夫人』で、生き別れた母親を探すゴドフレイは連載当時のルーセルと同じ十四歳の少年であり、のちの崇拝者の感情移入を容易にしたことも想像できる。こうした生の読書体験が強い印象を残したのではないか。

また、一八九九年に両者が実際にアミアンで握手を交わし、その頃に書かれたプロト手法作品「黒人たちのあいだで」にとりわけ『ブラニカン夫人』が影響を与えているとしたら、その邂逅ではなにが起こったのであろうか。ルーセルは一八九七年、『代役』を執筆中に自身の詩人としての天才を確信し、いわゆる栄光体験を味わった。以後、その至高の瞬間を取り戻すため、世間の無関心に傷つきながら韻を踏み続ける。そして十九世紀最後の年（二十三歳）、詩人としての評価を得られないまま動員され、赴任したアミアンでヴェルヌと会う。ルーセルはこのとき敬愛していた作家を前に、それまで忘れていた、自身が十三歳、十四歳という多感な時代、リアルタイムで初めて読んだヴェルヌ作品を思い出したのではないか。その思い出を記念して「黒人たちのあいだで」

は構想されたのではないか。また、「つまはじき」を出版したにもかかわらず、「黒人たちのあいだで」を含む『若い頃のテクスト』を生前は発表しなかった理由のひとつは、『地球の中心への旅』や『ブラニカン夫人』からの影響が露わになるのを嫌ってのことであろう。かりにルーセルが、モレが指摘するようにヴェルヌ作品に見られる言語のズレ（あるいはただの駄洒落）を借用して自身の作品の構成に用いたとしても、プロト手法作品はあくまでも余興であり、ルーセルは自身の詩学を捨てるつもりはなかったはずだ。

その根拠として、ルーセルが〈手法〉を本格的に用いて『アフリカの印象』を書くのはさらに十年後のことであり、それまでのあいだは〈手法〉とは無縁の韻文作品を、それも膨大な量の韻文を書き続けていたことが挙げられる。それでも成功に見放されると、十年ほど前、ヴェルヌに会った頃に書いた「黒人たちのあいだで」のプロト手法を発展させ、さらに『ブラニカン夫人』をはじめとする白人人質譚を枠物語として『アフリカの印象』を書く。これがヴェルヌとの邂逅から〈手法〉作品が確立されるまでの流れだったのではないか。韻文にいったん見切りをつけ、〈手法〉が「面白い」作品を生んだためにルーセルは、演劇界でのスキャンダルという形ではあったが、ともあれ世に出ることにはなった。ただしその後、ルーセルが最後の作品『新アフリカの印象』で韻文に戻っていることは、『アフリカの印象』や『ロクス・ソルス』という傑作を書きつつも韻文へのこだわり、韻文での栄光体験の再現をあきらめていなかったことを示す。

つまりヴェルヌとの会見の意義は、モレが言うような創作上の秘密の交換ではなく、若い頃に読んだ『カスカベル』や『ブラニカン夫人』を懐かしみ、散文を書くという、ある種の妥協の原点と捉えるべきではないか。それがルーセルの今日の栄光、「死後の開花」を導いたとはいえ。[55]

シミュレーション――『八十日間世界一周』と撞槌

ルーセルによるヴェルヌ崇拝の実態を明らかにする作業のうち、本稿では主にテクスト間の具体的な影響関係を検証し、〈アミアンでの邂逅〉をめぐるマルセル・モレの見解を再考した。ルーセルとヴェルヌがなにを共有していたのかという問い、ルーセルを通して見えてくるヴェルヌの現代性、いみじくもルーセルが「この時代の作家がひとり残らず忘れ去られ、長い時間が過ぎても」ヴェルヌだけは「残る」と断言した理由については今後さらなる考察が必要となるが、そこで鍵となる作品こそが、ルーセルが七作品からなぜか除外した『八十日間世界一周』だと思われる。

そこで問題になるのは、師弟の作品構造と世界の見方に共通するシミュレーションという特性であり、その現代性だ。ミシェル・ビュトールやミシェル・フーコーは、両者のテクストの基本構造が、スタート地点がゴールとなる円環の旅――ヴェルヌの場合、その成功はしばしば結婚で象徴される――であることを指摘している。フーコーは言う――「この回帰の強迫観念こそジュール・ヴェルヌとルーセルとに共通しているものである（空間の円環性によって時間を廃絶しようとする同じ努力）」[56]。ならばヴェルヌにおいてこれをもっとも端的に表現したのが『八十日間世界一周』であろう。そしてルーセルについては『ロクス・ソルス』の庭園一周という構造もあれ、それはなによりも韻の持つ回帰性ということになる。

回帰の神話において『八十日間世界一周』の近代的新基軸とは「八十日」という時間と「世界一周」という距離が等価になった旅が描かれたことだ。それを可能にしたのが、鉄道をはじめとする近代的な移動手段とそれをシミュレートする時刻表というシステムである。『八十日間世界一周』ではそうした近代的な旅が、一章ごとに旅が進み、最後に振り出しに戻るというテクストの構造によって二重化されている。そして、このプログラム化された円環運動は、ルーセル『ロクス・ソルス』第二章に登場する撞槌によって反復されている。天気の完全な予想に成功した博士カントレルがつくった小型気球は、予想された天候に応じて移動を繰り返し、庭の、所定の場所にあらかじめ配された歯を並べてモザイク画をつくる。時刻表どおりに移動すれば、特定の時間に特定の場所まで移動できるように、時間の推移とモザイク画の進捗、つまり空間の占拠は完全に比例する。つまり「撞槌」はいっさいの偶発性から逃れ、時間量を空間量に変換していく機械なのである。そしてフーコーのいう「時間の廃絶」とは、今日の用語でいえば「シミュレーション」ということであろう。時刻表のうえで旅をシミュレートする、すべての天候に合わせてモザイク画をつくる。変数に応じて何度でもくり返すことのできる円環運動だ。

そして、こうした旅を可能にするのが、等間隔の縦線と横線によって区切られた世界、マトリクスである。これを地球上にあてはめたのが緯度経度であれば、ヴェルヌ〈驚異の旅〉の少なからぬ作品はまさしく、地表に人為的に引かれた線、つまり緯度経度をめぐる物語であった。南緯三七、一一度をひたすら旅する『グラント船長の子どもたち』、緯度経緯の交点が宝のありかを示す『アンティフェール親方のとんでもない冒険』（一八九四年）。そしてルーセルはといえば、撞槌ほか、そのチェス好きにもマトリクス的な世界観への愛好が見られる。そして両者が用いた縦読みの暗号（grille）もマス目がなければ成立しない。つまり両者の時空間の捉え方はグリッド（grille）的といえよう。そして現代はGoogleマップに代表される、グリッドで区切られた仮想空間が日常を支えている。詳細な検証は次の機会におこなうが、ヴェルヌの旅とルーセルの機械は、こうした今日の時空間把握につながり、テクスト構造にもそれが反映されているように思われるのだ。そのことから両者を、きわめて現代的な作家、詩人とする道筋を示せるのではないだろうか。

註

（1）　ルーセルは〈手法（procédé）〉という独自のシステムを用いていくつかの作品を書いた。これは語の音声上の類似から突飛なイメージをとりだし、そのイメージをきわめて強固な論理によってテクスト上に実体化させる方法といえる。たとえば「仔牛の肺臓でできたレール」であれば、ルーセルはmou à raille（からかわれても言い返せない軟弱者）という句から、発音は同じだが意味の異なるmou à rail（仔牛の肺臓のレール）という別の句を生み出し、この現実にはありそうもないものを、確固とした論理的整合性を持つオブジェとして作品中に描出した。

（2）　岡谷公二「『アフリカの印象』から『幻のアフリカ』へ」、ミシェル・レリス『ルーセル　無垢な人』岡谷公二訳（ペヨトル工房、一九九一年）所収、一五五ページ。

（3）　岡谷公二『レーモン・ルーセルの謎』（国書刊行会、一九九八年）、二二五ページ。

（4）Raymond Roussel, *Comment j'ai écrit certains de mes livres*, Lemerre, 1935, p. 27-28.

（5）« Une lettre de Raymond Roussel », *Arts/lettres*, 15, Hommage à Jules Verne, 1949, p. 100.

（6）ミシェル・レリス「レーモン・ルーセルに関する資料」、『ルーセル　無垢な人』、同上、所収、一一ページ。

（7）ただしユゴーについての言及はある。ルーセルには、自身がそうであると確信していた天才詩人像のモデルとしてユゴーの姿があった。

（8）『地球の中心への旅』との比較は、日本フランス語フランス文学会ワークショップ「ジュール・ヴェルヌ再発見」（二〇〇七年五月十九日、明治大学）における筆者発表、またそれを収録した拙論「遅れてきた前衛——ルーセルを通したヴェルヌ再読」、『水声通信』二五号、二〇〇八年をもとにしている。

（9）Jules Verne, *Voyage au centre de la terre*, Hetzel, 1864, p. 22-23.

（10）Raymond Roussel, *Parmi les Noirs*, in Raymond Roussel, *Comment j'ai écrit certains de mes livres*, *Op. Cit.*, p. 27-28.

（11）Jules Verne, *Op. Cit.*, p. 90-91, Raymond Roussel, *Locus Solus*, Lemerre, 1914, p. 346-347.

（12）ルーセル『ロクス・ソルス』の撞槌《とうつい》は数個のクロノメーターを備え、同『額の星』には冷凍マンモスの足が出てくる挿話があり（ヴェルヌ『セザール・カスカベル』との関係において後述する）、やはり『額の星』に白人と他を隔てる骨相学の用語として「顔面角（angle facial）」という語が用いられている。

（13）ジャン・フェリーによる図。Raymond Roussel, *Locus Solus*, Pauvert, 1985, p. 304.

（14）「潜水鐘（cloche à plongeur）」という器具を使って湖から遺体を回収する挿話がある。

（15）Raymond Roussel, *Nouvelles Impressions d'Afrique*, Pauvert, 1985, p. 29.

（16）ルーセルは七という数字に強いこだわりを持っていた。詩人の誕生年は一八七七年である。

（17）たとえば Georges Raillard, « Un homme en gazon » in *L'Arc Raymond Roussel*, 1990.

（18）Raymond Roussel, *La peau de la raie*, in Raymond Roussel, *Comment j'ai écrit certains de mes livres*, *Op. Cit.*, p. 354 et p. 360.

（19）Raymond Roussel, *Nouvelles Impressions d'Afrique*, *Ibid*.

(20)「だが、この虫《ヴェール》の緑《ヴェール》への、とりわけガラス《ヴェール》への変身は、エリトリットとレジュレクティーヌ以上に、眼の前の世界を完膚なきまでに転覆させる」ミシェル・カルージュ『独身者機械』新島進訳（東洋書林、二〇一四年）、一一〇ページ。

(21) マルセル・デュシャンは劇場版『アフリカの印象』のチターを弾く大ミミズを見て「彼女の独身者たちによって裸にされた花嫁、さえも」を構想したと語っている（『デュシャンは語る』［ちくま学芸文庫、一九九九年］、六一ページ）。この挿話は *Guitare* à vers（ユゴーの「ギター」という韻文）を guitare à ver（ミミズのギター）と読み替えた〈手法〉によって構想されている。

(22) Jean Ferry, *L'Afrique des impressions*, Collège de Pataphysique, 1967, p. 64.

(23)『若い頃のテクスト』の一篇「綱渡りの恋」（一九〇〇年頃）、『額の星』（一九二四年）におけるブロンダン（実在の綱渡り芸人）、『新アフリカの印象』（一九三二年）の詩句「ぴんと張った綱で仕事をする前に、バランス棒で身を守る（のは必要な用心だ）」（Raymond Roussel, *Op. Cit.*, p. 63）。

(24) Marcel Moré, *Le très curieux Jules Verne*, Le Promeneur, 2005 [1960], p. 100-101.

(25) *Ibid.*, p.93.

(26) 同作品の拙訳（一場から一七場まで）は、ジュール・ヴェルヌ『カリフォルニアの城——転石苔を生ぜず その一』、『慶應義塾大学日吉紀要フランス語フランス文学』四九—五〇号、二〇〇九年。『同、その二』、同六一号、二〇一五年。

(27) ジュール・ヴェルヌ『ジャンガダ』安東次男訳（集英社ヴェルヌ全集二〇、一九六九年）、二八三ページ。

(28) 同様の例はヴェルヌ『旅行給費』（一九〇三年）などにも見られ、そこではラテン語を用いた地口がプロットの鍵となる。

(29)「つまはじき」（一九〇〇年）、「ナノン」（一九〇七年）、「ブルターニュの民話の一ページ」（一九〇八年）の三篇。「つまはじき」はルメール出版から、後者二つは「ゴロワ・デュ・ディマンシュ」という新聞に掲載。

(30) Marcel Moré, *Op. Cit.*, p.98-99. モレはまた、逆にヴェルヌがルーセルから受けた影響として、『空中の村』（一九〇一年）の一場面、註28で示した『旅行給費』で用いられるラテン語の地口、『〈ジョナサン号〉の遭難者』（一九〇九年）にある英語の地口を挙げるが、これらの指摘はどれも、ルーセルからの影響とする根拠と妥当性を欠く。後述のとおり、ルーセルは作中で明示的に地口を用いることがほとんどなく、むしろその使用を隠すことでシステムが作動するからだ。『〈ジョナサン号〉の遭難者』については、この作品はヴェルヌの息子ミシェルが父の原稿を改作した、ほぼミシェルのオリジナルというべき作品であり、一九八七年に刊行されたヴェルヌ父の草稿ヴァージョン『マゼラン地方にて』にはモレが問題にした台詞は見あたらない。つまり、モレが指摘した箇所は完全にミシェルの加筆部分にあたる（また、ヴェルヌは英語ができなかった）。

（31） François Caradec, *Raymond Roussel*, Fayard, 1997, p. 74.

（32） Raymond Roussel, *Comment j'ai écrit certains de mes livres*, *Op. Cit.*, p. 22.

（33） 稀な例として、『無数の太陽』（一九二六年）に matinet という語（鞭と雨燕の意味がある）を用いた地口が見られる。アナグラムについてはたとえば『ロクス・ソルス』の登場人物エグロワザール（Egroizard）が、カミソリ(rasoir)のアナグラムであることが指摘される（さらに、その娘は Gillette）が、ルーセルは登場人物のほとんどの名を完成稿前に別の名と入れ換えてしまうことがある。

（34） フランソワ・カラデック「ルーセルを読むにはショーペンハウエルを読んでおく必要があるか（聞き手：ピエール・バザンテ）」、『夜想』一七、特集レーモン・ルーセル、所収、八六ページ。

（35） 十九世紀半ば、イギリスの北極海探検船が行方不明になり、探索がおこなわれるも多くの謎が残された事件。史実においても、その捜索にあたっては船長フランクリンの夫人による積極的な働きかけがあった。

（36） この港での別れの場面はアレクサンドル・デュマ『モンテ＝クリスト伯』（一八四四—四六年）の冒頭も彷彿させる（もちろんダンテスは出航できないが……）。メルセデスとドリーにはスペイン系という共通点もある。また作中、瀕死の船員に、目蓋の動きで「はい」か「いいえ」を示させる場面もあり、これもノワルティエとの会話を思い出させる。

（37） Raymond Roussel, *Parmi les Noirs*, *Op. Cit.*, p. 226.

（38）ルーセルは同時代のメロドラマを大量に観劇しており、とりわけ『婚姻』（一九〇四―七年に執筆と推定）に影響が顕著である。また、しばしばプルーストと比されるように、ルーセルは生涯、母親に強い愛着を抱いていた。その点でもこの物語は強い印象を与えたに違いない。
（39）Jules Verne, *Mistress Branican*, Hetzel, 1891, p. 236.
（40）*Ibid*., p. 354.
（41）英語であれば captain と cap にあたるとの指摘を橋本一径氏より賜ったことを記しておく。実際、本作の登場人物は英語話者である。
（42）*Ibid*., p. 258.
（43）草稿段階でのタイトルが『後ずさりの旅』であった。また、ヴェルヌは若い頃、自身の旅を基にした『（イギリスとスコットランドへの）後ずさりの旅』という作品を書いている。ただしエッツェルに拒まれ、生前は刊行されなかった。
（44）ボスポラス海峡の対岸にある自宅に帰ろうとした富豪ケラバンは、トルコ政府が新たに設定した渡河税の支払いを拒否し、黒海を一周して対岸の自宅に戻る。
（45）Jules Verne, *César Cascabel*, Hetzel, 1890, p. 163.
（46）*Ibid*., p. 164.
（47）*Ibid*.
（48）Raymond Roussel, *La Seine*, Pauvert, 1994, p. 276.
（49）Jules Verne, *Op. Cit*., p. 167.
（50）*Ibid*., p. 278.
（51）もっともこの挿話については、ほかのソースも想定できる。リャーホフスキー諸島のマンモスの足は一九一二年、つまり『額の星』が書かれるおよそ十年前、パリ自然史博物館に寄贈されており、大きな話題となっていた。足と顔の一部は現在も同館の「古生物・比較解剖学展示館」に展示されている。よってその時事性から、ルーセルがインスピレーションを受けたのはこの報道――もちろんルーセル自身、見学に行ったかもしれない――である可能性は高い。あるいは、この考古学的なイヴェントを機に『セザール・カスカベル』を思い出したことも十分に考えられよう。

(52)　『アフリカの印象』の黒人王タルーは――ミンストレルとは逆であるが――白人女性に扮し、その臣下セイル゠コルはフランス人の少女ニーナと恋に落ちる。また『額の星』には勅令（ukase）、農奴（moujik）といったロシア語起源の語が用いられている。またルーセル作品は多く、連続する劇中劇で構成されている。

(53)　Jules Verne, *Op. Cit.*, p. 26.

(54)　François Caradec, *Op. Cit.*, p. 296.

(55)　ただしミシェル・フーコーのように〈手法〉が用いられていない韻文作品（フーコーの場合は「眺め」）でルーセルに触れ、とり憑かれた者もいる。

(56)　ミシェル・フーコー『レーモン・ルーセル』豊崎光一訳（法政大学出版局、一九七五年）、一〇五ページ。

〈ドイツのヴェルヌ〉と呼ばれたくなかった男
――ヴェルヌとラスヴィッツ

識名章喜

ヴェルヌとラスヴィッツ

独仏間の文学的影響関係と言えば、ドイツ・ロマン派の幽霊小説がいち早く一八一二年に『ファンタスマゴリアーナ』なる短篇集に翻訳編集され、その仏訳アンソロジーを通してバイロン卿やポリドリ、シェリー夫妻らが幻想怪奇物を執筆するに至ったことがよく知られている(1)。またE・T・A・ホフマンの小説が本国ドイツでは忘れ去られてゆく一八三〇年代以降フランスで盛んに翻訳され、一種のブームになったことも二十世紀に入ってからのドイツにおけるホフマン再興につながった(2)。

一方、十九世紀末のドイツ語圏の出版界もジュール・ヴェルヌ抜きには語れない。ドイツ語圏におけるヴェルヌ受容について一章をさいて論じているローラント・インナーホーファーの浩瀚な

SF論『ドイツのサイエンス・フィクション――ひとつのジャンルの始まりの再構成と分析』（一九九六年）によれば、ドイツ語圏の出版市場でのヴェルヌの存在感は量的に圧倒的であり、一八七七年以降は原作の刊行と同じ年にドイツ語版が翻訳され、本国フランスに匹敵するほど広範な読者、とりわけ青少年層に影響を与えた。十九世紀を通じドイツの出版界を席巻していたのはW・スコット風の歴史長篇小説だったから、ヴェルヌの開拓した科学冒険小説は、ドイツの作家の規範となり、「科学技術小説（Wissenschaftlich-Technischer Roman）」や「未来小説（Zukunftsroman）」を名乗る新しいジャンルが生まれた(3)。

本稿では〈ドイツSFの父〉と呼ばれ、しばしば（これはあくまでドイツ語圏だけでのことではあるものの）ヴェルヌと並び称されるクルト・ラスヴィッツ（一八四八―一九一〇）の紹介を通して、同じ科学小説の書き手としてヴェルヌとの違いについて考察してみたい。邦訳はわずか数点ながら(4)、現在ではドイツ語圏の著名なSF賞である「クルト・ラスヴィッツ賞」にその名を残している人物でもある。

ヴェルヌとは二十も齢の離れたラスヴィッツは、一八四八年にシュレージエン（シレジア）のブレスラウ（現ポーランド領ヴロツワフ）に生まれた（図1）。一八四八年といえば、ちょうど二月にロンドン亡命中のマルクスとエンゲルスが『共産党宣言』を出版し、フランスの二月革命に鼓舞されたドイツ国民が民主主義に目覚め、各地で市民の叛乱・蜂起が頻発したドイツ近代史上特筆すべき年でもあった。ラスヴィッツの父親カール（一八〇九―一八七九）は当時ドイツ第三の大都会だったブレスラウで鉄鋼商として工場を経営しながら、プロイセン議会の議員も務め、民主主義を求めるリベラルな政治信条の持ち主だった。

ラスヴィッツは第一次世界大戦前の一九一〇年に六十二歳で亡くなっているが、ヴェルヌの死はこれより五年ほど早い一九〇五年（享年七十七）。二人とも十九世紀末と世紀転換期を生き抜いた点で、労働者の台頭と植民地帝国主義に特徴づけられる時代の空気をたっぷり吸って創作活動を展開していたことになる。しかし二人の作家がどこかで出会ったとか、人を介して知り合ったという形跡はない。同じように科学小説を数多く書き、後世並び称されているのに、二人の接点が見つからない。あまつさえ、ラスヴィッツに至っては〈ドイツのジュール・ヴェルヌ〉と呼ばれるのをひどく嫌がっていた。ラスヴィッツはヴェルヌの存在を知る前、すでに一八七〇年代から自分なりに科学技術上のアイデアによる小説を書き始めていたと主張している。ヴェルヌの書いた明確に科学小説に分類できる作品は、一八六三年から一八八七年にかけて十二作書かれており[5]、この間にドイツ語圏の作家の書いたものはわずか五作品にすぎない[6]。

図１　クルト・ラスヴィッツ

たしかにヴェルヌが先なのだが、後述するようにヴェルヌの著作集がドイツ語圏で独占的に出版されるのが一八七四年からなので、ラスヴィッツが知らなかったというのも嘘ではない気がする[7]。ラスヴィッツは晩年、ドイツのヴェルヌ研究家マックス・ポップに対し次のように答えている。

一八六八年か六九年だったか、大学生時代、私はジュール・ヴェルヌの名前を聞いたこともなかったが、私を熱狂させた自然科学と技術の進歩を題材に小説を書く考えにたどりついていた。初めのうちはまだビアホールの与太話のような、学生新聞に載せるような調子で書いてみたのだが、それが一八六九年に書き、七一年になって発表された「存在の零地点まで」だった。その後私が使命と感じていたのは、学者の私を動かす問題や文化の理想を詩的に造型することであって、たんなる娯楽読み物を提供することではない。私の題材が科学に基づき、哲学的に深く考察されている点でも私がヴェルヌの「後継者」などと呼ばれないようにしてくれるものと考えたい。「後継者」といっても、ヴェルヌの本が私のものより先に出版されたという意味以上のものではない。(8)

同じ見解をラスヴィッツは次男のエーリヒ(一八八〇—一九五九)にも語っており、それによるとヴェルヌは「自然科学上の現象や法則をまったく意に介していない」夢想家にすぎず、それに対し父親は「まず数学者・物理学者であり、次に詩人(Dichter)」だったという。つまりラスヴィッツの意識において、自分は科学啓蒙を主眼においた学匠詩人であって、ヴェルヌは娯楽作家なのである。大学の物理学教授職にも挑戦したラスヴィッツの経歴を見れば、納得のいく面もあるが、同時にドイツにおける科学未来小説の展開を辿るうえで、ある種の症候のようなものと捉えることもできる。そこからドイツの娯楽小説が今日に至るまで抱えている問題、あまり面白くない娯楽小説を書いてしまう宿痾のようなものを説明できるかもしれない。

ドイツ語圏でのヴェルヌ・ブーム

さて、ラスヴィッツが一八六九年の段階で名前も聞いたことがなかったというのは本当だろうか。ジュール・ヴェルヌの作品がドイツ語圏で人気を誇ったことは多くの数字が語っている。またヴェルヌ研究の第一人者としてドイツ人のフォルカー・デースが知られているのも、ドイツ語圏での研究の蓄積の厚みを物語るものだろう。デースは独仏二カ国語版のヴェルヌ研究書誌を作成している。(9)最近ではレーゲンスブルク大学教授のラルフ・ユンカーユルゲンによる『ヴェルヌ伝』も刊行されているほどだ。(10)

ヴェルヌの作品の普及には出版人だったエッツェルの宣伝企画力やマーケティングの才覚が大きかったが、同じ手法をドイツの出版社も採用した。エッツェルから版権を獲得したドイツの出版社は、ウィーンとライプツィヒを拠点としたハルトレーベン（Hartleben）で、一八七四年から一八八九年にかけて最初のヴェルヌ著作集五十五巻を発行する。ドイツ語版著作集の刊行に時を得るように、七〇年代後半からドイツの学校では、フランス語学習用の教材としてもヴェルヌの読本が人気を博した。(11)ハルトレーベンは挿絵入り国民家庭版ジュール・ヴェルヌ全集三十八巻を一八七八年から一八八一年にかけ、予約継続購入という形で販売し、さらに一八八七年から一九〇九年にかけては〈ヴェルヌ・コレクション〉と称するシリーズ九十八巻を刊行、何波にもわたって繰り返しヴェルヌの著作集・全集がドイツ語圏の出版市場に溢れた。全集完結後の一八九〇年代からは、庶民や労働者が利用するようになった公共図書館においても、ヴェルヌが人気作家となった。「ヴェルヌほど本国よりもドイツで成功し、人気を博した作家はいない」とする意見が広まるゆえんである。

ただ、十九世紀末のドイツ語圏でのヴェルヌ・ブームという見方に異論もないわけではない。ラスヴィッツが〈ドイツのヴェルヌ〉と呼ばれることに憤慨した理由もそこにありそうだ。

たしかにインナーホーファーが指摘するように一八九〇年代まではヴェルヌの存在感が圧倒的で、七〇年代八〇年代のドイツ語圏でのSF的作品がまだ少なかったこともあって、ヴェルヌが科学小説の代名詞のように喧伝されていたが、SF的作品を独自に考えていたラスヴィッツのような作家への影響は限定的で、むしろドイツの出版界で〈ジュール・ヴェルヌ風〉を標榜する科学冒険小説が増えたのは、ヴェルヌの死（一九〇五年）後であり、ラスヴィッツが主張するように、それまでは〈ドイツのジュール・ヴェルヌ〉と呼ばれる者などいなかったとも言いうる(12)。

ともあれ、なぜヴェルヌがドイツの読者を魅了したのかについて定説とされているのが、十九世紀後半のドイツ語圏の娯楽読み物の主流を占めていた歴史小説に対して、科学冒険小説はまったく新しいジャンルを切り拓いたという点である。ヴェルヌの科学的アイデアや冒険旅行記は、植民地を持たぬ狭い世界で自足していたドイツの一般読者の知的渇望の隙間を埋めたという見方である。

クルト・ラスヴィッツの生涯

ラスヴィッツが自分の創作をヴェルヌと比較されることを嫌がったのは、先に述べた彼の学者としての活動と関係がある。ここでラスヴィッツの生涯についておさらいしておこう。[13]

ラスヴィッツが生まれ育ったブレスラウは、けっしてシレジアの片田舎などではなく、当時人口十一万以上のドイツ第三の工業都市であり、その経済発展のなかで父親カールも鉄鋼を商う大企業家として頭角をあらわし、プロイセン議会においてブレスラウ選出の三議席の一つを占める地元の名士だった。カールは労働者の権利擁護に尽力し、ラスヴィッツが幼年時代を過ごした家は、市から貸与された特別な屋敷で、奇人科学者の遺した天文台をそなえていた。

ラスヴィッツは一八六六年から地元ブレスラウの大学で数学と物理学を学びはじめ、途中一年ほどベルリン大学に移るものの、普仏戦争が勃発すると一八七〇年の七月から一年間期限付きの志願義勇兵としてブレスラウの歩兵連隊に入隊、一八七一年一月にヴェルサイユの講和が締結される占領下のパリに派遣され警備任務についた。同年六月、未来短篇「存在の零地点まで。二十四世紀の文化（Bis zum Nullpunkt des Seins. Culturbildliche Skizze aus dem 24. Jahrhundert.）」を『シレジア新聞』に発表し、秋からはブレスラウの大学で学業に復帰するのだが、奇妙なのは軍務でのパリ滞在について友人に宛てた一篇の詩以外ほとんど記録がない点である。詩はラスヴィッツの死後一九一〇年に発表された、「戦場からの郵便。一八七一年の講和条約締結後、セーヌ河畔モントロー近郊のサラン（Salins près de Montereau sur Seine）、一八七一年三月十九日、日曜日」と題されたもので、書かれたと思しき場所と日付が添えられている。[14] 戦勝に酔いしれる類の機会詩ではなく、駐屯する寒村での単調な軍務につきながら、眼の前に広がる草原の日没にシレジアへの望郷の思いを綴り、弟を戦争で亡くし、プロイセン兵に思うところのある酒場の主人のフランス人に同情を寄せる内容だ。ちなみにラスヴィッツの外国滞在経験はこの一回だけである。しかもこれが記された一八七一年の三月にはあのパリ・コミューンの蜂起が起こっている。だがパリから離れた村落に駐屯していたことになるから、言及がないのは無理からぬ話かもしれない。

面白いのは『海底二万里』と『月を回って』を刊行したばかりの四十二歳のヴェルヌも戦争とは無縁ではいられず、一八七〇年には国民軍の一員としてル・クロトワにいたことだ。だが勝敗は九月に決着、翌年のパリ開城後、ヴェルヌは数度にわたってパリを訪れており、また一時的に、作家デビュー前と同じようにパリの株式市場で働いている。ある意味このときがラスヴィッツと地理的にもっとも接近した時期にあたる。

軍務を終え学業に復帰したラスヴィッツは、一八七三年に表面張力と重力の関係を論じた博士論文『固体に付着し重力の影響下にある滴について』を提出、翌年には高等教育機関での教職資格試験に合格（数学・物理・地理・哲学）した。二年間の見習い研修をブレスラウとラティボールで終えた後、一八七六年の四月、東部ドイツ、チューリンゲンのゴータ市のギムナージウム（大学進学を前提とする中高一貫校）の物理・数学・哲学基礎の教師に採用されると、六月にはこの地でブレスラウ出身のユダヤ人商人の娘、幼馴染のイェニー・ランツベルク（一八五四―一九三六）と結婚している。統一されたドイツ帝国内とはいえ、ザクセン＝コーブルク＝ゴータ公国の首都への赴任はプロイセンの人間にとっては外国へ行くような感覚だったのではないだろうか。だがラスヴィッツは、病気によって早期退職する一九〇八年一月までゴータ市のこの「エルネスティーウム」校の教員を務めた。一八八四年にはギムナージウム教授に昇進している。地元ゴータの文化活動において率先して科学啓蒙の旗を振り、その夢こそ叶えられなかったものの、大学教授職の糸口と考えていたカント研究でも知られ、カントの批判版全集の最初の二巻はラスヴィッツが注解・校訂を行っている。カント哲学を概説した『時間と空間の理念性についてのカントの学説』（一八八三年）や原子論の歴史をまとめた『中世からニュートンまでの原子論の歴史』（一八九〇年）など必ずしも科学啓蒙書と呼べない本格的な理論書もある。

ヴェルヌが文学の道をめざす一方で、家族を支えるために株式取引所に勤めていたのに対し、ラスヴィッツはあくまで学者・教育者・科学啓蒙家としての経歴のなかで、「自然科学は一般の人びとにも理解されうるもの、理解されるべきものでなければならない[15]」という彼の掲げた原則に忠実な文筆活動を続けた。

ラスヴィッツの作風

ラスヴィッツの科学小説はどういうものだったのだろう。

ヴェルヌの作品は科学小説の枠に留まらず、むしろ〈驚異の旅〉シリーズに代表される冒険旅行記として人気を支えていた。英仏ほどに植民地を持たなかったドイツやオーストリアの読者が、中欧に閉じ込められた地理的息苦しさを忘れさせてくれるヴェルヌの冒険譚にスリルを求めたとしてもおかしくない。こちらの方面はラスヴィッツとほぼ同世代のザクセン出身の大衆作家カール・マイ（一八四二―一九一二）の登場によってドイツ語圏独自の大衆娯楽冒険小説の類型を生み出していく。マイは一八七四年ごろから北米のインディアンを主人公にした一連の〈ヴィネトゥー〉ものや中近東を舞台にした冒険小説で人気作家の地位を確立した。

ラスヴィッツが、ヴェルヌやマイのような方向を一顧だにしなかったのは、学者としての矜持だったのか。当時の自然科学上の発見や哲学的な議論を下敷きに、論理的に可能性の世界を語るラスヴィッツの手法は、後のSFの世界で外挿法と呼ばれる基本原理になるのだが、その意味ではヴェルヌよりSF的とも言いうる。

初期の短篇集『未来からの絵図』（一八七九年）では、二三七一年や三八七七年の未来の物語として〈芳香ピアノ〉や〈飛行車〉で旅行する人々がいるかと思えば、諸感覚を通すことなく直接意識に働きかける〈脳内オルガン〉なる楽器が発明され、ドイツとカリフォルニア西部を地球の重力を利用したトンネルで結ぶ世界が出現する。この豊かなアイデアの数々を十九世紀の七〇年代に生みだしていたことがラスヴィッツのすごいところだ。コロナ禍で思わず読み返した短篇が、ラスヴィッツの教師体験をユーモラスに描いた「遠隔《リモート》学校（Die Fernschule）」である。一九〇二年の作品だが、教師が自宅の書斎から画面越しに講義する日常がまさかこんなに早く来るとは思わなかった。

代表作となった長篇『二つの惑星にて』（一八九七年）は、戦争好きの人類を教化しようと地球侵略を企てる火星人と人類との交流と対立を巧みに描いた宇宙戦争SFの原型となる作品である（図2）。火星人の地球上の前線基地が北極にあり、その極点から成層圏を抜ける地球エレベーターのような移動装置が高度六三五〇キロ上空にあるリング状の宇宙ステーションまで設置されている。火星に産する「ステリート」なる架空鉱物によって重力波を貫通させる技術を実用化し、宇宙を自由に航行できるのが火星人である。火星人が地球人の言語を研究する場面をとっても、高度な火星文明の都市を地球人が見学する場面も、H・G・ウェルズ（ちなみにウェルズの『宇宙戦争』はこの作品から一年遅れの一八九八年、ドイツ語訳は一九〇一年の刊行）とは別の意味で独創性に溢れている。しかも未来のこととはいえ、当時無敵を誇るドイツ皇帝の軍隊が火星人に全面的に敗北を喫する展開も驚きだ。道徳において優る火星人の叡智「ヌーメ精神（Numenheit）」によって両者の講和条約が結ばれハッピー・エンドとなるが、その平和主義的なメッセージは、一九〇五年にノーベル平和賞を受賞したベルタ・フォン・ズットナーによって高く評価されたほどである。ちなみに日本では抄訳の形で（原著は二巻立て、全六十章、八百頁以上ある大作）『両惑星物語』という題で知られる。

図2　『二つの惑星にて』(1897年)

ラスヴィッツの世界観に大きな影響を与えた学者についても触れておかねばならない。心－物理学（Psychophysik）なるものを提唱した哲学者グスタフ・テオドール・フェヒナー（一八〇一－一八八七）である。ドイツ・ロマン派流の自然哲学の延長に現われた学説とも言えるのが、地球も有機体であり、物理現象のミクロの世界の背後に意識があり、さらには植物にも魂が宿っているとする考え方だ。一八九六年にフェヒナーの伝記をまとめ、その学説を解説したラスヴィッツは、フェヒナーの説が宗教めいてしまう危険性を指摘してはいるものの、魅了もされていた。これは科学啓蒙家ならではの傾向かもしれないが、ラスヴィッツには原子や分子、動物や植物を安易に擬人化してしまう作品が多い。短篇「シャボン玉の上で」(一八八七年)ではシャボンの原子が異界の住人となり、あの薄い膜の上で論争している。メールヒェン風の中篇『ホムヒェン』(一九〇二年)は、恐竜時代を生きる有袋小動物の主人公が火を発見し、哺乳類の時代の夜明けを見る、という進化論の物語だが、恐竜が〈王侯・貴族〉、小動物が〈市民・労働者〉と読みとれるような諷刺的意図も透けて見える。晩年の長篇『アスピラ』(一九〇五年)はフェヒナーの説に基づく植物霊の恋愛物語である。

ラスヴィッツの作品は理念や学説に基づく個々の概念がわかりやすく擬人化され、登場人物に世界観が類型化されている。ヴェルヌの冒険譚にも国民性のステレオ・タイプが認められるが、そちらの方が具体的で楽しく読める。ラスヴィッツの場合は理念先行なため、図式がわかってしまうと退屈する。これはことによるとドイツ文学全体に言えることかもしれない。

ラスヴィッツの作品でもっとも人気を博し、作者の死後も版を重ね続けたのは『二つの惑星にて』だが、ナチの政権掌握後一九三三年以降は、その平和志向が嫌われ、ナチの文化政策において「好マシクナイ書籍」とされた。SF批評家のフランツ・ロッテンシュタイナーは、すでにナチ以前に、第一次世界大戦前後のドイツの未来小説、科学技術小説の書き手たちがラスヴィッツの精神を受け継がなかった点にこそドイツSFの悲劇があると指摘したが(16)、はたしてそれだけだろうか?

むしろラスヴィッツの学者・教育者としての誠実さや理念へのこだわりが娯楽性の阻害要因になったのではないか。

ドイツ文学と哲学を専攻した現代ドイツのSF作家マルクス・ハマーシュミット（一九六七―）はこう書いている。

SFにおけるドイツ人のはっきりとした弱みは、深く掘り下げる態度と娯楽文化の拒絶からくまなく説明できる。たしかに私たちドイツ人は、クルト・ラスヴィッツやパウル・シェーアバルトのような作家たちが作品で示したようにSFというジャンルを他国と同様に発見はした。しかし私たちは虚構の面白さを産みだし、味わうすべを知らないし、世界史のなかで私たちのまわりの世界にそれを広めてこなかった。そこにこそ私たちの推理小説や推理映画の弱さがある。技術が人間を挑発し、困惑させ始めた時代に、私たちドイツ人は時代の波についてゆけず、いつまでも哲学的な世界像に拘泥していた。最良の意味ではエルンスト・ブロッホ〔『ユートピアの精神』の著者〕の名が、最悪の意味ではアルフレート・ローゼンベルク〔ナチ党の理論家『二十世紀の神話』の著者〕の名が、本の表紙に印刷されたわけだ。[17]

ヴェルヌとラスヴィッツの、たんなる個性の差に帰着できない大きな違いはここにあるのではないだろうか。たしかに独仏両国にも高尚文学と娯楽文学を隔てる障壁が昔からあった。ヴェルヌの文学を大学で研究できるようになったのも戦後であって、その嚆矢がロラン・バルトのすこしばかりの論評だったという意見もある。[18]しかしそれでもヴェルヌの切り拓いた冒険譚のスケールと面白さは、高尚文学に妙な媚を売らない、エンターテイナーの思い切りのよさにあろう。その点ラスヴイッツはドイツの教養主義的な理念に寄り添いすぎたと言えるかもしれない。

ヴェルヌとドイツ人

ヴェルヌはアメリカやイギリス・スコットランドへ旅行したばかりでなく、自前の船で地中海クルーズを試みたりと、海外旅行の体験が少なくない。ただ、普仏戦争の敗北がひっかかるのか、ドイツの地を訪れた記録があまりなく、戦争前にエッツェルと温泉保養地のバーデン・バーデンに行ったのと、弟のポール・ヴェルヌが旅行記に残しているように、北海・バルト海周遊のさいに、北ドイツの港町ヴィルヘルムスハーフェンと軍港の町キール（たった一日）に立ち寄ったくらいである。幼いころからドイツ・ロマン派の作家E・T・Aホフマンを耽読し、その影響下に書いた小説もあるうえ、ヴェルヌの小説にはドイツ人学者もたびたび登場する。すでに述べたようにヴェルヌの出版元エッツェルは、ライプツィヒの出版社ハルトレーベンと長らく独占契約をし、ヴェルヌの著作はほぼリアルタイムでドイツ語に翻訳され、ベストセラーにもなっていたから、ドイツの地を回ってくれてもよさそうなのに、なぜかヴェルヌはドイツの真ん中を忌避するように旅に出かけている。ドイツ人のヴェルヌ熱は片思いの観がある。ヴェルヌの死後、ウェルズやプルーストら著名な文学者が弔辞を寄せているが、ドイツ帝国からはなんと外務省を通じてヴィルヘルム二世の勅使が弔問にアミアンを訪れた。これが国家を代表しての唯一の弔問となった。蛇足ながらこの一九〇五年三月、ラスヴィッツは何の論評も残していない。彼にとってはそのときかかりきりになっていたカント全集の校訂・注釈作業が大事だったのかもしれない。

ドイツの読者には興味深いヴェルヌがらみのエピソードを、フォルカー・デースが一九八六年にローヴォールト社から出版した伝記の冒頭に紹介している。

一八七五年の夏にヴェルヌの兄弟を名乗るオツェヴィッツ（Otsewictz）という名のユダヤ系ポーランド人から書留便が届く。ジュール・ヴェルヌは、三十六年前に家族の元を去った兄弟ではないか、という内容だ。冗談と受け流したヴェルヌだったが、二通目のポーランド語で書かれた内容にはさすがに激怒した。ジュール・ヴェルヌなる兄弟は、一八六一年にカトリックに改宗し、フランスでユダヤ系の出自を否定しているのでは、という内容だった。その根拠に Verne の名はドイツ語の Erle「ハンノキ」の音「エァレ」に類似し、「ハンノキ」のポーランド語は Olsza であり、自分たちの名前の Olszewitz の一部が含まれている、というのである。ヴェルヌの死後判明したことだが、差出人は真剣に兄弟の行方を捜索したようで、実際にフランスの内務省に勤めていた「ジュリアン・ド・ヴェルヌ（Julien de Verne）」という名前の人物と同定されたのである。[19] この手紙がどこから発信されたにせよ、当時のポーランドはドイツ帝国に呑みこまれており、名前の関連でドイツ語の Erle を出している点から、おそらくドイツ語訳の Jules Verne の著作集を見て、もしやと反応したのではないかと推察される。ちなみにラスヴィッツ（Laßwitz）の名前も、シレジアを含む東部ドイツ特有の地名・人名に多い -witz という音から形成されている。とはいえ、〝ヴィッツ〟つながりでヴェルヌとラスヴィッツの奇縁というには牽強付会のそしりをまぬがれない。

むしろヴェルヌと現在のドイツ人とをつなげてくれる作家としてアルノ・シュミット（一九一四

一九七九）の名を挙げておこう。ジェイムズ・ジョイス流の晦渋な文体で、一部の文学愛好家から今なおカルト的に人気のあるシュミットは、文学史に埋もれた作家や陽の当らない作品の再評価にすさまじい情熱を傾けた。そのシュミットがヴェルヌについてのエッセイのなかで、少年時代の愛読書となったヴェルヌの魅力を、ドイツ人らしい皮肉を交えながら語っている。好きなものをストレートに好き、と言えない文章を読むのはつらいが、要するに作家間のアイデアの「盗用」や「剽窃」はつきものであって、ヴェルヌもポーやE・T・A・ホフマンから影響を受けている。ただ科学的アイデアの大胆な展開はヴェルヌならではと讃え、なかでもシュミットのお気にいりは『動く人工島』で、シュミットの代表作となる『学者共和国』（一九五七年）を書く際に大いに参考にしたと記している。[20]

ラスヴィッツもよく知っていたシュミットが、ここでラスヴィッツのヴェルヌ批判に触れていないのは、科学の驚異を理詰めで納得させようとするラスヴィッツの教育家・科学者としての誠実さが、かえって作家や読者の想像力を縛りかねない危険を知っていたからだろうか。現在のドイツでもヴェルヌは未来の代名詞のように扱われ、ラスヴィッツが一部好事家の研究対象でしかないのはそこいらへんに理由がありそうな気がする。

註

（1） Fantasmagoriana, ou Recueil d'Histoires d'Apparitions de Spectre, Revenans, Fantômes, etc.; Traduit de l'allemand par un Amateur. Paris : Schoell 1812. この翻訳集成の内容や影響については、そのドイツ語の原典を再現したドイツ語版を参考にした。August Apel, Friedrich Laun, Heinrich Clauren, Johann Karl August Musäus: Die Sammlung Fantasmagoriana. Geisterbarbiere, Totenbräute und mordende Porträts. Mit Anmerkungen und einem Nachwort von Markus Bernauer. Berlin: Ripperger & Kremers Verlag 2017.

（2） ホフマン作品の十九世紀における書誌を確認すると、一八二七年にベルリンのライマーから『ホフマン著作選集』十巻が、二千五百部で出版されるが、これがきっかけになったか、以後フランスでの翻訳出版が盛んになる。画期的だったのがパリの Eugène Renduel から一八二九―三三年に全二十巻で刊行された『ホフマン全集』（E.T.A. Hoffmann. Œuvres complètes.）を名乗る翻訳であった。Gerhard Salomon: E.T.A.Hoffmann. Bibliographie. (1927) Nachdruckausgabe. Hildesheim-Zürich-New York: Olms 1983, S. 59ff.

（3） ヴェルヌのドイツ語圏での受容を本格的に論じた研究は、ローラント・インナーホーファーを嚆矢とする。本論でも具体的な数字、考証はインナーホーファーを参考にした。Roland Innerhofer: Deutsche Science Fiction 1870-1914. Rekonstruktion und Analyse der Anfänge einer Gattung. Wien-Köln-Weimar: Böhlau Verlag 1996.

（4） 単行本としては代表作『両惑星物語』があるが、松谷健二訳は全訳ではない。また小尾訳の短篇は英語からの重訳である。松谷健二訳『両惑星物語』早川書房、一九七一年。小尾芙佐訳「万能図書館」（世界ＳＦ全集第三十一巻『世界のＳＦ　古典篇（短篇集）』早川書房、一九七一年、六九―七七頁所収）。前川道介訳「シャボン玉の世界で」（『ＳＦマガジン』一九八〇年三月号、一六二―一七〇頁所収）。

（5） Innerhofer: A.a.O., S. 35-39.

（6） ネッスン・サプラの最新の書誌による数字。Nessun Saprà: Lexikon der deutschen Science Fiction & Fantasy 1870-1918. Oberhaid: Utopica 2005.

（7） ヴェルヌの翻訳権を獲得したハルトレーベン社の最初の著作集は一八七四年から刊行された。第一巻『地球から月へ』、第二巻『月を回って』、第三巻『地底旅行』、第四・五巻『海底二万里』、第六巻『八十日間世界一周』まで、すべて一八七四年の発売である。Wolfgang Thadewald und Volker Dehs: Hartleben & Co. Über die ersten Jules-Verne.Übersetzungen in deutscher Sprache. In: Volker Dehs; Ralf Junkerjürgen (Hrsg.): Jules Verne. Stimmen und Deutungen zu seinem Werk. Schriftenreihe und Materialien der Phantastischen Bibliothek Wetzlar Band 75. Wetzlar 2005, S. 265-282.

（8） Max Popp: Julius Verne und sein Werk. Wien-Leipzig: Hartleben 1909, S.180f.

（9） Volker Dehs: Bibliographischer Führer durch die Jules-Verne-Forschung. 1872 – 2001. Schriftenreihe und Materialien der Phntastischen Bibliothek Wetzlar Band 63. Wetzlar 2002.

（10） Ralf Junkerjürgen: Jules Verne. Darmstadt: wbg Theiss 2018.

（11） Innerhofer: A.a.O., S. 40.

（12） Detlef Münch: Kurd Laßwitz. Frühe Theorien zur Ethik der Technik und Science Fiction 1877-1910. Dortmund: synergen Verlag 2018, S. 12.

（13） ラスヴィッツの生涯については以下の二冊を参考にした。Dietmar Wenzel: Kurd Laßwitz: Lehrer, Philosoph, Zukunftsträumer. Die ethische Kraft des Technischen. Meitingen: Corian-Verlag 1987. Dieter von Reeken(Hrsg.): Über Kurd Laßwitz. Tagebuch 1876-1883 Bilder Aufsätze. Lüneburg: Dieter von Reeken 2009.

（14） Kurd Laßwitz: Feldpostbrief. Nach dem Friedensschluß 1871. Salin près de Montereau sur Seine. Sonntag, den 19. März 1871. In: Kurd Laßwitz: Gedichte und Erzählungen. Kollektion Laßwitz. Abteilung I Romane, Erzählungen, Gedichte. Band 9. Lüneburg: Dieter von Reeken 2008, S. 23-28.

（15） このモットーは奇妙なことに数式だらけの物理学の博士論文の最終頁に記された一文である。

（16） Franz Rottensteiner: Kurd Laßwitz und die deutsche Science Fiction. In: Wenzel, a.a.O., S. 123.

（17） Marcus Hammerschmitt: White Light/White Heat. Science-fiction und das Veealten der Zukunft. In: Hammerschmitt: Der Glasmensch. Frankfurt am Main: Suhrkamp Verlag 1995, S.178f.

（18） Arno Schmidt: Dichter und ihre Gesellen: Jules Verne. In: Arno Schmidt: Essay und Aufsätze 2. Zürich: Haffmann

Verlag 1995, S. 425.

(19) Volker Dehs: Jules Verne. Reinbek bei Hamburg: Rowohlt Taschenbuch Verlag 1986, S. 10.

(20) Arno Schmidt: A.a.O., S. 422.

ロビンソン的独我論の爆破
――ヴェルヌとコナン・ドイル

石橋正孝

その年齢差と国籍の違いを超えて、ジュール・ヴェルヌ（一八二八―一九〇五）とアーサー・コナン・ドイル（一八五九―一九三〇）が文学的に近縁関係にあることは、ともに挿絵入り雑誌を執筆の場としていたこと、両者の主として手がけていたジャンルが冒険小説であったこと、ポーを先達に仰ぎ、科学とロマンスを融合させていたことから、ある程度まで明らかだろう。ただし、活動時期が四半世紀ほど重なっていたとはいえ、この二人の間の直接的な影響関係は、年長者から年少者への一方通行であった。

ヴェルヌはSF的側面ばかり注目されるが、『怪盗対名探偵』（晶文社、一九八五年）の松村喜雄をはじめとする複数の論者が指摘するように、推理小説的な仕掛けも多用しており、彼の作品を幼少期から愛読していたコナン・ドイル（彼は、ヴェルヌ小説の挿絵のキャプションを原書で解読しながらフランス語を学んだ、とその自伝で回顧している）に影響を及ぼしたことは確実といえる。事実、後者の『失われた世界』が前者の『地球の中心への旅』のあからさまな焼き直しであるように、天性の二次創作作家であったコナン・ドイルが下敷きにした作家のひとりにヴェルヌがいただけではなく、例えば、『バスカヴィル家の犬』でシャーロック・ホームズをダートムアの荒野の「精霊」に擬した時、ハテラスを北極の精霊に、ネモを海の精霊に見立てたヴェルヌが、おそらくは無意識のうちに参照されていたに違いない。

他方、コナン・ドイル作品の仏訳はといえば、ヴェルヌ家に遺された蔵書中に、『バスカヴィル家の犬』『コロスコ号の悲劇』『シャーロック・ホームズの冒険』『続・シャーロック・ホームズの冒険』が見出されるものの、いずれもヴェルヌ没後の刊行で、息子ミシェルが購入したものと見られ、英語が読めなかったヴェルヌに対するコナン・ドイルの影響は考えづらい[1]。

したがって、両者の作品の共通点から、ヴェルヌにおいて先取りされていたコナン・ドイルを、コナン・ドイルにおいて発展させられたヴェルヌを、それぞれ浮かび上がらせるのは興味深い作業であるに相違ない。しかしながら、ここではあえてそうした具体的な類似には目をつぶり、二人の間のより本質的な類縁性として、彼らの作品における読者の役割に注目してみたい。読者の参加を積極的に、かつ本能的といいたくなるほどの巧妙さで誘っていることこそ、彼らの傑作――『八十日間世界一周』と〈シャーロック・ホームズ・シリーズ〉――に通底する特質なのだ。ヴェルヌの場合は半ば自覚的に読者に重要な役割をあてがっていたとすれば、コナン・ドイルの場合はその点でより無自覚的であって、つまりは、「天才的」であったがゆえに、作品に対するコントロールを半ば読者に譲り渡し、読者の暴走を招くことになったのである。

「読むこと」の抑圧としての近代文学

この違いの因って来たる所以を理解するための補助線として、本論では「ロビンソン・クルーソー」を導入する。いうまでもなく、ダニエル・デフォーが一七一九年に発表した小説『ロビンソン・クルーソーの生涯とその奇妙で驚くべき冒険』の第一部において、主人公ロビンソンは、南米オリノコ河の河口にある無人島に漂着し、たった一人でサバイバル生活を行う。この状況は、近代ヨーロッパが生み出したほとんど唯一のオリジナルな神話といってよく、ロビンソンの島は絶海の無人島に置き換えられた上で、現在に至るまで様々に変奏され、夥しい数の二次創作（いわゆる「ロビンソン変形譚《もの》」）を生み出してきた。この小説がある種の冒険小説の雛形であるのはもちろん、近代小説そのものの起源のひとつとされるのは、無人島における孤独な主人公の内面が近代的な個人のモデルとなっているからである。モデルというからには、あくまでかくありたいと願う理想でしかないにもかかわらず、近代的個人が再帰的存在であることを反映して、この小説それ自体がメタフィクションとなっているために、それを模倣する小説家をして、自分もそのような存在であると錯覚させる。「〔島とは〕白いページであり、ロビンソンは白紙というその非＝場所に虚構の世界＝テクストを築いて行くのだ。こうして築き上げられた世界は、エクリチュールという労働によって製造された世界であり、〔……〕ロビンソンは書くことによって成り上がるのである。『ロビンソン・クルーソー』はこの意味でエクリチュールについての小説であり、小説についての小説なのだ[2]」（山田登世子）。

一人称で語るロビンソンは、自らの労働を書く人でもあり、彼の労働そのものがそれを書く行為に譬えられているのだとすれば、作家は、ロビンソンが島を開発するように自分も書いていると思えるわけだ。書く行為が、ロビンソンの書字行為を介しつつ、書かれる内容に絶えず変換され、可視化されるのだと言ってもいい（さらに言えば、読者にとって、ロビンソンの労働は、彼が代価を払って手に入れたこの本を生み出した労働のようだとされることで、自分の出費に納得できる仕掛けになっているのかもしれない）。なるほど、この時、「ロビンソンの漂着したあのノーマンズ・ランド、それは、インダストリーによって征服すべき白紙の土地であり、セルトーの言うように、エクリチュールの征服の跡が刻まれてゆく白いページ[3]」である以上、書く行為はこの上なく植民地主義的である。と同時に、ここでの「書く行為」が、ひたすら能動的な「男性的」行為でしかないわけではなく、可視化されて読まれる対象にもなっている、という事実を見落としてはならない。

この事実が見落とされる時、ロビンソン・クルーソーが白紙としての島をエクリチュールによって征服するごとく、作家は無から創造する、という「神話」が生まれるのであって、そもそも、岩尾龍太郎が『ロビンソンの砦』（青土社、一九九四年）で指摘するように、ロビンソンの島はいささかも「白紙」ではなく、ロビンソンは漂着して早々、難破した船から島に大量の物資を搬出している。岩尾が『ロビンソン』精読を通して示したのは、ロビンソンのこの搬出が際限なく繰り返され、船の積載量を大幅に超過しているとしか思えず、また、住人のいる陸地が近くて脱出も容易でありながら、ロビンソンは砦の建設をいつまでも続け、そこに閉じこもったまま二十八年間も過ごすという、近代的個人の理想像とはほど遠い「病的」な側面であった。

デフォーの凄みは、二次創作を通じたロビンソンの「神話」化の過程で捨象されるこの側面を、反復強迫的に炙り出しているところにあって、そこには、彼が書くと同時的にその可視化を読む際の尋常ならざる強度が示されている。書くことによってあるべき自己を作り上げようとする作業を対象化し、直感的飛躍を重ねて原因へ、そのまた原因へと無限退行してしまう。デフォーは、ロビンソンの神話を生み出す一方で、それが成立するに当たって排除せざるをえない要素——ロビンソンの「父」であるにせよ、奴隷商人であった彼自身の過去であるにせよ、それは結局のところ、「歴史」、それも否認したい「負の歴史」であろう——を執拗に読み取ってしまうのだ。かくありたい自己を改めてゼロから打ち立て、それを島に重ね合わせようとすれば、自他の境界線を何度も引き直し、「自」ならざる「他」を排除する暴力に帰結する。問題は、そうした暴力を筆頭に、認めたくない自己の側面こそ、最も暴力的に排除される当の対象にほかならず、他者——「ロビンソンもの（ロビンソナード）」では人食い人種や海賊——に投影されることでさらなる暴力を誘発する悪循環が避けがたいことだ。すなわち、「抑圧されたものの回帰」が生じ、暴力は増幅されて戻ってくる。ロビンソンの病的な行為は、常に不安に苛まれる空虚な自らのあり方を糊塗するためのものだった。

ロビンソンの「神話」は、創作過程がもっぱら書く行為に還元され、そこにおける読む行為が抑圧された結果である。工藤庸子が指摘するごとく、「バルザックの書斎をロビンソンの〈島〉になぞらえて、小説の生産方式を記述する」(4)山田登世子は確かに卓見と評されるに価するとはいえ、これまた、ロビンソン神話に促されるまま、自作の読み手としてのバルザックの側面――まさしく「歴史」――を排除しなければ不可能な操作だといえる。プルーストが『失われた時を求めて』の語り手に言わせている通り、バルザックの〈人間喜劇〉は、それまでに書いた旧作を回顧的に読み直した時、それらを人物再登場法によって結び合わせるという着想とともに生じたのだとすれば、バルザックは、あくまで自作の読み手として、個々の作品を超えた（それらの単なる総和ではない）〈人間喜劇〉という大文字の作品の「作者」になったのであった。

ところが、こうしたバルザックが「作者」のモデルになった途端、彼の読み手としての側面は、彼が自作を必ずしも十全には把握しておらず、一般読者と権利上は対等であることを示唆するため、ロビンソン的な作者の唯我論にとって覿面に不都合となる。要するに、近代文学は、それを支える近代的個人とももども、「読むこと」の抑圧の上に成り立っている。この抑圧はいかなるメカニズムによっているのか。バルザックの例が示す通り、近代文学はむしろ作者が自作を完全には把握できないことを前提に、「読むこと」を不可欠の要素としている。作者は、生成途上の自作を読み直す過程で、足りない部分や余計な部分は元より、思いがけない達成にも気づき、いわば自己を乗り越える契機を与えられる。その時、作者以上に作品を理解している存在が自ずから想定されており、作者はその存在との合一を図りながら書き進めていく。

執筆中の作者は、作品を「犯罪」であるとすれば、それを生み出した原因たる「真犯人」へと絶えず遡っているのである。結果から原因に至るこうした推理は一般に「アブダクション」と呼ばれ、演繹法や帰納法とは異なって、論理的根拠を欠いた直感的な飛躍を必要とする。近代文学の作者はその意味で、神話のロビンソンではなく、探偵に似ている。『物語における読者』（青土社、一九九三年）のウンベルト・エーコの概念を拡大解釈し、作品を生み出した「真犯人」を「モデル作者」と呼ぶことにしよう。作品をゼロから創り出し、自らの分身としてのそれを完全に掌握しているという意味で、「モデル作者」とはまさしく神話的ロビンソンそのものであり、バルザックに代表されるいわゆる「大作家」とは、自分が卑しむべき「探偵」などではなく、「モデル作者」そのものであるかのように振る舞う術に長けた人々なのだ、ということになる。あるいは、フロベールのように、天才なるものを認めず、推敲という名の読み直しに血道を上げ、「モデル作者」への接近においてほかのいかなる読者の追随も許さない（自分が「モデル読者」になってしまう）、という選択もある。いずれにせよ、文学的に評価されたければ、読者に「隙」を見せないことが肝要なのだ。

「ロビンソンもの」の拡張者ジュール・ヴェルヌ

反対に、ヴェルヌやコナン・ドイル等、「大衆作家」に分類される作家たちのうち、一部の読み継がれる者たちは、「モデル作者」と一致せず（できず）、読者に「隙」を見せる。自分が読者でもあること——オリジナルな存在ではなく、二次創作者であること——を隠さないか、もしくは隠せない。ヴェルヌが「ロビンソンもの」を代表する作家である事実はこの点で重要である。彼は、デビュー作となった『気球に乗って五週間』以来、乗り物に乗った主人公たちの孤立した状態に拘り、本格的な「ロビンソンもの」の構想を温めていた。この計画は代表作となる『神秘の島』に結実し、その後も『ロビンソンの学校』『二年間の休暇』『第二の祖国』『マゼラン地方にて』といった狭義のロビンソンものを書き続けた。

言い換えれば、ヴェルヌは明示的な二次創作を意識的に手がけた作家であり、ロビンソンものという「ゲームの規則」を彼は一読者として一般読者と共有している。優れたロビンソンものは、主人公たちといつまでも島に留まってこの生活を続けたいという欲望を惹き起こす。『神秘の島』は、ロビンソンたちを見守っている謎の万能の存在を示唆し、その正体を知りたいという欲望も同時に掻き立て、先の欲望との間に効果的に矛盾を生じさせる。なぜなら、この謎の存在は、一人で島に身を潜め、独力でなにもかもやってのける「究極のロビンソン」であり、主人公たちが自分たちだけの力で難局を切り抜けなければならないという「ゲームの規則」そのものを無効にしかねないからで、「ロビンソンもの」というジャンル自体を脅かしつつ、それを読み続けたいという欲望を煽っている。そして、この「犯人」の正体が「解明」されてみれば、それがやはりある種の「歴史」であって、抑圧を受けて回帰してきたことがわかるだろう。

ジュール・ヴェルヌは、書きながらその行為を同時に読みつつあることを意識せざるをえないというこのジャンルの特性に忠実な作家であった。エッツェル書店から刊行されたヴェルヌの全作品は、バルザック〈人間喜劇〉の刊行を手がけた経験を有する版元の意向により、〈驚異の旅〉という連作を構成している。〈驚異の旅〉は当初、〈人間喜劇〉とは違って、ヴェルヌ作品を挿絵版として売り出すために企画された。それを真の意味で連作に転換させた作品が『八十日間世界一周』であり、そこでは、それ以前の自作を読み直して〈人間喜劇〉に変換させたバルザックの役割を読者にあてがうという「離れ業」が見られる。読者の代表者として振る舞う編集者による介入を受け入れていたこの作家は、読者との共作を演出してみせたのである。

〈驚異の旅〉の構成作は基本的に独立しており、それらが全体として地球の描写をなしている事実は、〈人間喜劇〉を構想した瞬間のバルザックのごとく、読者がそれまで読んできたヴェルヌ作品を振り返って気づくことでしかなく、しかもそこには、視点に相当するフランスの描写が不在であるため、読者は、国籍を問わず、フランス人のポジションに立たされてしまう。すでに述べた通り、こうした「読者」が発生した小説、それが『八十日間世界一周』なのであるが、この小説は、『気球に乗って五週間』のほぼ十年後に書かれており、直前に普仏戦争による中断があったことから、初期十年を総括するとともに、その後の展開を予告している。

ヴェルヌの初期十年の作品は「世界一周」型と「至高点」型の二タイプに大別できる。『神秘の島』の戦略が、物語が終わってほしくない欲望と結末を知りたい（物語を終わらせたい）欲望を閲ぎ合わせることに存するとすでに指摘しておいた通り、「世界一周」型は、続きを知りたいという物語的な興味（それは、気球、『海底二万里』の潜水艦等を典型に、半ば自立した乗り物がどこかに向かう運動そのものであったり、行方不明のグラント船長を彼の子供たちは探し出せるのか、という興味であったりする）に、タイトルが予告する時空の制限が重ね合わせられて発生する求心力に、それを妨げる遠心力（基本的には、この旅をずっと続けたい――この快適な乗り物にいつまでも乗っていたい――という欲望であるが、地理学等の科学を子供に楽しませながら学ばせるというエッツェル書店の編集方針の下、舞台を「面」として回らなければならない制約に由来する「脱線」の形を取る）が拮抗させられ、円運動をなす。地球を隈なく回らなければならない〈驚異の旅〉の運動の基本形がこのタイプであり、しかもこの運動自体が地球の公転運動を反復している。ヴェルヌにおける乗り物が住居の理想形態であることを考え合わせるならば、宇宙をめぐる地球こそ、巨大な乗り物にして住居であり、〈驚異の旅〉とはその全体が、地球という島を隈なく記述する「ロビンソンもの」なのである。

〈驚異の旅〉の基本形である「世界一周」型に対し、「至高点」型は、〈驚異の旅〉の求心力の正体を明かしている。ヴェルヌ的旅人たちの円運動は、太陽をめぐる地球の公転の地球上での反復である限りにおいて、求心力の源は、地球中心の火にほかならない。『ハテラス船長の航海と冒険』第二部における北極点の火山はその露出であり、『地球の中心への旅』はそれを直接目指すだろう。求心力に基づく物語の進行は単線的であり、地理学的要素が、したがって「脱線」が相対的に少ない。このタイプの小説の主人公たちは、ミシェル・ビュトールのいう「至高点」[5]に取り憑かれ、そこに到達しようとするが決して果たせない。

〈驚異の旅〉初期十年は、地球という島を自己としてそれに一体化せんとするロビンソン的欲望を影の主人公に据え、それが満たされることの不可能性、そして、円運動の際限ない（しかも無自覚的な）繰り返しという表裏一体の事態を描いていた。時空の制限に囲い込まれ、その中を闇雲にめぐるにせよ、到達不可能な「至高点」を無我夢中で目指すにせよ、登場人物たちはロビンソン的独我論に囚われ、目的と意思が行き違っている。連作全体を通した地球の描写に移行するためには、この独我論が打ち破られる必要があった。

主人公が最短期間での世界一周を行う賭けに打って出る『八十日間世界一周』は、この分裂を統合し、連作を地球全体の体系的な描写に再編成する。世界一周を目的とする主人公を初めて登場させ、八十日間で世界が一周できるパラレルワールド、座標軸と情報からなるヴァーチャルな、そして独我論的次元に閉じ込めたのだ。当然のこと、主人公の目論見は潰える。しかし、それだけでは独我論は破られず、他者の介入が必要となる。すなわち、主人公がインドから連れ帰った未亡人アウダのおかげで、彼は自分が八十一日目のロンドンに帰還したという思い込みに囚われていたことを知るのだが、小説において、実際にこの思い込みを破られるのは、それを主人公と共有していた読者なのである。「八十一日目」から主人公たち一行を離れ、その数日前にフラッシュバックした読者は、八十日目のロンドンで主人公の帰還を待ち構える賭けの相手とともにカウントダウンに立ち会う。そこに主人公が姿を見せ、昨日のことだと思っていた八十日目が今日であったと判明する瞬間、東回りの世界一周によって一日先に進む錯覚を読者は覚えさせられると同時にそれから目覚めさせられる。その結果、独我論的世界から解放された主人公は、八十日目のロンドンという「至高点」に意図せずして辿り着き、勝利を収める。

かくして「世界一周」型と「至高点」型は統合され、この時点から初期十年の作品を振り返った読者は、それらが地球全体の描写を目指していたのだと読み替える。そして、この直後、ようやくヴェルヌは長年の念願を果たし、初の本格的「ロビンソンもの」である『神秘の島』を書くことができた。『八十日間世界一周』において、それ以前の作品を動かしてきたロビンソン的欲望を一読者の立場から対象化できたことが大きかったと言えるのではないか。

「真のロビンソン」として書くこと――コナン・ドイル

ジュール・ヴェルヌが天性の「ロビンソンもの」作家であったのに対し、コナン・ドイルは、短篇「エヴァンジェリン号の運命」をはじめとする複数の作品でロビンソン的状況を扱っているとはいえ（『バスカヴィル家の犬』で荒野に身を潜めたシャーロック・ホームズはロビンソン的と言えなくもないし、『失われた世界』の舞台は限りなく島に近い）、正面切って「ロビンソンもの」を書いてはいない。「ロビンソンもの」の新展開を示した『宝島』（一八八三年）のスティーヴンソンや『ピーター・パン』（一九一一年）のバリーが身近にいたわけだし、コナン・ドイル自身の嗜好を考え合わせても、もし彼が「ロビンソンもの」に手を染めていれば、大変な傑作が生まれていたように一見思われるだけに、このことはやや不思議な気がする。その代わりというべきか、作者としてのコナン・ドイルは、自らがロビンソン的状況を生きてしまった。

コナン・ドイルとシャーロック・ホームズの関係は、考えれば考えるほど奇妙である。まだ医師として開業中に書いた『緋色の研究』で初めてホームズを登場させた際、早くもこのキャラクターをこの一作限りに留めようとした。すなわち、第一部を「故」ワトスン医師なる人物の回想録からの抜粋とし、全体を統括する「歴史家」的編者を読者に想定させ、第二部では、おそらくその編者の筆による三人称の記述を通して、ワトスンの知りえない過去の（アメリカにおける）因縁を詳細に物語った。この因縁は、ほとんど遍在しているかと思われる不可視の組織を登場させ、その組織であればホームズが解決するための事件が発生する以前に原因を断ちえていた可能性を示唆するあまり、組織の力の神秘化に至っている。全知に近い編者＝語り手に全体を統括させ、すべては終了している（したがって、続きはない）と暗示する戦略を取っておきながら、その全知を自己否定したり、時代設定を発表時に大幅に近づける変更を行ったりする等、その戦略に綻びを見せており、ホームズを始動させた途端に終わらせようとする意思の貫徹が中途半端に終わっている。

そして、この小説がたまたまアメリカである程度評判となり、同国のリピンコット社から原稿依頼を受けると、コナン・ドイルはホームズとワトスンを再登場させる気になる。『四つの署名』は、ワトスンをメインに見れば、熊谷彰が指摘するように[6]、ホームズなる変人との冒険を通して彼が成長し、結婚によって落ち着くまでの過程を描く物語として『緋色の研究』とセットをなし、冒頭を読むかぎり、『緋色の研究』事件の直後であるかのように話が進み（オーエン・ダドリー・エドワーズは、軍医であったワトスンに認められた九カ月の静養休暇の間に二つの事件は収まっていなければおかしいし、コナン・ドイルはそう考えていたはずだと論じる）[7]、それを完結させている。ワトスン自身、「君の捜査方法を研究するのはこれが最後の事件になるかもしれない。モースタン嬢がぼくを将来の夫として受け入れることを承諾してくれたのだ[8]」と結末で念を押す。

にもかかわらず、『四つの署名』には、ホームズとワトスンを受け取り直し、幾分かリセットしている趣がある。その最たるは、一八八一年と明記されている『緋色の事件』の発生年代に対し、『四つの署名』の事件年代をその七年後とし、発表時（一八九〇年）とさらに近づけた点だ。そして、『緋色の研究』を現実の歴史に「紐付け」ている第二次アフガン戦争（一八七八―一八八一年）でワトスンが傷を負った箇所が、純然たる物語上の都合により、肩から足に移される（この変更理由について、『四つの署名』事件の犯人たる「義足の男」をワトスンの陰画にするためだったと論じる『快読　ホームズの「四つの署名」』［小鳥遊書房、二〇一九年］の小野俊太郎の議論には説得力がある）。『緋色の研究』を上書きした二次創作のようになっているのだ。『緋色の研究』では、ホームズの挙動が時に麻薬中毒者を思わせると書かれていたにすぎなかったのに、『四つの署名』ではコカインを使用していることになっている「変更」も、いかにも二次創作的ではあるまいか。

コナン・ドイルは当初から、シャーロック・ホームズに対して、自らの創造物でありながら、一読者として二次創作の対象を前にしているかのような振る舞いを止められず、そのためかえって、「モデル作者」と一体化した立場から、いつでも終わらせてやれるのだと誇示し、必死になって実態を隠そうとしているように見える。その理由は単純で、シャーロック・ホームズとは「モデル読者」、つまり、作者としてのコナン・ドイル本人の鏡像、それもこうありたくはない実像を理想化して突きつけてくる鏡だからである。神話的ロビンソンのような「作者」でありたいと願いつつ、自分が「探偵」に似た存在であることを内心では否認しきれない弱さを彼が抱えていたのは、天性の二次創作作家として、作者の地位を簒奪した一読者という近代文学一般における作者の立場を、通常の作家よりも意識せざるをえなかったからだろう——ロビンソンが人食い人種や海賊を通して自分のしてきたことを他人にされるのを恐れたごとく、コナン・ドイルは自作を「モデル読者」に乗っ取られはしまいかと怯えるのだ。

この作者は「ロビンソン神話」の欺瞞を身に染みて知悉していただけに、白々しくて「ロビンソンもの」など書く気になれなかったのかもしれない。事実として、そんなものを書くまでもなく、初めて公になった長篇小説において、「ロビンソン神話」から排除されたその陰画である「探偵」をキャラクター化してしまった。おまけに、そんなホームズに対して「作者」として振る舞おうとして失敗する自分の戯画まで、語り手のワトスンとしてご丁寧に書き込んだのだから、これを「天然」と呼ばずしてなんと言おう。

ホームズが徐々に、しかし着実に世間の注目を集め、続篇を書いていく過程で、コナン・ドイルは、ホームズの二次創作性を強調するようになる。所詮二次創作でしかないこんな作品を自分は重視していない、という姿勢を見せることは、しかし、本当は信じていなかったはずの作者としての理想像に彼自身が固執する事態を招く一方で、ホームズが読者に発信するメタメッセージ――自分が犯罪の「モデル作者」との一体化によってそれを犯人から奪って「作者」になるように、自分をコナン・ドイルから奪って、ワトスンよりうまく自分の「作者」になってみよ――の訴求力を高め、読者の理想像としていっそうの魅力を発揮させてしまう。かくしてコナン・ドイルの意図とは裏腹に、ホームズはますます支持を集め、その作者はいよいよ軽んじられる時、作者としての理想像を守らなければならないという衝迫は押さえがたくなっていく。独我論に陥ったロビンソンが己の理想像を守るため、直視したくない内なる暴力性を他者に投影してその排除を図り、かえって暴力をエスカレートさせるように、コナン・ドイルがホームズを憎めば憎むだけ、その実在感は増す一方となる。

怒濤のような運動が堰を切ったのは、『ストランド・マガジン』に「ボヘミアの醜聞」が発表された時だった。いかなる経緯があったのかは定かでないが、コナン・ドイルは、著作権エージェントを介して絵入り雑誌に売り込む目的で、一八九一年、一話完結の連作短篇のアイデアを思いつき、六篇限りの予定で主人公にホームズを抜擢、早速執筆を開始した。著作権代理人のワットとコナン・ドイルの往復書簡を調査した熊谷彰氏によれば、売り込み先が『ストランド・マガジン』になったのは、「ボヘミアの醜聞」の長さの短篇を受け入れる雑誌がほかになかったからだった[9]。六篇で打ち止めにするつもりでいたこと、最初の一篇でこれまで以上に二次創作性を露わにしたこと。こうした自家撞着は、『緋色の研究』および『四つの署名』にもあったとはいえ、それが短篇においてより先鋭化し、爆発的な効果を持ったことは歴史が示している。

挙げ句の果て、コナン・ドイルが、現実の滝の力を借りて、世代を越えて入れ替わっていく読者からエネルギーの備給を受けるという意味で滝によく似たホームズを殺そうとし、シャーロキアンに先立って虚実の混同を犯した経緯は別に分析したので、ここでは詳細に立ち入らない[10]。いずれにせよ、本来であれば、排除されるべき対象であった敵がヒーローと化す現象は、「ロビンソンもの」の長い伝統のなかで、海賊が徐々にヒーロー化していった事実を思い起こさせる。ジュール・ヴェルヌは、そうした伝統を踏まえた上で、海賊的存在からネモ船長という肯定的なロビンソンを作り出した（ネモは『海底二万里』において潜水艦ナウティルス号に自己幽閉し、独我論的世界を生きる海賊兼ロビンソンであったが、外部から入ってきた他者のせいでその独我論をすでに破られており、『神秘の島』の主人公たちの自足を脅かす）。「ロビンソンもの」の歴史を対象化できた彼は、読者をコントロールできたのである。ところが、コナン・ドイルの場合、いわば彼自身を〈島〉にして、すべてが一瞬のうちに起きてしまった感がある。彼に許されたのは、時間をかけて敗北を認めていくことだけだった。

註

（1） 以下を参照。V. Dehs, « La bibliothèque de Jules et de Michel Verne », in *Verniana* vol. 3, 2010-2011, pp. 51-118. http://www.verniana.org/volumes/03/HTML/Bibliotheque.html.

（2） 山田登世子『メディア都市パリ』藤原書店、二〇一八年、八八―九〇頁。

（3） 同上、一五六頁。

（4） 工藤庸子「『メディア都市パリ』――きまじめな解説」、同上、三〇四頁。

（5） ミシェル・ビュトール「至高点と黄金時代――ジュール・ヴェルヌのいくつかの作品を通して」、『レペルトワール』第一巻、石橋正孝監訳、幻戯書房、二〇二一年所収。

（6） 熊谷彰「物語は〈四人の署名〉で終わってよかった」『シャーロック・ホームズ紀要』第八巻第一号、日本シャーロック・ホームズクラブシャーロック・ホームズ研究委員会編、一九九八年、三二―四五頁。

（7） コナン・ドイル『緋色の習作』小林司・東山あかね訳、河出書房新社、一九九七年、一九二頁。

（8） コナン・ドイル『四つのサイン』小林司・東山あかね訳、河出書房新社、一九九八年、一七四頁。

（9） 熊谷彰・関矢悦子「「コナン・ドイルのポケット・ダイアリー」と『著作権代理人ワットの手紙』及び『ド

イル書簡集』から見る一八九一年」(http://shworld.fan.coocan.jp/06_doyle/1891_Pocket_Diary/a_watt_letter.html)。

(10) 石橋正孝「なぜシャーロック・ホームズは「永遠」なのか——コンテンツツーリズム論序説」『群像』二〇一七年十二月号。

空洞地球再訪
——ポー、ヴェルヌ、ブラッドベリ

巽孝之

ポーの『ピム』と「灯台」

二〇〇九年、広くミステリの父として知られる十九世紀アメリカ作家エドガー・アラン・ポーは、生誕二百周年を迎えた。二世紀も前の時点で彼が先取りした現代文学の大半の形式はいまなお古びることなく、なおも再版や新訳をくりかえし、新しい作家たちに創造のヒントを与えて影響を及ぼし続けている。

当初「エドガー・ポー」の名で一八〇九年一月十九日に北米はマサチューセッツ州ボストンで産《うぶ》声《ごえ》をあげた生命は、幼少期にシェイクスピア役者の両親に先立たれたため、ヴァージニア州リッチモンドの裕福な商人ジョン・アランに引き取られ、ここで初めて「エドガー・アラン・ポー」となり、少年時代より晩年まで旺盛な創作・批評活動を続け一世を風靡したものの、一八四九年十月七日にメリーランド州ボルティモアの路上で謎の客死を遂げた。進化論の祖チャールズ・ダーウィン、黒人奴隷解放の救世主エイブラハム・リンカーンと同年生まれのこの作家は、以後、主流文学においてはボードレールやドストエフスキー、フォークナー、バース、ヴォルマン、パワーズらに愛読され、大衆文学の領域でもゴシック・ロマンスからミステリ、SF、ホラー果ては不条理文学に至るまで幅広い領域におけるパイオニアとなってブラッドベリやキング、マキャモンらの敬愛を欲しいままにし、視覚芸術においてはビアズリーからロジャー・コーマン、ヤン・シュヴァンクマイエル、ウーリー・ロメルまで、音楽作品においてはドビュッシーからビートルズ、ルー・リード、それにずばりポーと名乗るポーランド系アメリカ人女性ポップシンガーに至るまで、現代文化の随所に浸透している。

我が国においても、日本における探偵小説の父・江戸川乱歩や笠井潔、平石貴樹、森晶麿、萩尾望都から、乱歩の人気作品「怪人二十面相」を最新の技術により『K-20』(二〇〇八年)として映像化した佐藤嗣麻子監督まで、枚挙にいとまがない。ポー研究の泰斗にして日本ポー学会初代会長を務めた八木敏雄は、こうした現状を指して「ユビキタス・ポー」と形容したが、たしかにポーを愛好する者は、ジャンルを超えて熱く語り合う。ポーはアメリカ文学というよりもヨーロッパ文学の一部ではないのか、と見なす風潮は昔から強く、その方向から比較文学的対象になることが多かったが、一九九五年にはショーン・ローゼンハイムとスティーヴン・ラックマンの共編になる画期的な研究書『ポーのアメリカの顔』が刊行されて、以前の偏見も修正されてきている。それは、ようやくポーという作家の孕む世界文学的な意義が認識され始めたことを意味する。

アメリカにおけるポー研究は一九六八年の学術誌『ポー研究（*Poe Studies*）』の創刊、一九七二年の「米国ポー学会（"Poe Studies Association"）」設立というかたちで制度化され、欧米批評理論の変転を多かれ少なかれ取り込んできたが、去る二〇〇九年十月八日から十一日の期間には、この米国ポー学会が行う第三回国際会議として生誕二百周年記念大会が、作家が創作上の最盛期となる一八三八年から四四年までの期間を過ごしたペンシルヴェニア州フィラデルフィアのハイアット・リージェンシー・ホテルにて開かれている。そこではオーソドックスな伝記研究や比較文学研究、フィラデルフィア文学史の読み直し、さらにわたし自身が司会するアメリカ人日本学者を中心としたパネル「ポーと乱歩」、さらにはポーの名探偵デュパン三部作を引き継ぐ『群衆の悪魔――デュパン第四の事件』（一九九六年）を書いた我が国を代表するミステリ作家、笠井潔氏による講演「ポーとベンヤミン」（レスポンダントは同じくミステリ作家の小森健太朗）までが含まれ、充実の三日間を過ごすことができた。講演直後、ポーの甥の末裔にあたるテネシー州のユニオン大学教授ハリー・ポーがデュパン第四の事件の著者にサインをねだっていた光景は、この記念大会で最もドラマティックな瞬間であった（http://www2.lv.psu.edu/PSA/Conference2009/）。

ここで思い出されるのは一九八八年、ナンタケットで開催されたポー唯一の中篇小説『ナンタケット島のアーサー・ゴードン・ピムの冒険』（一八三八年）の刊行百五十周年を記念する『ピム』会議における特別講演では、アメリカ・メタフィクションの大御所ジョン・バースがポーを「わが大伯父」と呼んで熱く語ったことだ。バースは南部ボルティモア育ちで長くジョンズ・ホプキンズ大学で教鞭を執る作家、ポーもボストン生まれながら南部諸都市での生活体験が深く、自ら南部人と称しボルティモアで息を引き取ったほどだから、バースが先輩作家ポーに血縁まがいのものを感じていたのは不思議ではない。しかも一九六〇年代、彼がフィクションの伝統を使い尽くすフィクション「消尽の文学」への指向を明らかにして以降、二十世紀末のフィクション再生実験は、何らかのかたちで十九世紀アメリカ・ルネッサンスの作家エドガー・アラン・ポーを素材に選ぶようになっている。この現象は、とうてい偶然とは思われない。

そして、一九八〇年代に頭角を表わしはじめたアメリカSF作家ルーディ・ラッカーが一九九〇年に発表した長篇『空洞地球』が、まさにこの『ナンタケット島のアーサー・ゴードン・ピムの冒険』（一八三八年）をベースに創作されたのは、決して見過ごすことはできない。『ピム』といえば、アメリカ人一般読者が全否定するのに対しフランス側読者は大歓迎したという、いわば大西洋間で賛否両論まっぷたつに分かれたまま決着のつかない問題作として、いまなお時間と空間を超えた影響力を発散しつづけている。一九八〇年代、サイバーパンク作家と呼ばれポストモダニズム小説を熟知したラッカーにとって、そんな『ピム』を相手取り、ヴィクトリア朝歴史改変SFの潮流スチームパンクの手法をも換骨脱胎してみせることは、まさしくベテラン作家の腕の見せどころだろう。かくして、できあがったテクストの表層には、作家ポー本人はもとより彼の同時代人や作中人物までが多数入り乱れて大活躍する運びとなった。ここでポーが幼妻ヴァージニアの死にさいして取る行動には短篇「ベレニス」なみの偏執狂が漂い、南極から空洞地球へ赴くさいの気球旅行には「ハンス・プファアルの無類の冒険」にも迫る高揚感が充満する。だが、『空洞地球』で最も評価されるべきなのは、著者ラッカーがキップ・ソーンのワームホール理論を援用したスリリングな現代宇宙論的再解釈が、本書一冊を書くことのみによって、凡百のポー・テーマ小説はおろか、凡百のポー批評、いや『ピム』批評をもやすやすと乗り越えてしまった事実である。

現時点で『ピム』のテクストをふりかえってみれば、それは困窮を極めた作家ポーが一八三七年初頭、『サザン・リテラリー・メッセンジャー』誌連載によってスタートしながら、最終的には連載中断を余儀なくさせられた事情を反映するかのごとくに行きあたりばったり、矛盾だらけの様相をきたしながら成立した物語としてまとめられるだろう。ピムの漂流記は、まさしくポーその人が文壇において体験した漂流記といえる。それはプロット構成において顕著に現われた。

主人公となるナンタケット島出身のアーサー・ゴードン・ピムは、ロマンティックな好奇心にかられる少年。彼が親友オーガスタスとともにグランパス号に密航することからはじまるこの大冒険譚は、船上での反乱や漂流、人肉嗜食《カニバリズム》、ジェイン・ガイ号に拾われた彼らが南氷洋の島ツァラルにて遭遇する原住民の罠といった事件を経て、さいごには主人公たちが南氷洋の彼方の真っ白い瀑布の中にいまにも呑み込まれんとするところで大団円を迎える（**図1**）。

図1　ポー『ナンタケット島のアーサー・ゴードン・ピムの冒険』

三月二十二日。——暗さは目に見えて増してきたが、ただ行く手に見える、あの白い水蒸気の幕から反射してくる、深海の煌々たる眩い光だけは、その暗さを和らげていた。……そしていまわれわれは、あの瀑布のふところめがけて突進していた。その瀑布には、われわれを迎えいれる割れ目が開いていた。だがわれわれの行く手には、およそそのかたちが比較にならぬほど人間よりも大きい、経かたびらを着た人間さながらのすがたが立ちふさがっていた。そしてその人影の皮膚の色は、雪のように真っ白であった。

(『ピム』最終章)

そして、巻末には「ピム氏が最近痛ましい死を遂げられた」という「注」が付されて、さて大団円の後はどうなったのかは一向に説明されないまま、すべてが終わってしまう。

もちろん、序文の段階において、以下に展開されるのは「編集者ポー」によるピムの話の小説化であるという断り書きがあるものの、それにしてもこのエンディングはあまりにもアンフェアだ。というのも、主人公はいちおう瀑布から生還してこの物語を作者ポーに語ったことになっているのに、さて具体的にはどうやって危機を克服したのかは全然明かされていないからである。むしろどのように危機を克服したかを語ることこそがあらゆる冒険小説の約束事ではなかったのか。それとも、難破漂流中の人肉嗜食《カニバリズム》を扱うからには、まさしく本書の成り立ち自体、文字どおり人を食った話すなわちトールテールなのだ、白一色で彩られた最終場面にしても、連載第一回にしてポーを掲載誌編集長の座からクビに処した社主トマス・ホワイト氏に対する揶揄なのだとでも片づけておくべきか。

もちろん、この一点に集約される『ピム』プロットのいいかげんさこそが、ボードレール以降の無数のポー批評家を奮起させるきっかけとなったのは確実である。フランス・サンボリズムの運動からしても、アメリカ文学に脈々と息づく「法螺話《トールテール》」の伝統からしても、たんにデタラメなプロットという点のみから断罪するには、『ピム』の秘める至宝はあまりに莫大なものだ。げんに、ポーを師のひとりと仰ぐフランス作家ジュール・ヴェルヌは、一八九七年の小説『氷のスフィンクス』において、『ピム』ラストシーンにあらわれる真っ白な人影をスフィンクス形状の磁力岩だったと再解釈する「続・法螺話」を書く。以後百二十近く年が過ぎ去ったが、フランス新批評の担い手であったジャン・リカルドゥーが『ピム』テクストを「ページの彼方への旅」と呼び、アメリカ脱構築批評の俊英ジョン・カーロス・ロウが同書を「書くことに関するアレゴリー」と見なして以来、二十世紀末『ピム』解釈において、大団円に収束する「白」のイメージを「書物のページの白さ」と断ずる解釈は絶対的多数にのぼる。あらゆる「文字」の意味を抹消しては飲み込んでしまう「ページ」の海。そこには、のちにロブ＝グリエ流にいう「消しゴムで書く」原理のみならず、まさしくそのような文学的営為の先覚者ルイス・キャロルが実践した「意味反転」の美学が暗黙の了解として横たわっていた。逆にいえば、今日わたしたちが『ピム』の不完全性を脱構築的に解釈できるのは、すでにしてキャロル的ノンセンスを吸収したモダニズム言説が制度化していたからなのである。

結論を先取りするなら、ラッカーが根本から転覆してみせたのは、このように安穏として倦むことがないポスト構造主義的ドグマそれ自体だった。六〇年代以後の文化相対主義の帰結が意味解体の暴力を生み出したのは事実だが、今日、イデオロギーを空洞化しようとするノンセンスの力学そのものが、すでにしてひとつの立派な形而上的意味体系にほかならない。そのかぎりで、南氷洋の瀑布の「白」を抽象化するにとどまる読解は、少なくとも『ピム』が沈黙している「謎」へ向けていささかも踏み出すことにはなりえない。とすれば、ピムにおける瀑布を再解釈すること、正しくは再字義化して捉えかえすことをラッカーが発想したのは、ごく当然の成り行きだったろう。『ピム』ラストシーンの瀑布をひとつの穴として、それも地下世界へ、さらには鏡地球へ通貫するトンネルと見立ててスリリングなまでの疑似科学的考証をくりひろげること。その着想は、まさしくアリスの不思議の国と鏡の国とを経由したラッカーならではの産物だった。しかし、ここでいちど立ち止まって考え直したいのは、たしかにピムの地球空洞説はアリスのウサギの穴と通底するものの、ルイス・キャロルが『不思議の国のアリス』(一八六五年)を発表する一年前、すなわち一八六四年にヴェルヌがすでに発表していたのが、以後のありとあらゆる古生物学的空想科学小説の起源となる『地底旅行』だったということである。つまり、ヴェルヌは『ピム』の続篇として『氷のスフィンクス』をものす三十年も前の段階で、『ピム』の地球空洞説を自身の『地底旅行』において生き生きと発展させていた。この一点をもって『ピム』の最初の続篇は『地底旅行』だと断定してもかまわないのだが、じつはもうひとつ、この環大西洋的文学史を成立させるのに不可欠な重要作品について、考察しておかねばならない。

それは、ポーが最晩年の一八四九年に手がけながら未完成に終わった短篇草稿「灯台("The Light-House")」である。

作家生前にはどこにも発表されたことのない全四ページの作品。それもそのはず、ポーの遺著管理人に指名されたルーファス・グリズウォルドの保管になる草稿の中より発見された三ページ分をジョージ・ウッドベリーが一九〇九年の『ポー伝』にまず収録し、無題だったため「灯台」と命名。

やがて売り飛ばされていた冒頭の一ページが買い戻されて、ハーヴァード大学／ベルクナップ社版ポー全集編纂者マボット教授が一九四二年、これを未完の遺作と認定し、まずは学術誌『ノーツ＆クエリーズ』にその全文を発表、さらに同教授が一九五一年に編纂した『ポー詩文選』（ランダムハウス）に収録し、のちに一九七八年のポー全集第三巻に詳注付きで再録したという、いわくつきの短篇であるからだ。以下、そのテクストをお目にかける。

一七九六年一月一日。今日——灯台暮らしの最初の日——わたしはデ＝グラートとの取決めどおり、こうして日誌をつけ始めた。できるかぎり規則正しく記録していくつもりだが、もちろんこんな天涯孤独の人間には、いっさいの予断は許されない——病気になり悪化することだってあるかもしれない……

いままでのところは順風満帆！　わたしを連れてきた船は九死に一生を得たが、しかしけっきょくは五体満足でここに到着できたのだから、よもやそんなことに思い患うことはない。ようやく——仮に生涯たったいちどのことにせよ——たったひとりでいられるのだと思うと、それだけで生まれ変わったような気分になる。もちろん、「たったひとり」というのは、いくら図体がでかくても、ネプチューンのことは「人間関係」の勘定に入れるべきではないためだ。とはいえ、仮にわたしがこのみすぼらしい犬を信頼するその半分ていどでも現実の「人間関係」を信頼できていたら、一年も連中と袂を分かつことはなかったろう。……

いちばんびっくりしたのは、デ＝グラートがこの灯台守の職を見つけるのにずいぶん苦労したことだ。わたしは王国の貴族の出身であるというのに！　もともと政府の委員会がわたしの灯台管理能力に疑問符をつけるわけもない。だいたいここの前任者は、ふつうなら三名のスタッフが協力するところを、ひとりで立派にこなしていた。そもそも業務内容というのが、なきに等しい。マニュアルにしても、読めば誰でもわかるように書かれている。オーンドフに付き添ってもらう必要などありえない。あいつがまわりにいる限り、本の執筆も進まなかったろう。何しろひっきりなしに海泡石のパイプをふかし続けては、えんえんとゴシップをしゃべり続けるのだから。そのうえ、何しろわたしはひとりきりになりたかったのだ。……

それにしても奇妙なのは、いまのいままで「ひとりきり」なる単語がどんなにおぞましく響くものか、気がつきもしなかったことではあるまいか！　この円筒状の壁に谺する音はどこか妙だが――いや、とんでもない！　そんな馬鹿げたことがあるわけはない。外界と隔絶したままでいると気がたってくるだけだろう。それは何とか避けなくてはならない。デ＝グラートの預言はまだ忘れちゃいない。そろそろ灯室へ赴き灯台の周囲を見晴らし「何が見えるか確認する」時間だ。……

何が見えるか確認するとはよくいったもので、じっさいにはろくに見えやしない。波はいささか引いてきたようだが、それでも船は危険な帰路につくことになるだろう。明日の正午には、船のすがたはノーランド郡からは見えなくなることだろう――だがそれでも一九〇マイルないし二〇〇マイルも離れてはいないはずだが。

一月二日。日がな一日、わたしは筆舌に尽くし難い恍惚感に酔い知れた。これまで切望してきた孤独を、こころゆくまで堪能できたからだ。これは充分満足したというのとはちがう。というのも、今日わたしが味わったのは、それで充分どころか、おそらくこれ以上にはありえない至高の歓喜だったからである。……

風は夜明けには弱まったが、海そのものはすでに午後になる時点ですっかり静まりかえっていた。望遠鏡で覗いてみても見えるのは、海と空と、時折舞い踊るカモメばかり。一月三日。終日、圧倒的な静寂。夜の帳がおりるころ、海はあたかもガラス張りのようだった。数本の海草が浮かぶ。だがそれ以外は、まったく何も見えない――どんなにかすかな雲の切れはしすらも目に入らない。……

灯台の中を懸命に探検する。……

この灯台はとても高い――それは、いつ果てるとも知れぬ階段を昇る羽目になり四苦八苦したあげくに判明したことなのだが――干潮線から灯室のてっぺんまでで一六〇フィート弱といったところか。しかし、灯台内部に入ってみれば、その底部から塔の頂上までは、少なく見積もっても一八〇フィートはありそうだ。それは、灯台の床の部分が、干潮時でさえ海面下二〇フィートのところに潜っていることを意味する。……

灯台底部における内部の空洞は、がっちり石で固められているようだ。灯台全体がこのようにして比較的安全な建築を施されているのは、疑いえない。――とはいえ、わたしはいま何を考えているのだろう？　この灯台のような建造物だったら、どんな状況下でも充分安全だということだ。未曾有のハリケーンに襲われたとしても、灯台の中にさえいれば安心である――ただし船乗りたちの話によると、南西の風が吹く時には時折、海は世界でも類例のないほどの高潮を記録し、それに匹敵するのはマゼラン海峡の西口のみであるという。けれど、いかなる海でも、これほどびっしりと鉄の鎧で固めた壁を崩すには至るまい――というのもこの灯台の壁は、高潮線から五〇フィートのところで、どう見ても四フィートの厚みがあるからだ。……

しかし、灯台全体の建築的基盤は、どうも白亜を成分としているかのように映る……

一月四日。


お読みになっておわかりのように、「灯台」の舞台は「大渦巻への落下」を連想させる十八世紀末の北欧、この作品の主体をなす日記がカバーするのは一七九六年一月一日から三日までの三日間。語り手の灯台守のかたわらには、ネプチューンという名の犬がいるだけ。彼はそこで圧倒的な孤独感を覚えながらも自分の本を執筆中だ。やがて彼は、仕事を続けるうちに、この灯台の基盤の部分は、どうやらきわめてやわな白亜でできているらしいという不安を覚える。そして、その直後に書き込まれた「一月四日」の部分の日記は何が起きたのか、いや何がこれから起こるのか、とうとう一行も書き込まれないまま、底知れぬ恐怖を予感させながら中断するという、たったそれだけの作品だ。

にもかかわらず、これがあまりに魅力的な設定であるがために、マボット自身の示唆により現代アメリカの代表的恐怖小説家ロバート・ブロックが何とポーとの共作というかたちで物語を完成させ『ファンタスティック』誌一九五三年二月号に発表。そればかりか、同じく現代アメリカの代表的歴史改変小説家スティーヴン・マーロウが「灯台」からヒントを得て失われた大陸を求めるメタフィクション長篇『世界の果ての灯台』(邦題『幻夢』)を一九九五年に刊行。そしてチャールズ・ウォーは一九九〇年にはポー作品を筆頭とする同傾向の英米短篇十七篇を厳選して『灯台ホラー』なるアンソロジーを共同編集してみせたし、最近では二〇〇六年に、クリストファー・コンロン編でジョン・シャーリイら実力派によるポーへのオマージュ短篇をずらりと集めた競作アンソロジー『ポーの灯台(*Poe's Lighthouse*)』までお目見えするなど、その人気は衰えるところを知らない。何しろ文豪未完の短篇であるから、これに挑戦すれば誰もがポーの競作者ならぬ共作者になれる、という特権を享受できるのが魅力の一端だろう。そしてその系譜の最新の収穫として、ノーベル文学賞常連候補ジョイス・キャロル・オーツが二〇〇八年に上梓した最新連作短篇集『嵐の夜!』巻頭を飾る「死後のポーまたは灯台」も地球空洞説を前提にラヴクラフト風味の怪獣が灯台内部に出現するという趣向を凝らしてみせた。

だが、同時代に還ってみれば、ポーの未完作品「灯台」最大の意義は、初期作品『ピム』と合わせて、彼が一貫して地球空洞説に取り憑かれていたことを傍証する点に潜む。そうしたポーの疑似科学的関心こそが、ジュール・ヴェルヌの『地底旅行』を触発し、やがて二十世紀中葉には、レイ・ブラッドベリが灯台と古生物学を融合した名作短篇「霧笛」(一九五一年)を発表したのではあるまいか。

すなわち、ポーは唯一の長篇『ピム』にしても最晩年の作品「灯台」にしても、致命的なほどに未完成だったからこそ、ヴェルヌを含む後続作家たちに「敬愛する先行作家との共作」という野心を奮い立たせ、文学的完成を導くというかたちで、まんべんなく影響力をふるったのである。

地球空洞説とは何か

地球空洞説は『ピム』が書かれた十九世紀前半のアメリカ南部においては、最新流行の疑似科学言説のひとつとして広く流布していた。当時の時空間においては、科学と疑似科学の区分さえはっきりしておらず、催眠術や骨相学、動物磁気説などがまことしやかに語られていたのはいうまでもない。してみると、いくら今日のパースペクティヴから『ピム』の結末が理不尽かつ理解不能、それこそノンセンスならぬナンセンスなものに見えるとしても、ポーの執筆した時空間において、この結末は完璧なまでに意味を成していた可能性が考えられる。つまり、読者の中でも時代のトレンドに鋭敏な向きは、ラストの南氷洋瀑布突入部分を一瞥しただけで、すんなり最新科学理論の応用を認めてニヤニヤしていたのではないか。いくら小説中には明らかにはされていなくとも、ピムたちは南極の真っ白な深淵から空洞地球に突入し、あたかものちにアリスが予期したように「地球の中心を突き抜けて」帰還したとする読みかたが、当時はごくごく自然だったと想定できる。

地球空洞説の起源は古代エジプト『死者の書』に遡り、以後はアリストテレス、ダンテ、アタナシウス・キルヒャー、エドモンド・ハレー、コットン・マザーまで連綿と連なる地球科学として親しまれていた。その詳細は拙著『メタフィクションの謀略』（一九九三年）に譲るが、ポーの生きた南北戦争以前の時代において、地球空洞説の普及にいちばんの力があったテクストとしては、一八二〇年代にいたるまで影響を与えたアメリカ人（キャプテン）ジョン・クリーヴ・シムズの理論体系にとどめをさす。彼は、地球の内部には無数の地球が同心円状に連なっているとする地球空洞説を展開し、地球の中心をつらぬく一本の穴を通ってわれわれは地球内部を探検できるものと主張した（図2）。この理論は、さらにその穴の両端こそ南極と北極である、と措定する。かつてフランスの天文学者ラプラスは赤道の隆起と極の陥没の現象に着目したが、シムズ流の地球空洞説を使えば、まさしくその陥没こそは地球の中心に向かう入口をなすものとして説明できるのだ。そしてシムズ自身、アダム・シーボーン名義で一八二〇年には「シムズの穴」の内部に純白の肌の人々が住む理想郷を描いた小説『シムゾニア』を出版しており、そこに示された思想こそが彼の理論に傾倒する弟子ジェレマイア・レナルズをしてシムズ説を「新理論」として普及させ、チャールズ・ウィルクスをして具体的な南極探検に着手させ、はたまたポーをして「瓶の中の手記」を、ひいては『ピム』を書かせるにいたる。

『シムゾニア』は空洞地球内部にシムゾニアという白人の平和な王国が存在し、そこでは戦争も病気も一切なく、かつて悪に染まった種族がいたもののその連中は追放されて地上に蔓延っていることを克明に記述している。こうしたユートピア的発想が、アメリカ南部の白人貴族社会を重んじたポーを啓発したのは、推測に難くない。そう、本書『シムゾニア』が肝心なのは、まさに空洞地球の人々がその暮らしぶりそのものによって地上の文明社会を批判するという生環境構築、これである。

『ピム』においては、だから南極探検熱に南部的・アメリカ的イデオロギ

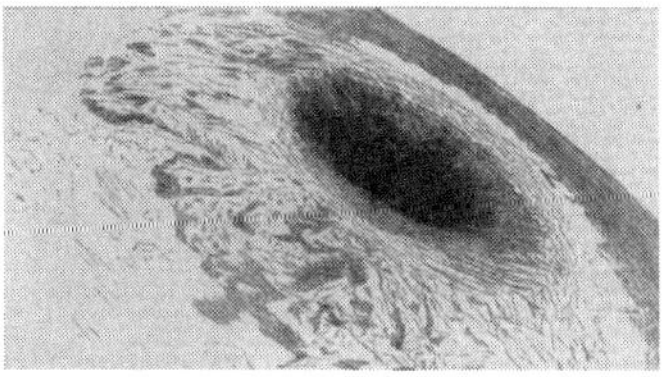

図2　シムズの穴

ーが付随したのではない、まったく逆に、南部貴族主義転じて文化帝国主義なる言説ネットワークの結ぼれから「地底世界」の概念が生み出されたこと、その一点が重要である。

恐竜ゴールドラッシュ――南極探検と古生物発掘

ここで興味深いのは、地球空洞説が広く流布していた十九世紀前半のアメリカでは、南極探検熱とともに古生物学的発掘熱が高揚していたことである。しかもアメリカにおいて古生物学熱が高まるとともに一八四八年には西海岸で金鉱が発見され、西海岸へのゴールドラッシュが始まる。

アメリカにおける地質学的探査の本質的部分に化石研究が組み込まれたのが、ポーが『ピム』を書く一八三七年のことであったのも、おそらく偶然ではない。このころニューヨーク州によってティモシー・コンラッドが古生物学者として任命され、ニューヨーク州の岩石はシルル紀からデボン紀のあいだのものであるのが判明する。コンラッドを引き継いで一八四三年にニューヨーク州の古生物学者となるジェイムズ・ホールは、化石研究へ甚大なる貢献をなし、のちの一八七八年、彼は第一回国際地質学会議の委員長まで務めた。南北戦争後には地質学と古生物学はより密接に連動するようになり、一八三八年と四二年のあいだには地球空洞説の信奉者でもあった探検家チャールズ・ウィルクスが指揮し地質学者兼古生物学者のジェイムズ・ドワイト・デイナが同行した探検をきっかけに、連邦政府はようやくこの分野へ積極的に乗りだすようになった。とくに一八四〇年から一八六〇年の間にアメリカ陸軍によって実施された一連の探検は、西部への鉄道ルートを決定するという目的を抱いてはいたものの、結果的に一八七〇年代のワイオミング州はコモ断崖地域における大量の古生物学的発見をもたらす。かくして、一八三〇年代以降のイギリスでは古生物学熱が沸騰し、アメリカでも一八四八年以降にはゴールドラッシュの火蓋が切られるちょうどこのころ、地質学的発想には、大地という空間の内部には過去の時間に埋め込まれた財宝がぎっしり詰まっているのではないかと考える重ね書き《パリンプセスト》の隠喩が刷り込まれることになった。これを考えるためには、富山太佳夫が「発掘、地質学、歴史小説」（『ダーウィンの世紀末』一九九五年）の中で、十九世紀における地質学の形成を支えた層の理論が、さまざまなメディアを通じて、層のイメージとして人々の中に浸透していった可能性を提起しているのが参考になろう。たとえば英国だけをとっても、思想家トマス・カーライルが歴史を「存在のカオス」と呼んで重ね書きした羊皮紙に重ね合わせ、随筆家トマス・ド・クインシーが人間の脳を、社会思想家ジョン・ラスキンが言語の成り立ちそのものを同じく羊皮紙にそれこそ重ね書きしているのを見るなら、文学テクストを地質学的層のように、地質学的層を文学テクストのように読み解くための密かなる訓練が行なわれていた密かなる歴史を、わたしたちは想定せざるをえない。過去と現在は、このような文化史的訓練を経由してこそ接触しあい、交流しあう。

この発想がイギリスからアメリカへ渡ると、西部に未来を見る発想とともに地底に過去を見るという、空間を時間化して捉える発想のかたちでリメイクされる。かくして前述のように、アメリカ人探検家シムズがアダム・シーボーン名義で一八二〇年に出版した『シムゾニア』が空洞地球の地質学的構造を巧みに隠喩化したこと、それに影響を受けたポーが『アーサー・ゴードン・ピムの冒険』（一八三八年）を雑誌連載したことをふまえ、ポーに感化されたフランス人作家ジュール・ヴェルヌが『ピム』続篇として『氷のスフィンクス』（一八九七年）を発表するのに先立ち、『地底旅行』（一八六四年）において空洞地球内部に暮らし闘争する恐竜たちを描くに至る（図3）。

図3　ヴェルヌ『地底旅行』

ここでジリアン・ブラウンの卓越した論文「絶滅の詩学」（ショーン・ローゼンハイム他編『ポーのアメリカの顔』所収、ジョンズ・ホプキンズ大学出版局、一九九五年）を参照するなら、十九世紀前半当時は、ダーウィンというよりもむしろラマルク流進化論における生物変移説の影響下、何らかのかたちで種が絶滅してもそれは姿を変えて後世に伝達されるというポー好みの死体愛好症的発想が浸透しはじめていた。

フランスの博物学者ジャン＝バティスト・ラマルクは一八〇二年に〝biology〟を近代的な「生物学」の意味で初めて使用したことで知られるが、彼は根本的に、十八世紀後半に発掘される化石が絶滅種のものであるとする自然淘汰説を否定していたため、それに対して、種は絶滅するというよりも、新たな習慣を経て新たな形質を獲得し新たな生命形態へ変貌を遂げるのだとする生物変移説を構築したのである。種は絶滅して霧散することはなく、変化して保存されるという理論。こうしたラマルク流進化論の流行をふまえれば、ポー十八番の「死んだ恋人が生き返る」という美女再生譚に代表されるゴシック・ロマンスのジャンルと、空洞地球に絶滅したはずの恐竜が生きているという地底探検記に代表されるサイエンス・フィクションのジャンルとが、じつは文化的深層において通底していたことがわかるだろう。地球空洞説の普及はさらにアトランティスやレムリアなど失われた大陸に何らかのかたちで再会できるかもしれないという発想をも導く。リアルタイムで進行中であったアメリカ・インディアンの強制移住はクーパーやロングフェローのごとく「失われた種族」への思いを文学作品にすることで正当化され、地球空洞説や古生物学的発掘への関心は、この地底のどこかに「失われた大陸」が眠っているかもしれないという夢想をもたらす。そうした視点から『地底旅行』に立ち戻るなら、ダーウィンやメルヴィル同様、ヴェルヌもまた恐竜と鯨の通底するイメージに魅せられていたことを明かすくだりが注目される。

人間の頭くらいの大きさの魚竜の血走った目がはっきり見える。自然は彼に、深い水底でもよく見える目と、水圧に耐えられる異常な力とを与えた。とかげ鯨という別名もあるが、それは、鯨と同じくらいに大きく、速いからだ。こいつは三十メートル以下の大きさのものはいない。

（第三十三章、傍点引用者）

海底どころか地球内部に何らかの失われた世界が存続しておりいつか再発見されるかもしれない、ひいてはそこを植民化できるかもしれない。こうした夢想は、空洞地球の謎について物語を書き紡ぐ以前に、ひいてはレムリアやアトランティスなど失われた大陸の物語を構想していく以前に、地球そのものを秘宝を孕む失われた書物すなわち巨大なるパリンプセストとして読み解く意志が働いていたからこそ成り立つ。その意味でこの時代、すべての古生物学者は文献学者である。

ブラッドベリ「霧笛」以後

ここで、ヴェルヌに絶大な影響を与えた前掲ポーの『ピム』、ないしは「灯台」が、今世紀に至ってもなお、現代作家たちの共作への意志を掻き立ててやまないことに立ち戻ろう。もちろんそこには、ヴェルヌによって再解釈されたポー像への挑戦も含まれているはずである。

とりわけ、現代アメリカ文学を代表する女性作家として何度となくノーベル賞候補に推され続けているジョイス・キャロル・オーツが二〇〇八年に上梓した前掲連作短篇集『嵐の夜！』はエドガー・アラン・ポーからエミリ・ディキンスン、マーク・トウェイン、ヘンリー・ジェイムズ、アーネスト・ヘミングウェイにおよぶ文豪たちの最期をめぐる想像力豊かなメタ小説五篇でいずれも読み応え充分だが、とりわけ巻頭を飾る「死後のポーまたは灯台」が衝撃的な出来映えなのである。

オーツはまず同作品の冒頭の日付をわざわざ「一八四九年十月七日」すなわちポーの命日に据え、さらに南米はチリに位置する灯台で灯台守となったポーが、この命日をも生き延びるばかりか、さらには灯台の地下より出現した両生類に属する一ツ目の怪物を最新にして最愛の恋人ヘラと呼び異種混淆ロマンスに陥るという、限りなくH・P・ラヴクラフトに近く、読みようによってはわが江戸川乱歩のエログロナンセンスすら彷彿とさせる文学実験を行ってみせた。とりわけ人類と交わるこの怪物のおぞましさは天下一品なのだが、さてここで彼女が灯台の地下に恐るべき怪物を潜ませたことは、たんなる物語学上のギミック以上に、文学史上の謎をひとつ解き明かす手助けとなる。

というのも、この未完成短篇「灯台」が熱狂的なポー愛読者および後継作家を魅了して来たのは言うまでもないが、人間と怪物の邂逅といったら、同作品へのオマージュの極致、レイ・ブラッドベリが灯台と古生物学を融合した前掲名作短篇「霧笛」（一九五一年）を挙げなければならないからである。ブラッドベリ本人はその影響を告白していない。にもかかわらず、名作『火星年代記』における「第二のアッシャー邸」に見られるようにポーを徹底的に読み込んだ作家が、今日これほどまでに十九世紀の文豪との共作熱を煽っている未完成作品を意識していなかったとは、想定しにくい。そして「霧笛」こそはポーの「灯台」と共にヴェルヌの『地底旅行』の想像力を存分に呑み込み、やがてはユージン・ローリー監督の映画『原子怪獣あらわる』（一九五三年）はもちろんわが『ゴジラ』（一九五四年）にも、ひいてはマイクル・クライトン原作『ジュラシック・パーク』（一九九〇年）の映画化三部作にも影響を及ぼした名作短篇であった。

結論　続篇製造学の系譜――ヴェルヌから奥泉光まで

ブラッドベリが一九五一年に高級誌『サタデイ・イヴニング・ポスト』に発表し、のちに短篇集『太陽の黄金の林檎』（一九五三年）に収めることになる「霧笛（"The Fog Horn"）」は、いともロマンティックな短篇である。

なにしろ、夜な夜な岸辺に屹立する灯台の霧笛に応えて二〇マイルの深みより、太古の恐竜が、とうとうすがたを現わすのだ。怪物は霧笛を仲間の呼び声と信じ、その音を発する灯台をも自分の同胞だと信じて、暗く冷たい海の闇から海上へ登ってきたのである。

おそらく恐竜は一族最後の一頭として、百万年の孤独を堪え忍び、家族の帰りを待っていたにちがいない。けれどもそのあいだ、空からは爬虫類が消え、大陸では沼地が干上がり、やがて人類が白蟻のように丘の上を走り回り始めた。

それを知らない恐竜が灯台をめざしたのは当然とはいえ、しかし現実にこの霧笛を発する人工の機械を注意深く観察したのちの彼あるいは彼女は、深い当惑を隠さない。そこで灯台守は実験を試み、いきなり霧笛のスイッチを切る。

その瞬間――あまりの孤独感にさいなまれた恐竜は、一気に灯台へ襲いかかり、建物全体を破壊してしまう。あとに残ったのは、倒れた塔の石材と、岩石に付着した緑色の悪臭と、そしてその周辺をうるさく飛び回る蝿の一群だけ。

果たして、あの恐竜は夢にすぎなかったのか、それともまったく逆に、むしろわれわれ人類の側が恐竜の見た夢なのか？

ブラッドベリ作品のベストを選べといわれたら、これをトップに推す読者は、決して少なくあるまい。作家自身が根っからの恐竜マニアであるという事実も重要だが、それ以上に、ここで描かれる恐竜がまさにジェイムズ・フェニモア・クーパーが語るアメリカ・インディアンに等しい「失われた種族」であるという点において、もともと「滅びゆく民族」に感情移入の強い日本の読者層に受容されやすかった経緯は見逃すべきではない。げんに最近のＳＦアニメの傑作、磯光雄監督の

『電脳コイル』（二〇〇七年）にも電脳化された恐竜の幻影が、明らかに「霧笛」へのオマージュとして、さしはさまれていた。

かくして「霧笛」が前掲誌に発表されるやいなや、怪物が灯台を襲うというイラストレーションが効を奏し、ハリウッドが映画化権を買い取り、一九五三年にはワーナー・ブラザース作品『原子怪獣あらわる』(“The Beast from 20,000 Fathoms”)』のタイトルで公開される。製作者ジャック・ディーツ&ハル・チェスター、監督ユージン・ローリー、脚本ルー・モーハイムとフレッド・フライバーガーという布陣で、人形アニメーターとしては何とこれが正式な単独デビューとなるブラッドベリと同い年(一九二〇年生まれ)の友人レイ・ハリーハウゼンを起用した。

ただし映画化である『原子怪獣あらわる』のストーリーに限っていえば、ブラッドベリの幻想短篇とはかなり異なり、北極でアメリカ軍の水爆実験が行われた影響で甦った恐竜がノヴァ・スコシア沖で漁船を沈没させるわ、メイン州沿岸で灯台を倒壊させるわ、果てはニューヨークに上陸して暴虐の限りを尽くすわと、SF映画評論家・中子眞治氏の『超SF映画』における表現を借りればひどく「大破壊スペクタクル」の趣が強い。とはいえ、たまたま『原子怪獣あらわる』が日本公開されることになった一九五四年には、『ゴジラ』が封切られており、日米の本格怪獣映画が時代そのものと共振するかのように同時発生したことが実感される。

ふりかえってみると、わたしが初めて十九世紀フランス作家ジュール・ヴェルヌが一八六四年に発表した『地底旅行』に接したのは、原作からきっかり百年、つまり一世紀ほどが経った一九六〇年代前半の小学生時代、テクストは偕成社の子供向け名作全集版だった。そのあとヘンリー・レヴィン監督、歌手パット・ブーン主演のハリウッド映画『地底探険』（一九五九年）を観る機会があり、原作に忠実に再現されたキノコの森やアトランティスの遺跡、地底の海、それに恐竜ディメトロドンの視覚効果に圧倒された覚えがある。わたしは自他ともに認める恐竜・怪獣おたくであったから、いまも映画『地底探険』は『ゴジラ』と双璧を成す恐竜・怪獣映画の傑作として記憶にとどめている。ということは、同世代にはわたしと同様に原作や映画に思い入れたっぷりのファンがいるわけで、果たして我が国では二十一世紀に入り、手練れの物語作家・奥泉光がそこへ斬り込んでみせた。

奥泉の長篇小説『新・地底旅行』（二〇〇四年）は、アッと驚く戦略を採る。なにしろヴェルヌの『地底旅行』の物語を現実の歴史と読み替え、さらに舞台を明治四十二年（一九〇九年）の日本に置き換え、漱石風の文体で物語るというのだから。主人公は野々村鷺舟なる挿絵画家（自称「画工」）で、ある日、口先ばかり達者な親友の洒落者・富永丙三郎から地底旅行の誘いを受ける。富永は日本怪奇学会で知り合った天才科学者・水島鵜月から、日本を代表する理学者・稲峰博士とその美しき令嬢・都美子が最近失踪したのは、どうやら富士山麓の洞窟から地底世界をめざしたためであるらしい、という情報を得ていた。当初は断った野々村も、ドイツ製の高級写真機ミニマルパルモスで釣られてしまう。一党は、彼らふたりと水島鵜月、それに稲峰博士のところで働いていた女中のサト。いよいよ樹海から洞窟へ入り込んでいくと、日本とユーラシア大陸が地下隧道で地続きになっているのではないか、だとしたらロシアとも大いに関わるのではないか、という軍事的発想から稲峰博士を利用せんとする玉沢大尉にも出会う。地底旅行には「武田信玄の隠した財宝に出くわすかも」という思惑がついて回っていたので、このあたりの俗物図鑑も絶妙である。

以後の探検は、偶然にも掘り当てた地底温泉や天然の奇跡としか呼びようのない地底湖、それこそ原子怪獣やゴジラの発想源ともいうべき恐竜や恐竜人との遭遇などなど、ヴェルヌ原典をかなり忠実に踏襲していく。地底で暮らす稲峰博士と都美子嬢との再会を経て、高天原なる地底空間が、じつは人間に至るまですべて電気で稼働するよう仕掛けられている電脳空間らしいことがわかっていくのは、サイバーパンク以後のポストモダンSFすら自明のものとなった読者にとって、最大の醍醐味だろう。かくして、ヴェルヌの主人公たちリデンブロック教授一行が地底旅行の先覚者である十六世紀の錬金術師アルネ・サクヌッセンムの足跡を追い、アイスランドの死火山から潜ってイタリアの火山から地上へ帰還したように、本書の探検隊一党は、稲峰博士父娘の足跡を追い、富士山麓から潜ってハワイの火山から帰還する。

こうした方法論を考えるのに有益なのは、アメリカの学者批評家ゲイリー・ウェストファールが提唱した「続篇学（sequelogy）」なる概念だろう。ひとつの文学的傑作が孕む世界像をそのままで完結させておくのはもったいない、と感じた作家本人ないし他作家たちが、その続篇をどうしても書き継ぎたくなり、じっさいH・P・ラヴクラフトの〈クトゥルー神話〉は、我が国を含む世界各国で膨大な続篇群がいまも織り紡がれている。もともとヴェルヌにしても、前述のように、キルヒャーやマザーから地球空洞説小説の皮切りである十九世紀のシーボーンの『シムゾニア』やポーの『アーサー・ゴードン・ピムの冒険』（一八三八年）へおよぶ系譜をふまえたからこそ、『ピム』続篇として『氷のスフィンクス』（一八九七年）を、それに先立ち『地底旅行』（一八六四年）を発表するに至ったという経緯がある。

ちなみにトロント大学教授ピーター・フィッティングが二〇〇四年に刊行した浩瀚な研究書『多様なる地底世界』(ウェスリアン大学出版局)によれば、そもそも地底世界といっても、内部にさまざまな洞窟を含む「スイス・チーズ型」や内部がほんとうにからっぽの「ひょうたん型」が構想されていたが、シーボーンやポーが描き出したのは、まさしく地球内部をくぐりぬけることができるという「通路型」であり、ヴェルヌは当時の最新の発想を継承したのだという。したがって、ヴェルヌの『地底旅行』を原典とする続篇製造産業が形成されたというよりは、そもそも同作品自体が卓越した地球空洞説ものの「続篇」であり、誰よりもヴェルヌ本人が最も当世風の地底世界観を応用しつつ最先端小説に磨き上げようとした、手練れの続篇製造業者だったのだ。そして、彼を経由しなければ、一八八二年にはイグナチウス・ドネリーが『アトランティス』を、一八八八年にはH・P・ブラヴァツキーが『シークレット・ドクトリン』を出版して「失われた大陸」のモチーフが一大ブームを迎えることも、決してなかったろう。前掲レヴィン監督の映画『地底探険』も、ヴェルヌの主人公リデンブロック教授をドイツではなくスコットランドはエディンバラ大学教授に再設定し(エディンバラ大学ゆかりの進化論の元祖ダーウィンにあやかったのだろうか)、ヴェルヌ原作刊行以後のアトランティス・ブームをも巧みに取り込み、二十世紀半ばならではの現代化を図っている部分が、最大の見どころだ。

だからこそ、奥泉光は二十一世紀を迎えてポー、ヴェルヌからラッカーにおよぶ伝統へ挑む『新・地底旅行』を書くにあたり、十二分に準備したのだと思う。かくして十九世紀の『地底旅行』以後の続篇群の成果を網羅しうるという最大の利点を活かして、洋の東西を問わぬ無数のテクストたちと時空を超えた対話を行ってみせるという、ウェストファール流にいう「双作品性続篇」「双言語性続篇」が、ここに仕上がった。今後の我が国において、いや世界文学においても、奥泉光を経由しないヴェルヌ像がありえないのは、現在作家が先行作品の続篇をして聖典に仕立て上げる秘術を学んでいるからである。

参考文献

Barth, John. "'Still Further South': Some Notes on Poe's *Pym*." *Poe's Pym: Critical Explorations*. Ed. Richard Kopley. Duke University Press, 1992. 217-32.

Bradbury, Ray. "The Fog Horn"(1951). *The Golden Apples of the Sun*. Doubleday, 1953. 小笠原豊樹訳「霧笛」、『太陽の黄金の林檎』（早川書房、一九六二年）所収。

Brown, Gillian. "The Poetics of Extinction." *The American Face of Edgar Allan Poe*. Ed. Rosenheim, Shawn and Stephen Rachman. Johns Hopkins University Press, 1995. 330-44.

Captain Adam Seaborn. *Symzonia: Voyage of Discovery*. Nighttime Editions, 2019.

Conlon, Christopher, ed. *Poe's Lighthouse*. Cemetery Dance, 2006.

Fitting, Peter, ed. *Subterranean Worlds*. Wesleyan University Press, 2004.

Jacobson, Mark. *Gojiro*. Atlantic Monthly, 1991. 黒丸尚・白石朗共訳『ゴジロ』（角川書店、一九九五年）。

Oates, Joyce Carrol. *Wild Nights!: Stories about the Last Days of Poe, Dickinson, Twain, James, and Hemingway* . Harper-

Perennial, 2008.

Poe, Edgar Allan. *Narrative of Arthur Gordon Pym of Nantucket*. 1838. *The Collected Writings of Edgar Allan Poe* (The Pollin Edition), Volume 1 (The Imaginary Voyages). Twayne, 1981. 巽孝之訳『アーサー・ゴードン・ピムの冒険』、桜庭一樹・鴻巣友季子共編『E・A・ポー』(集英社、二〇一六年)所収。

——,"The Light-House"(1849). *Collected Works of Edgar Allan Poe*. 3 vols. Ed. Thomas Ollive Mabbott. Belknap/Harvard, 1969-1978. 巽孝之訳「灯台」、『大渦巻への落下・灯台——ポー短編集Ⅲ　SF&ファンタジー編』(新潮社、二〇一五年)所収。

Rucker, Rudy. *The Hollow Earth*. Morrow, 1990. 黒丸尚訳『空洞地球』(早川書房、一九九一年)。

Tatsumi, Takayuki. *Full Metal Apache: Cyberpunk Japan and Avant-Pop America*. Duke UP, 2006.

Verne, Jules. *Journey to the Center of the Earth*. 1865. Introd. Kim Stanley Robinson. Bantam Classic, 1991. 窪田般彌訳『地底旅行』(東京創元社、一九六八年)。

Waugh, Charles et al, eds. *The Lighthouse Horrors: Tales of Adventure, Suspense and the Supernatural*. Middle Atlantic, 1990.

Westfahl, Gary. "The Sequelizer, or The Farmer Gone to Hell." *Science Fiction Eye*, Voume 11, December 1992. 白石朗訳「続篇製造者」(『ユリイカ』一九九三年十二月号)。

奥泉光『新・地底旅行』(朝日新聞社、二〇〇七年)。

巽孝之『メタフィクションの謀略』(筑摩書房、一九九三年)。

——『恐竜のアメリカ』(筑摩書房、一九九七年)。

——『日本変流文学』(新潮社、一九九八年)。

富山太佳夫『ダーウィンの世紀末』(青土社、一九九五年)。

友野茂『アンチ・ジャパン』(三交社、一九九五年)。

中子真治『超SF映画』(奇想天外社、一九八〇年)。

長山靖生『近代日本の紋章学』(青弓社、一九九二年)。

ジュール・ヴェルヌはなぜ「SFの父」と呼ばれるのか？

――ヴェルヌとレム

島村山寝

I　SF（／小説）とフィクションの考古学

百年の遊戯

二〇一七年のシンポジウムの際、筆者は表を示して、ジュール・ヴェルヌ（一八二八―一九〇五）と、スタニスワフ・レム（一九二一―二〇〇六）という二人の作家の個人史について、トピックを比較して見せた（表）。およそ百年を隔てて、生涯のいずれかの時期に戦争があり、創作における好調期があり、転換期がある、その並行関係に何らかのアナロジーを見出せるなら、ある種の驚きをもたらすように思われたからだ。[1]

しかしそもそも、個人史とは表面上、どれも似たようなものだとも言えるし、二人は経験が創作に明確な影響を与えたとする根拠が乏しい作家だという点で共通している。なお言うなら、二人の

	ジュール・ヴェルヌ（1828-1905）	スタニスワフ・レム（1921-2006）
生誕	1828年2月8日	1921年9月12日
歴史的事件	1848-52年　第二共和制（20-24歳） 1852年　第二帝政開始（24歳）	1939-45年　ポーランド侵攻・占領（18-24歳）
デビュー	1850年　戯曲『折られた麦わら』(22歳)	1946年　『火星から来た男』(25歳)
出世作	1863年　『気球に乗って五週間』(35歳)	1961年　『ソラリス』(40歳)
初期代表作	1869年　『海底二万里』(41歳)	1968年　『天の声』(47歳)
歴史的事件と作風の変化	1870年　普仏戦争勃発，第二帝政崩壊（42歳） 1871年　パリ・コミューン鎮圧，第三共和制樹立（43歳） 1874年　『チャンセラー』（執筆1870年頃）(46歳)	1970年　大規模ストライキへの武力鎮圧 1970年　『SFと未来学』(49歳) 1971年　『完全な真空』(50歳)
転機	1886年　編集者エッツェル死去(58歳)	1987年　小説の執筆をやめる（以後エッセイストへ）(66歳)
死去	1905年3月24日（77歳）	2006年3月27日（84歳）

作家は自身の方法論を批判的に、意識的に変えていった作家であるがゆえに、前期（出世期、とでも言おうか）の代表作と後期の作風に変化があるのは当然だとも言える。筆者が示したかったのは、むしろこの百年を隔てる歴史であった。

二人を隔てる百年間に何があったか。ヴェルヌのデビューからレムがデビューする以前の青年期までに限って見ても、歴史的には、帝国主義から共産主義・全体主義国家の編成へ至る西欧近代の変動があり、学問の変化を見れば世紀転換期を経て、人文科学では人類学・精神分析学・論理哲学・現象学など、自然科学では相対性理論・量子力学・進化論・数学基礎論などの新たな諸「学」によるパラダイム・シフトがあった。第二次世界大戦という破局と前後して巨大科学の時代が到来するのだが、とりあえずそのことはさておく。

ヴェルヌは不本意であったかもしれない、普仏戦争後のフランス第三共和制の時代があり、レムにとってはポーランドのユダヤ系住民を襲った過酷な運命があった。しかし、二人を結ぶ直接的な関係性としては、この百年間にはSFという文学的／文化的ジャンルの発生と発展があったのだと言えるだろう。ヴェルヌはSFというジャンルが確立する以前の作家であり、レムはジャンルが成熟した後の作家である。

だが、「ジャンル」などと不用意に記していいのだろうか。幻想文学について、経験的ではなく理論的なジャンルの構造を示そうとしたツヴェタン・トドロフにレムは痛烈な批判を浴びせる[2]。トドロフの、幻想文学に対する無理解以上に、静的な構造モデルを用いた「ジャンル」分析自体の限界を指摘するレムによれば、文学作品は意識的な作者や読者によってその意味や機能を変えていくものであり、また時代の推移による価値変化によってもその意味するところを変える。ジャンルとはその度に更新され、拡張されていく動的な現象なのだ。例えば、カフカの作品は幻想的な物語として読むことができるが、伝統的な幻想文学のカテゴリーに当てはめることはできない。

不可逆的な変化としての「歴史性」を分析の対象に見出そうとするのであれば、それを無視した先述のヴェルヌとレムの対比的構図など、レムから見れば児戯でしかあるまい。何よりも、トドロフはSFをまるで理解していないために、既存のカテゴリーに無理に当てはめているとレムは言う。

では、SFとはいかなる文学ジャンルとして考えられるのか。SFこそ、その定義づけが常に問題となり、しばしば論争が繰り返されてきたジャンルである[3]。レム自身は、SFをいかなるものと考えていたのだろうか。

ジャンルの「考古学」へ向けて

だが、そもそもなぜレムのSF論がヴェルヌを論じるにあたって浮上してくるのか。第一に、巷間で「SFの父」と呼ばれるヴェルヌではあるが、果たしてそれが何を意味するのかという疑問がある。その意味を考えてみることが、ヴェルヌとレムとをつなぐ一つのジャンル史の試みになるのではないか。

ダルコ・スーヴィン[4]やブライアン・オールディス[5]などのSF史研究によれば、ヴェルヌはジャンル以前の作家であり、「SFの父」とされているのはH・G・ウェルズ（一八八六―一九四六）である。ヴェルヌは真のSF作家にはなりきらなかったという位置づけがむしろ多い。

現代SFのジャンル的基礎を決定付けたのがウェルズだということは、ゆるがせにできない。タイム・マシンによる時間旅行や、地球外生命による侵略（広義のファースト・コンタクト）、自動機械（ロボット）、生物の改造といったジャンルSFの基本的な大テーマはウェルズが初期の数年間にほとんど独創したもので、ジャンルが成立するブレークスルーがここで起こっているのは間違いない。「ジャンルSF」の基礎を作ったのはウェルズなのである。

ウェルズは進化論をその着想の基礎に取り入れていることが、それ以前の作家と一線を画するということで、大方の見解は一致しているように思う。

ウェルズの初期作品のうち「タイム・マシン」（一八九五年）、『モロー博士の島』（一八九六年）、『宇宙戦争』（一八九八年）は、どれも進化論をアイディアの中心にしている。知的生命は進化が続けば頭脳が肥大化し、機械に依存して身体機能が衰えるといった「外挿《エクストラポレーション》（推論に基づく予測）」を行なうことで、不気味なヴィジョンを作り出しているのだ（正確には進化論的外挿というべきだろうか）。

十九世紀中葉に理論化された進化論は、ダーウィンの『種の起源』（一八五九年）によって人口に膾炙するのとほぼ同時に、スペンサー社会学における適者生存の概念と符合させられたために、直ちに人文科学にも応用され（例えば「社会主義ダーウィニズム」など）、自然科学と人文科学との双方においてそのパラダイム、平たくいえば「人間観」を一変させた。一方ヴェルヌは頑なに進化論を導入しなかった。それゆえ、現代ＳＦの開祖とはなり得なかったという見解が成り立つ。

したがって、一般にヴェルヌが「ＳＦの父」と呼ばれているのは、専門研究から見れば誤解ということになる。一方で、まさに本書のようにフランス文学研究においては、ヴェルヌが「ＳＦの父」としてのみ有名であることに対する批判は強い。

つまり、ＳＦジャンル内から見ればヴェルヌは未だ真のＳＦ作家ではない。ところが主流文学研究からは、ヴェルヌは単なるＳＦ作家ではないのだという声が上がる。この奇妙な「二重苦」、位置づけの曖昧さは、ヴェルヌという作家がジャンルの歴史的な「境界線」上にいることを如実に示している。ウェルズ以前に、ヴェルヌはいかにジャンルを定義づける諸条件と関わるのか。

第二に、レム自身が幼児期の影響としてヴェルヌの名を挙げていることがある。「私は狼に育てられた少年モーグリであり、アパッチの若き首長ヴィネトゥであり、ネモ船長だった[6]」。

また、ヴェルヌ、ウェルズ、ステープルドンの三人について、「それぞれ異なった方角からこの無人地帯にやってきて、この『未知の国《テラ・インコグニタ》』で何らかの具体的な場所を占有し、自分の領地とした」と述べている。(7)「領地」とはSFという「ジャンル」であり、そしてレム自身は、「すでに探検しつくされた土地を後にして、新しい領域に足を踏み入れた」、従来のSFから一歩踏み出したのだと述べるのである。

つまり、「ヴェルヌ達が切り開いたジャンルを自分は見極め、その限界から脱した」という、レム独自のSF史観がある。SFというジャンルの、一つの入口としてのヴェルヌ、一つの出口としてのレム。『天の声』以後、架空の書評集『完全な真空』などにより、SFのエッセンス自体を作品とすることでSFを物語の形式から解放したレムは、確かにSFというジャンルを自ら拡張したと言えるかもしれない。

レムはSFというジャンルの固有性をどう見ていたのか、そこからヴェルヌのSF作家としての条件を逆照射できないかというのが本論の目的である。

ただ間違ってはならないのは、「父」、「入口」などの譬喩から、ヴェルヌに何らかの「起源」、「本質」を見出したり、レムに構造的な「超越性」、「完成形」などを見出したりしてはならないということだ。ジャンルとは事後的に見出されるカテゴリーに過ぎず、一連の事象が運動した結果、形成される歴史のフォルムにすぎないのである。それゆえ、探究はジャンル内のみならず、近代の小説という形式の特性や、それを成立させるフィクションという現象の考察にまでおよぶ必要があるだろう。

それは短いながらもヴェルヌを論じたこともあり、レムの同時代人でもあるミシェル・フーコー

（一九二六―一九八四）の方法に通じる。本論はフーコーの考察にフィクション論の原理的な基礎を求めることになる。

「メタファンタジア」

レムには『ＳＦと未来学』（一九七〇年）という、ＳＦジャンルを論じた未訳の大著があり、おそらく何らかの形でヴェルヌへの言及もあると考えられるが確認できていない。他の論考でも、気球旅行では排泄をどうするのかといった冗談めかしたコメントしか確認できない[8]。『ＳＦと未来学』は最終章のみ邦訳されているので（邦題「メタファンタジア[9]」）、他のいくつかの批評とともに、レムのＳＦジャンルへの理論を検証したい。

「メタファンタジア」においてレムは「ジャンル」と同様、文学を含む文化的事象もまた自然科学の対象と同じく、その構造を進化させていく自律的な現象として分析される対象だとしている。文学は単に個々の作家による創作の集合ではない。「個人の創作が、そもそも各人の生まれていた時代にしつらえられていた規範《パラダイム》構造の領域でしかなしえないから[10]」だ。

文化現象に対する構造主義的分析の限界をここでも指摘しつつ、レムは生物種の譬喩を用いて、種の創造的段階（「魚類」「哺乳類」などの「創造」）と各々の派生・多様化段階との二段階を、文学のパラダイム分析にも適用できるのではないかと示唆している。歴史的な社会状況の変容が、新たなパラダイムの創造段階を文学にもたらす。「文明によってまた新たな問題が生まれ、文学にも新たな可能性が投げかけられる[11]」。ここでも現象は動的に捉えられている。

要するにレムは進化論的な外挿を文学現象自体に適用している。そこで参照される作家や作品は、そのジャンル史を構成する代表作というよりは、サンプルなのであって、代替可能なものとして読まれるべきだろう。レムの理論において重要な作品とは、芸術作品か娯楽作品かにかかわらず、文学の「規範《パラダイム》」を刷新する作品である。さもなければウェルズ『宇宙戦争』やディックを評価することはないだろう(12)(ただ娯楽作品は、読者に受け入れられやすい既存の物語類型に依存する傾向が強いゆえに、パラダイム・シフトを引き起こさないことが多い)。

外的な変化とともに、レムは作品もまた能動的に、規範の制約からの逸脱を試みると指摘する。ほぼ五十年前の論文であるから、ヘンリー・ミラーやナボコフが、性的あるいは暴力的表現の変化を示すサンプルとなり、カフカが異化効果の、ジョイスが神話的類型のパロディのサンプルとなるのは、我々からすればクリシェでしかないが、レムの言うタブーの解体とは、価値観や方法の多様化が進行し続けているという指摘なのである。

それゆえ我々は、サンプルとして現代の実験的作家や女性、ジェンダー・マイノリティ、世界の様々な地域や社会的立場、人種・民族の作家をいくらでも追加できる。レムはこうした規範からの逸脱を、文学現象自体を推進する原理の重要な一つと見ている。それは一方向へ「進歩」する通俗的な意味での「進化論」ではなく、偶然性を含んだ「変化」であるが、その複雑性の増大傾向は明らかであろう。アメリカSFの大半を否定するレムは、SFの「いかがわしさ」や疑似科学性を排除しているかに見えるが、そのジャンル論は決して個々の歴史性や偶然性、多様性を否定していない。

ただちに指摘し得るのは、こうしたパラダイム分析は、フーコーが分析する歴史的な言説編成の変化と通底しており、照応できるということだろう。レムがフーコーに言及しているかは確認できていない（少なくとも邦訳されたエッセイや発言には見られない）が、文学現象が総体的に自律的な運動であり、歴史・社会的諸条件との関わりにおいて変容するという視点は、イデオロギー的な史観や民族的特性に依拠した視点から離れ、むしろポスト構造主義以降の現代批評理論に接近している。

レムによるSF論の核心

レムにとって、SFとはパラダイム・シフトに関わる「新種」である。「メタファンタジア」において、彼はその説明のため自らのSF的アイディアを三種類提示する。（一）地殻変動を緩和するシステムを開発し、地震を防止しようとするリアリスティックなサスペンス、（二）性的快楽を行為から分離する技術がもたらす文明崩壊、（三）宇宙創世の第一世代による宇宙改良（宇宙の二段階創造説）。レムは（一）・（二）は既存の小説形式で記述可能だが、（三）はできないとする。ゲーム理論と不可知論の融合なのだが、主人公は不可知の知的存在なのであり、第二世代の知的生命である我々は、第一世代の構築した人工物と、もともとの自然現象とを区別することができない。「存在」といっても、実在を証明できない理論的抽象でしかないのである。

我々は（三）を、結局レムが架空の書評集『完全な真空』（一九七一年）の最後の短篇「新しい宇宙創造説」として作品化したことを知っている。[13] もっともこの時点では、その形式について「歴史記述や科学者の伝記、もしくはおそらく科学的文献やら新聞の切り抜き、ノーベル賞受賞者の挨拶やファクシミリといったものから寄せ集めたコラージュの形をとると思う」と書かれている(14)。「新しい宇宙創造説」は「ノーベル賞受賞者の挨拶」という形式だけで書かれているので、『完全な真空』における架空の書評や架空の講演という短い形式、プロットの要約だけで作品化してしまうという形式の着想は、まだレムの中で固まっていなかったと考えられる。

諸科学の成果や論理的思索の発展が従来の文学形式を解体していく、レムはそうした見通しを持って自ら実践している。作家による理論が、結局自身の作品を定位する試みであるのは常であるとしても、ここまで複雑な理論的帰結を実践できるところがレムの凄みであり、ここでレムは、文学の「進化形」、未来の形としてのSFを示そうとしたと言っていい。

現代文学の言説を基礎づける認識のパラダイムのうち、最も確実で、より拡大していく方向性は、性的タブーの解体でも、超地域的な価値観の多様化でもない。科学・技術の発展が、文明を支配し尽くすことだ。レムの「SF観」、SFを自ら選び、擁護する姿勢は、そうした認識に裏付けられている。レムにとってSFというジャンルは、単にプロットを科学から借りている物語ではない。進化論などの科学的言説、人文科学まで包摂する意味で本論では「学」的言説と呼ぶことにするが、これらの言説を導入して(「文明による新たな問題」)変化した、新しい文学の形態なのだ。

レムはそこまで述べていないが、「学」的言説の導入によって、現在はSFでしか実践できない表現や内容が、既存の文学全体を包摂していくと考えることもできる。つまりレムにとって「SF」とは、未来の文学なのだと言えるかもしれない。

レムの論述は複雑で、対象も多岐にわたるため、時に矛盾しているように読めるが、理念を作品に適用するのではなく、作品の分析から概念操作を展開する手法は一貫している。「メタファンタジア」では種の概念を応用しているが、トドロフ批判の論考では、文学作品には種を代表する実例はない、と釘を刺している。また、「SFの構造分析」[15]では、SFの特徴を「経験論的に、合理的に解釈」される言説に基づくこととしているが、『宇宙戦争』論では、想像力が到来していない現実(ウェルズの執筆当時にはまだ未来であった第二次大戦の惨状)を書き得ることの価値を称揚している。

こうした姿勢は、文学作品の成立に読者の受容が不可欠だという考えに基づいている。「文学作品を読む行為は本質的に決定を要求する――しかも、その決定は実際一つだけではなく秩序立った集合となっており、その結果、テクストのジャンル上の分類が生じるのである」[16]。ヴォルフガング・イーザーが自身の理論を『内包された読者』(未訳・一九七四年)にまとめ上げる以前に、ほぼ同じことをレムは述べているのだ[17]。

作者と読者が共有する言説空間と意味論的体系の中で、ジャンルを分類され文学作品は成立する。「経験論的に、合理的に解釈」されることが、その共同体において同一の言説形成の規則が適用されていることなのだとすれば、言説形成の規則が変容するに伴い、新たな文学は出現する。そしてその未来形を先取するのがSFであるならば、SFとは、いや、今はとりあえずSFと呼ぶ他はないこのジャンルは、「未来の文学」であるばかりか、まさしく文学自体の未来形だろう。

だが、なぜそれが可能なのだろうか。なぜレムの言う文学は、新たな言説を導入し得るのか。そもそも文学と諸言説とはどのような関わりを持つのだろうか。我々はレムの理論を補完すべく、小説という形式の特性について見ておかなければならないだろう。

小説と事実確認的記述

テクストの表現と内容は各々、その受容される意味を複数有し、その相補的な複合によって読者が受容するコンテクストを形成する。したがって、読者がそのコンテクストを限定できなければ、テクストを受容する際の解釈は複数化する。

ウィリアム・エンプソンが分析する「曖昧さ《アンビギュイティ》」や、ポール・ド・マンが「ダブル・バインド」と指摘し、ロラン・バルトが『S／Z』で「デノタシォンとコノタシォン」として詳述した、テクストが抱える意味内容の分裂を生じさせるのは、こうした性質による。J・L・オースティンが着想し、ド・マンへも引き継がれる言語表現の二重性、事実確認的《コンスタティヴ》な記述と行為遂行的《パフォーマティヴ》な記述との二重性を応用すると、バルトのデノタシォンは事実確認的な記述、コノタシォンは行為遂行的な記述と言えるだろう。

例えば、ミシェル・セールはそのヴェルヌ論『青春』において、ヴェルヌ中期の諸作品がいかに神話的類型と照応するかを詳細に分析している。『ミシェル・ストロゴフ』はオイディプス神話、『三人のロシア人と三人のイギリス人』は「出エジプト記」、『チャンセラー』はアブラハムの供儀とイエスの磔刑との組み合わせ、というように。(18) なるほどセールの指摘するように、ヴェルヌの諸作品は神話的要素に溢れており、それは古典力学から熱力学へのパラダイム・シフトと大いに関係しているらしいのだが、とりあえず注目すべきなのはそこではない。ヴェルヌにおいて、事実確認的記述と行為遂行的記述とは拮抗した関係にあるのだ。

ヴェルヌ作品の基本的な形式である「旅の記録」としての叙述（「この日は一八六四年一二月二三日だった[19]」）は当然事実確認的である。まさに語り手カザロンの日記として書かれる『チャンセラー』の終盤でルトゥルヌールは飢えた者たちの生贄となるべく両腕を広げ、服を破られる。その叙述はあくまでも事実確認的であることを語り手は主張しているが[20]、セールが指摘するとおり、それはキリスト磔刑のイコンである。

ミシェル・ビュトールがバシュラール的な四大元素を見出し[21]、また「海の怪物」として姿を現すノーチラス号がアロナックスたちをその船内に「飲み込む」ことを、私市保彦が「ヨナ書」の神話的形象に難なく重ね合わせて見せるように[22]、ヴェルヌの叙述は象徴的な、神話的アレゴリーとしてのコノタシォンに満ちている。

我々は現代から遡行して読むため、科学小説とも称されるヴェルヌ作品の言説にこうしたコノタシォンを読みとることに違和感を覚える。しかし、西欧近代小説にギリシア神話や聖書から始まる、伝説、叙事詩や悲劇などが反映されているならば[23]、作品に象徴や寓意を見出すことは、伝統的な読解としてむしろ当然なのだと言える。問題は「事実確認的」記述の方なのだ。

小説という形式はその初期に、報告としての書簡、記録としての手記の体裁を頻繁に用いた。真実であることを宣誓し、虚構であることを否認する出来事の報告、何が、なぜ、どのように起こったのか、「事実」を不特定多数の読者へ向けて伝える言説、十九世紀に入るとジャーナリズムの言説として組織化され、誰もが使用するようになる「報告」あるいは「記録」の言説を、小説はその基礎に含んでいる。「伝えるべき誰か」を前提とするコミュニケーションとしての言説は、後にバンヴェニストが体系的言語からの逸脱として指摘したものであり、命題にはコンテクストが前提されることを示唆している。またバフチンが小説の言葉の特性として指摘した「対話性」の根拠ともなるだろう。

メディア化する「報告」の言説に続き、ディケンズやバルザックから始まり、その後多数の作家が作品に導入していく法の言説（「お役所言葉」）、貨幣の言説（金の話題）などが社会に流通し始める。その中で、「記録」は「学」的言説に包摂される。「学」的言説はさらに、自然・社会・歴史といった「ジャンル」を確立し、名称・用語・俗説などを拡散していくだろう。それらはすべて、事実確認的記述なのである。

その背景には出版物の認可や、新聞購読の拡大、フランスならエコール・ポリテクニークの創設などに示される職業科学者集団の誕生、人文諸科学の発展、産業文明論や実証主義哲学の勃興など、歴史的・社会的・思想的要因がいくつもあり、共有する社会集団（ブルジョワジー・ネーションなど）の拡大がある。こうしたいわゆる世俗化は、単なる宗教的信仰の希薄化という事態ではないという見解もあり、これら要因の具体的な検証なくして漠然と言説の流通などとは言えないのだが、本稿では詳述することはできない[24]。

十九世紀における発展過程で、小説という形式は、こうした言説を貪欲に取り込んでいく。言説＝言葉を「書く」という行為が、たとえばフローベール『ブヴァールとペキュシェ』においてはほとんど自己目的化し、テクスチュアリティそのものとして露呈していくことなどは、近年つとに言及されることだが[25]、小説に書かれる言葉は、説明されることで誰もが理解し得る言葉、読むことに不都合を覚えない言葉になっているという、言説空間の共有をそこに見ることができる。誰もが事実確認的な言説を使用し、互いに「事実」を確認し合うようになったのだ。

言説が共有されることで成立するいわゆるリアリズムは、言葉やテクスト自体を対象として記述するパラドックスをはらんでいる。だがそこに、「メタフィクション」という概念が呼び起こす階層性を見出すことを今は避けておきたい。メタフィクションとは読者を含むコミュニケーションの力学、言説が隠蔽する政治性を露呈させるためにあえて模造される階層でしかない。

レム『ソラリス』の序盤、主人公ケルヴィンはソラリス・ステーション到着直後、不可解な状況を理解しようとしてなのか、割り当てられた室内にあった「ソラリスの歴史」という研究書を読み始めるだろう。ソラリスという架空の惑星と、その海という架空の生命体とをめぐる「学」的言説をレムは精緻に記述する。その全てが架空であることをどのように読むべきかと問う以前に、我々はそうした言説が作品に「確からしさ」を与える行為遂行的記述であることを確認しておきたい。

「確からしさ」と非人間的言説

マージョリー・H・ニコルソン『月世界への旅[26]』（一九四八年）は、古代からの月世界、宇宙への空想旅行譚を紐解きつつ、それぞれの時代の科学と文学の関わりを明らかにしていくのだが、たまたま目にした事典にヴェルヌが「冒険譚の素材として科学が持つ可能性を最初に開発した人」と記されていたのを「馬鹿なことを！」と一蹴する。[27] ニコルソンによれば、自然科学や技術はいつの時代にも文学的想像力を刺激してきたのであり、『不思議の国のアリス』まではそうした伝統に忠実であった。だが、ポー以来の科学小説は「科学が空想を征覇して[28]」しまい、「魅了」されることもなく、「〈それらしさ〉」ばかりを追求することで「われわれの想像力を切り捨てることになった[29]」。ニコルソンはポー「ハンス・プファアルの無類の冒険」（一八三五年）や、ヴェルヌ『地球から月へ』（一八六五年）に書かれている着想や物語は、ミルトンやシラノ・ド・ベルジュラック、サミュエル・バトラー、ヴォルテールらが書き継いできた類型に忠実で、目新しいことは何もないと断ずる。なるほど、想像力についてはそうかもしれない。しかし、筆者が思うに、ニコルソンは小説を書くためには想像力が不可欠だと思い込んでいるのではないだろうか。表現が雑駁すぎるのであれば、人間的な想像力、というべきだろうか。

ニコルソンが見抜いたように、ヴェルヌは同時代の雑誌や学術書から科学的記述を、ほとんど引用と言われても仕方がないほど多く使用しており、そこには想像力の入る余地はないだろう。ヴェルヌに作家的資質があるとすれば、それは諸言説を組み合わせる能力なのだ。読者が共有する諸言説を使用することで、「報告」の言説は円滑に、事実確認的記述として機能する。

ニコルソンの言う〈それらしさ〉、「確からしさ」とは、何らかの世界観を象徴する行為遂行的記述ではなく、誰もが使用する意味を指示する事実確認的記述でなければならない。ニコルソンはダニエル・デフォーの宇宙旅行譚を紹介しているが、ヴェルヌが使用しているのは夢想的かつ象徴的な旅行譚の言説ではなく、明らかに『ロビンソン・クルーソー』と同じ、「事実」としての「報告」の言説、その報告に使用される近代の言説なのだ。そしてニコルソンが薄々感じているように、言説形成の規則とは、人間の意識とは乖離した、非人間的なメカニズムなのである。

なぜ非人間的なのか。第一の理由は、言葉の意味自体、人間が決められるものではないというものだ。ソシュール以来指摘されるように、言葉の意味とはその分節化によって相対的に決められた、それ自体何の根拠もない差異でしかなく、たやすく変化する。「進化」という言葉が、むしろダーウィンの用いていた「自然選択」という意味合いを排除し、意味を拡張していったように、言語は歴史的な出来事によるその変化を跡づけることはできても、それがどこで誰にどのように承認されたかなど見極めることは誰にもできない。

第二の理由は、特に「学」的言説が報告する、「事実」の実現可能性に関わる。科学法則は日蝕の到来のようにその正しさを誰もが確認でき、技術力は設計図どおりに機械を生産することができる。読者が自らの「現実」レベルで、部分的にせよ再現し得ると承認することが、書かれたことの「確からしさ」を集団に保証する。外挿がリアリズムの言説と強固に結びつくのは、それが実現可能性を少なからず有すると不特定多数に信じられるからだが、その「学」的保証は人間の意思とは関係がないのである。

「字義どおり《リテレル》」な言葉、事実確認的記述とは、社会的に承認された意味を追認することでその意味自体を自己言及的に指し示す、特殊な行為遂行的記述なのであり、その社会的承認とは、近代の諸言説が円滑に流通していくための蓋然的かつ根拠なき共有でしかない。簡単に言えば、リアリズムとは、「確からしさ」をめぐる行為遂行的発話なのである。

それこそが、フーコーが指摘する言説形成の歴史性、パラダイムなのであって、「事実」とはそうした規則がもたらす制度的産物なのだ。ヴィトゲンシュタインの言語ゲームやバンヴェニストによる言表行為の概念と、フーコーの言説分析としての「考古学」は、行為遂行的な語用による集団的・歴史的な運動としての意味論的な言語《ラング》の体系化、言説空間の形成という現象において接近し、散文が発話に基づくコミュニケーションの言説であることを示すとともに、その多義性と複数性を説明するための手がかりとなるだろう。

結局、セールであれば天地創造、失楽園、カインとアベル、大洪水など「創世記」の象徴性が、歪み、矮小化された「写像」を見出すかもしれない[30]『地球から月へ』は、月へ砲弾を到達させるための力学的問答、技術的検討といった「学」的言説に支えられた「報告」として、「事実確認的」に記述される。現代ではプロジェクトと呼ばれるかもしれない、組織的な開発・建設の物語が、レムが「メタファンタジア」で提示したＳＦの物語形式のうち（一）に当てはまることは一目瞭然であろう。

そしてその続編である『月を回って』は、砲弾の描く力学的軌道がそのまま物語の筋道となる。登場人物たちの主体的な行動は奪われたまま物語は進むのであり、そこでは神話的な象徴性や類型的な想像力は、主人公たちの軽口という水準にまで傍流化してしまう。「学」的言説の「確からしさ」が、伝統的な物語の原理を排除してしまったのであり、ニコルソンがどれだけ不満であろうと、それがレムの言うパラダイム・シフトなのだ。そして力学的言説が神話的類型や心理的動機に取って代わり、物語を支配するという作品の構造は、そもそもテクストが諸言説の複合として成立するという近代的散文、小説という形式の属性によって可能となるのである。「学」的言説のもたらす、「経験論的に、合理的に解釈」される「事実確認的」記述の導入がSF作品のテクスチュアリティの基礎づけとなり、ヴェルヌ作品はそれによって、月旅行や海底旅行といった、文学の伝統からいえばむしろ幻想的なはずの物語から、神話的象徴性や既存の物語類型をコノタシォンに押しやってしまう。レムが指摘する文学的規範の解体をヴェルヌに見出すとすれば、おそらくそのようなことではないかと考えられる。

装置と摂理

そもそもごく一般的に、象徴性や精神的な表現をヴェルヌ作品に読みとることは少ない。むしろ、ヴェルヌは人間の心理が描けない作家だとすら言われている。例えば、ヴェルヌ作品においてよく指摘される通過儀礼の主題だが、確かに『地球の中心への旅』のアクセル、『グラント船長の子供たち』のロバート・グラント、『海底二万里』のコンセイユ、『神秘の島』のハーバートなど、特に初期から前期の作品において、相対的に年少の登場人物たちが、困難の乗り越えや年長の者の導きも得て成長していく姿は見られるものの、作品全体から見れば挿話に止まることが多い。

『グラント船長の子供たち』では、ニュージーランドで原住民に拉致された道化役の地理学者パガネルが、全身に鳥のタトゥーを入れられる。鳥は全篇を貫く主題論的な存在であり、パガネルの事件は明らかに、象徴的なレベルを身体化することで物語が展開する神話的空間の中心へとパガネルが向かう通過儀礼として解釈できるのだが[31]、作品の記述上は全くそうした象徴性には触れられないどころか、物語の上でもパガネルという人物の造形にいささかも変化を与えない。ヴェルヌ作品において内面的成長など十分に描かれた試しはないのだ。

むしろ、ノーチラス号のような架空の「装置」が、象徴レベルを包摂する文学機械として機能するとともに、その能力で既存の物語類型を逸脱するテクスト装置としても駆動するのである。(32) その意味で、パガネルはむしろ「装置」としての役割を果たしている。

作品内の人物ではなく、作品の物語構造として、地下迷宮への迷いこみ（『地球の中心への旅』）、食人の供儀（『ハテラス船長の航海と冒険』、『グラント船長の子供たち』、『チャンセラー』など）、火山との遭遇（『気球に乗って五週間』、『海底二万里』、『シャーンドル・マーチャーシュ』など多数）など、主人公たちが通過する様々な場所は、旅の目的を達するために必要な通過儀礼の象徴として、主題論的な分析をすることはもちろんできるのだが、テクストの記述、匿名の話者あるいは主人公による一人称はあくまでも事実確認的である。時に読者をミスリードする「信頼されざる話者」である場合もあり、それは行為遂行的発話として読まれるとしても、それは「事実確認」の確からしさに関わる行為遂行でしかない。象徴性はむしろ表現のうえで排除され、セールのような読者によって発見されなければあくまでも単なる冒険物語としてしか読まれないだろう。

その典型がクライマックスで主人公たちを救う「摂理《プロヴィデンス》」の主題である。「天は自ら助けるものを助く」という諺のごとく、善なる者たちが奇跡のような出来事に救われるという展開がしばしば作品内に現れるのだが、それはジャック・デリダがヤン・パトチュカやキルケゴールを論じつつ文学の起源として指摘する「オノノカセル秘儀」、旧約聖書においてアブラハムが神に命じられる息子イサクの奉献のように、人間的倫理を超越する外部性の侵入として読まれ得る。[33] しかし作品内ではあくまでも偶然の出来事や、自然現象として説明され、「神意」は登場人物や読者の内面で「行為遂行的」に「解釈」される、コノタシォンの範疇にとどまるのである。

人物の内面ではなく、物語の空間や構造、形象に象徴性を配することで、作品と読者の間に「学」的言説と神話的アレゴリーの二重性がそのズレとともに露呈される、それがヴェルヌのテクスチュアリティなのである。

SF的言説の脱構築

「学」的言説が人文科学の発展とともに社会全体の記述へ適用されることで、ウェルズ的な進化論・文明論の外挿を基礎としたSFが可能となる。それは未来予測の言説を可能にするのであり、これがレムの提示するパターン（二）となるだろう。外挿とは、確からしさの延長線上に「かもしれない」という推論による可能態を接続する方法である。それは時間線上の視野の拡大をもたらすかもしれないが、認識自体の革新をもたらすものではない。外挿はリアリズムの延長であり、すべての未来予測を「報告」の言説に包摂するものなのだ。「学」的言説とは、その法則性＝再帰性によって、確からしさを同一性と不可分にし、対象に不変性を与えるのである。

未来人モーロックも、火星人類も、進化論的法則性によってその実在性《リアリティ》を保証される。その外挿による基礎づけは、クラーク『幼年期の終わり』のオーバーロードとオーバーマインドも、アシモフ『ファウンデーション』の主人公たちも、ル＝グィン『闇の左手』のゲセン人たちも同じである。だが、不可知の存在を対象とした（三）については、そうした基礎づけによる言説では記述できないとレムは言う。

レムの作品において、「学」的言説がその役割を奪われて行くのは周知のとおりである。それは思考形式としては不可欠なものとして残るが、その支配力は失われていく。

初期長篇『宇宙飛行士たち』（一九五一年）では、次々と起こる事件の説明を十分に果たし、テクストの言説において支配的だった「学」的言説は、『エデン』においては科学者たちの推測と論争に代わり、『ソラリス』に至ると何十年にも及ぶ「ソラリス学」は敗北と衰退の記録としてしか残っていない。『無敵』（一九六四年）では作戦遂行に重要な役割を持つことはないし、『天の声』[34]（一九六九年）では学者たちはほとんど無力な人々として描かれている。『ソラリス』では少なくとも研究対象がある程度分かっていた（知性を持った海）が、『天の声』のニュートリノ信号は、それが知性の産物であるのかすら、確定できないまま物語は進む。特に最終章の議論が、「新しい宇宙創造説」における不可知の創造主たちというプロットにごく接近しているのは疑いがない。既存の物語形式では記述できない領域に、レムは自分の力で進んで行ったのである。

レムのこれらの作品が、人間中心主義への批判、人間的理性の普遍性への懐疑を主題としているということはもはや通説と言っていい。「学」的言説は、その依拠する「確からしさ」を次第に失っていく。エルンスト・カッシーラーは科学の進歩が、ゲーテが述べる人間の自然認識にまつわる「擬人観《アントロポモルフイズム》」からの乖離を進めると述べているが[35]、レムにおいてそれは人間性の不可避的な敗北を示すだろう。それは外挿の不可能性を示唆し、「学」的言説の再帰性を自己言及的な循環に陥れると同時に、リアリズムが依存している言説が記述し得る限界をも示す。それはジャンルSFが依拠してきた言説の限界でもある。ウェルズが基礎づけたジャンルSFの言説は、レムにおいてその限界を露わにする。その限界は、「学」的言説の支配が不完全であったヴェルヌにおいては、記述の二重性として露呈していたものだ。

人間という媒介《メディア》を通した「報告」の言説、観察と合理性に依拠した確からしさが支える「学」的言説が記述し得ない領域、不完全な情報に基づいた、その意味を決定できない事象の領域は、その事象をめぐる思索としての「仮説」的言説としかなり得ない。「かもしれない」は、もはや自らの確からしさを支える外部を持たないゆえに、具象でも実在でもない抽象として、仮想あるいは模像《シミュラークル》としての言説にしかなり得ないのだ。それは極めて逆説的だが、フィクションの言説である。だが、その考察のためにはいったんレムの理論を離れ、フーコーの言説形成の理論を詳しく見ていく必要がある。

言表理論と存在概念

フーコーの考察は複雑であるため、なるべく簡潔に見ていきたい。もちろん、フーコーにとってフィクションという概念は、想像力などとは関係がない。

一九六〇年代に集中的に書かれた試論の一つ、『地球から月へ』を中心にヴェルヌを論じた「物語の背後にあるもの」[36]（一九六六年）において、フーコーは物語内容を「ファーブラ」、それを語る説話《ナラティヴ》の「様態」を「フィクション」と区分し、さらにその様態を「話者」(37)として次の五つに分ける。（一）登場人物たちに最も近く、振る舞いや心情を述べる「話者」、（二）（一）から少し距離を置き、場面転換を行い、レベル（一）の語りをリレーする「話者」、（三）「絶対的な話者」、「書き手の一人称」ともされる、物語全体を客観的に語る「話者」、（四）（三）の「声」に異議を申し立てる批判的な「話者」、（五）物語の最も外部にあり、話者の所在もあいまいな、「空白の声」。

フーコーは（五）を「知識の言説」、物語に属さない独立した「声」としており、「物語の背後にあるもの」は、この五分類を提示したのち、（五）の「声」と物語内容の相関関係の読解に移る。すなわち本稿でいう「学」的言説の機能である。フーコーもまた、真理の法則性に対する人間たちの振る舞いの虚しさをヴェルヌ作品の主題として見抜くのだが、本稿ではそうした趣旨よりも、この試論におけるフーコーにとってフィクションとは「話者」であり、ヴェルヌの作品においてそれが複数見出されることに注目していることを確認しておきたい。

いささか「擬人的」なこうした概念は、それ以前にヌーヴォー・ロマンを論じた「距たり・アスペクト・起源」(38)（一九六三年）において、より難解だが非人称的な表現で示されている。すなわちフィクションの言語とは、言語が物の現前に対する「距たり（distance）」であることとそれ自体を指し示し、その動的な諸関係の「相《アスペクト》（aspect）」として表現されるものだ、と。「話者」とは、その「距離（distance）」と「視界（aspect）」とを発話行為の主体として擬人的に表したものだ（訳語は訳者の違いから異なるが、フーコーは同じ言葉を使用している）(39)。すなわち、フーコーにとってフィクションとは言語の機能そのものに由来する。そしてその説明に、フーコーはシミュラークルという言葉を導入する。「simuler」とは、「自己と時を同じくして、自己からずれて存在する」、「測りようのない距たりをおいた、最も近い外にある、この別の場所においてそれ自体であること」[40]。

フーコーのこうした言語をめぐる思考は、「あらゆるフィクションに試練を課す」という「私は話す」という命題、言表の主体が自らを指示しなければならない命題をめぐる分析から始まり、言語自体への思考が「私が在る」という主体的思考を揺るがすと告げる「外の思考」[41]（一九六六年）などの論考を経て、さらには大著『言葉と物』（一九六六年）の成立とその反響を経て、『知の考古学』[42]（一九六九年）で一定の結実を見る。文学作品や日常言語、諸学問に至るまでの諸言説の形成とは、規則にしたがった諸言表（l'énoncé）の配置であり、言表とは言説を形成する機能としての記号群なのだと。

『知の考古学』でフーコーが論じる「言表」概念は、ジョルジュ・アガンベンがバンヴェニストから敷衍する、発話行為の自己言及という定義[43]とは異なるし、ジョン・サールがフーコーに確認したとする、[44]「スピーチ・アクト」とも異なると筆者は思う。フーコーは言表とは出来事だと述べている[45]。それは機能するが、主体を持たないゆえに行為ではない。主体とは、言説が形成された後に決定される概念である。

アガンベンもニコルソン同様、言表が非人間的なメカニズムだと考えていない[46]。「この『がある《イリヤ》』に対し、いかなる特異な地位を与えればよいのだろうか」、「それは、諸記号に固有のものとして帰属する一つの存在機能である」[47]。それはすなわち「存在者」の措定であるとアガンベンは指摘するのだが[48]、フーコーはこうも述べている。「一人の個人の主導性に起因するという事実だけでは、その記号列を一つの言表に変換するには不十分である[49]」。

　単なる記号の羅列が、諸規則、関数概念や述語論理、文法や慣習などの規則と関連づけられることで言表として言説を形成し、その「存在様態[50]（modalité d'existence）」を定められるというとき、フーコーは「存在」一般ではなく、個別の言説について述べているのである。その様態は常に一定であるどころか、外在的で分散する言表の諸関係が、それをその都度定めるだけなのであり、内在的かつ中心的にそれを統御する主体などないのだ。

　それが言表は出来事であるという意味であり、その都度定められるその在り様を、フーコーは「実定化《ポジティヴィテ》[51]」と呼んで、「存在すること《イリヤ》」と区別する[52]。

　極端に言えば、言表は実定化《ポジティヴィテ》のたびに、言説の主体をその都度作り出すとすら言える。アガンベンのように主体を想定するのは、その一回ごとの出来事に同一性や統一性を与えようとする、「存在」概念との結びつきの強度によるものなのだ。

フィクションと言表の模像

　言表は記号群としてだけでは何も表象しない。記号は諸言説の領野（＝場、le champs[53]）に結びつくことで言表となる。「言表が存在する」と言うのは、諸言説の様態から遡行的に見出される言表機能を、「存在」のカテゴリーに包摂しようとする言説でしかなく、そこに読者が見出すのはオリジナルなき反復としての、言表という名の模像《シミュラークル》に過ぎない。「存在」の領野とは、たとえば事象を一つの集合、カテゴリーとして分節化する思考に関わるものだ。「言表」という言葉も合成された概念であり、機能でしかない。

　フーコーの展開した一連の論考は、こうした言表という機能を、シミュラークルという概念や「話者」という用語が呼び起こす擬人的なイマージュから引き剥がす作業だったのであり、それは「存在」概念から思考を切り離す作業だったと言えるのではないか。すなわち、諸言説を編成する基礎としての「言表行為」という表象論的概念と、現前する「物」の「距たり」という存在論的概念を階層的に捉える構図を解体し、その関係性を分析する視点を構築するものであり、「視界(aspect)」と「様態(modalité)」の関係性を記述する方法を模索するものだったと。

　神話的寓意や、近代の「確からしさ」などをめぐる諸言説が実定化する、その様態まで遡行することで、言説を横断するフィクションの機能そのものの模像として言表は見出される。言表はそれが形成する言説に帰属していない。小説とは、そうした言表が持つ自由度により、諸言説を相対化したテクストなのである。

　自由口語散文は、たとえ矛盾していようが、アスペクトの異なる諸言説を並列に記述できる。伝統的(「人間的」)な一人称においてすら、話者たる人物が目にし、耳にする言葉として記述していけばいいからだ。ヴェルヌ作品の平易な叙述でも五種類の話者が見出せたのである(『地球から月へ』でも、地の文以外に、書簡や電報の文面が見出せる)。それは言表が諸言説に対し横断的に関係する、差異化と反復の機能なのだ。「科学的文献やら新聞の切り抜き、ノーベル賞受賞者の挨拶やファクシミリといったものから寄せ集めたコラージュ」が小説たり得るというレムの確信を支えているのはこうした、テクストとしての小説の自由度による。フィクションとは言表の様態であり、小説とはフィクションに関係づけられた諸言説によるテクストなのである。

すなわち小説とは、何らかの一貫した意味を伝えるための言説の集積ではなく、読者をも巻き込む、矛盾を含んだ諸言説の組み合わせであり、交錯である。それは言説を形成する領野それ自体の交錯でもある。その交錯は収束せず、際限のないコミュニケーションの運動を生み出すため、間テクスト的にも生じて、あらゆる解釈・誤読・二次創作をもたらす。実際、晩年のヴェルヌは、自身の〈驚異の旅〉に自身の続篇どころか先行作品の二次創作を抜け抜けと取り入れるようになるだろう。[54] それを可能にするのは諸言説を横断するフィクションの機能である。

晩期の長篇でレムが最大限に活用する、様々な登場人物や人工知能による多声的な構造を可能にするのはこうした小説の自由度によるのだが、「新しい宇宙創造説」以降、複数の発話はその機能自体の模像＝装置なのだとすら言える。そのとき、「物の距たり」としての言葉はその「物」を消失し、模像だけが差異化することになるのだ。

レムは「観念の歴史」を取り扱いながら「徹頭徹尾空想の産物」だとする「新しい宇宙創造説」が、「最低限構造面では、依然、現実に即している」としながらも、SFは「記述そのものの構造」を「新たな事象」に対して検討していく必要があるとしている。[55] それは常に自己言及的にならざるを得ない、テクスチュアリティ自体の模像としてのテクストであり、フィクションそのものとしての言表への志向なのだ。

II　擬人化と「甦り」の系譜学

脱修辞化と擬人化の装置

ヴェルヌとレムにおける言説の、歴史的差異は具体的にどのようなものか。フーコーのヴェルヌ論をもう一度見てみよう。我々はフーコーによる語りの分析を、「話者」ではなく「言説」の区分として読み直すことができるだろう（このヴェルヌ論でフーコーは「フィクションとは〈アスペクト〉である」と述べているが、この時点ではアスペクトとモダリテとの関連が明確でない）。すると、（一）に対する批判としての（二）、（三）に対する批判としての（四）という分類ができるだろう。

ある言説に対する批判的な別の言説、これはポール・ド・マンがアイロニーの定義として用いた「パラバシス」という修辞の概念と同義だと言える[56]。パラバシスとは演劇で道化が話す反語的な傍白を示し、一方の言説への批判として機能する、発話主体から「ずれつつともにある」別の言説である。またド・マンは別の論考で、アレゴリーは同時に示される複数の意味を別の言説で展開するのに対し、アイロニーは「分裂した自我」によって「共時的」に示されると指摘している[57]。アイロニーとアレゴリーの関係とは、モダリテの差異とアスペクトとの関係であり、言説における意味の複数性としてのアレゴリーに対し、ある言説に対して直ちに他者性として現れる別の言説がアイロニーなのである。すなわち、アイロニーは言説の「主体」そのものを差異化する「simuler」の働きなのだ。

ド・マンはそのボードレール論「抒情詩における擬人化と比喩[58]」において、「真理とは、〔……〕隠喩、換喩、擬人観などの動的な一群であり〔……〕」というニーチェの言葉を引用し[59]、ニーチェは真理を命題の集合と見なしていると読み解きつつ、「しかし『擬人化』はたんなる比喩ではなく、実体のレヴェルにおける同一視である」と指摘し、擬人化（anthropomorphism）は譬喩表現に対立するものだと主張する（「真理」と「確からしさ」との関わりは本稿では扱わない）。

「擬人化は、比喩的な変換と命題の無限の連鎖をただ一つの主張あるいは本質へと凍結し、それは、そのようなものとして、他のすべてを排除する。それはもはや命題ではなく固有名である」。すなわち擬人的表現は、「別の語を表」すのではなく、「ある存在物 entity を別のものと見なす」もので、譬喩の対象そのものを別のものとして捉えるために、譬喩の前提そのものに作用する[60]。フーコー的言表理論の文脈で言うなら、擬人化とはすなわち、その言説《フィクション》を表象論的領野から存在論的領野へと移行する、言表の実定化を変更する「書き換え」なのだと言えるだろう。

すなわち、表象論的なレトリックとしてのメタファー、メトニミーやアレゴリー、あるいはプロソポペイアは、存在論的な言説として実定化すると、アイロニーやアントロポモルフィズムという、他者性の言説として記述され、外在的な「事実」と区別されない。濫喩《カタクレシス》が「隠喩と字義のあいだを不断に、だが不規則に振動し続け」[61]るのはそのためであり、いわゆる脱修辞化《ディスフィギュレーション》のパラドキシカルな効果はそこから発生する。

修辞の効果が逆説的に主体や指示対象を措定し、存在論的な概念を規定することを、ド・マンは言語の暴力とまで呼んでいるが、言説の発話主体としての「話者」＝様態《モダリテ》としてのフィクションの複数化が、「学」的言説のみならず、諸言説を散文作品において並列することを可能にし、事実確認的記述を含む様々な行為遂行的表現《コノート》とその多義性を可能にするのであれば、我々は言語のこうした属性を簡単に忌避できない。

　フーコーのフィクション論からかなり紙数を費やして言表理論と修辞学の関係を論じてきたのは、焦点人物について先述したとおり、こうした擬人化の機能が、複数の言説をテクストの内部でテクスト自体に折り返す、自己言及的な働きを行うからである。

　多元的焦点、あるいは多声《ポリフォニー》の話者となる登場人物とはそうした折り返し、リアリズムにおける言語の自己言及を行う装置であり、ヴェルヌにおいては時に機械が登場人物の代わりに、自然法則やテクノロジーの言説を発現することによってテクスト内部の諸言説を再構成する。

　例えば、ノーチラス号は「海の怪物」として登場するが、潜水艦という正体を現した後は、ネモ船長の意思を体現する分身であるかのように物語の進行を支配してしまう。テクストの内部で、テクスチュアリティを操作する主体の模像《シミュラークル》として振る舞う装置は、むしろ登場人物の「装置」性をも露わにする。その典型がネモであり、彼は登場人物たちの運命に支配的であろうと欲し、あたかも「摂理」そのものの擬人化であるかのように振る舞うのである。『海底二万里』を経て、『神秘の島』でその傾向は一層強まる。

　ネモのみならず『神秘の島』のサイラス・スミス、『地球から月へ』のバービケイン、『八十日間世界一周』のフィリアス・フォッグなど、ヴェルヌ作品のヒーローたちは、物語内部の法則性、自然の「摂理」そのものを支配することで目的地を目指そうとするだろう。それは法則そのものと化すことであり、自ら擬人化を目指すことではないのか。

　しかしながら筆者は、擬人化表現はヴェルヌ作品においては過渡的な位置づけを示すと考える。初期においても『ハテラス船長の航海と冒険』のホッキョクグマや、『グラント船長の子供たち』全編に頻出する鳥類など、すでに擬人的な描写は見られる。そして同作の登場人物パガネルが鳥の象徴に彩られることで、人間と鳥は存在としても接近するのだが、それはまだ表象論的な譬喩とも、存在論的な実定化ともつかない。気球や潜水艦が時折人間の意思を離れて自律しているかのように描写されることも、単なる修辞かそれ以上のものか判然としない。

　時折擬人的に（無生物主語として）記述されるノーチラス号や、まるで機械か書物か、あるいは鳥かのように記述されるジャック・パガネルは、「隠喩と字義の間を不規則に振動する」濫喩のように、テクストの表象と存在との次元を行き来している、過渡期の存在なのだ。

　たとえば、ヴェルヌが強い影響を受けたE・T・A・ホフマン「砂男」（一八一七年）は主人公が望遠鏡を覗くことで自動人形を人間の美女と錯視する。それはまだ表象のシーニュ、主人公の内面における擬人化である。だがレムが明らかに影響を受け、何度となく言及するカフカ「変身」（一九一五年）は、眼＝主体を媒介しない変容という主題をもたらし、表象から存在へと言表の領野を遷移させる。

「変身」の「ウンゲツィーファー（生贄にできないほど汚れた動物或いは虫）」[62]が何本もの短い足を動かすのは、譬喩ではなく事実確認的な記述であり、濫喩《デッド・メタファー》としての意味すら与えられていない。

他の登場人物や読者が様々な意味づけを与えるのは、小説が始まった後なのである。レムが『城』について述べることは「変身」にもそのまま当てはまる。

「この謎は説明もされず、二次的な意味付けもされないが、しかし単に得体の知れぬ記号としてだけでなく有形の実在として――それも作品の構造においてこれ以上還元できぬ本質的な決定不能性から創造されたものとして――生き生きと表現され、存在し続けるのである[63]」。

それにもかかわらず、われわれはその「存在」をグレゴール・ザムザとして認知する。存在論的な擬人化とは「人間」概念をめぐる言説である。それは言説の主体と人間概念とを結合させ、言表が実定化するための存在論的領野そのものを基礎づける。グレゴールは自分が人間であったと考えることで、自らを擬人化しているのだと言っていい。

言い換えれば、ホフマンにおける自動人形の人間への変身は「アスペクト」の問題であり、カフカにおける人間からウンゲツィーファーへの変身は「モダリテ」の問題なのである。

分身／迷宮／人造人間

擬人化の系譜におけるヴェルヌとレムの位置づけを行うことで、この二人を隔てる言説の歴史性を具体的に検証できるのではないか。そのために、この系譜に連なると考えられるホフマン、ポー、カフカなどの作家たちについて、その関連性を簡潔に見ていくが、もちろんそれぞれの、主題との関わりは単純ではない。

ホフマンの錯視としての擬人化は、決して表象の次元だけで解決できる主題ではなく、『悪魔の霊液』におけるドッペルゲンガーにその典型を見る、自我の分裂という問題をその根本に持っている。(64)「くるみ割り人形とねずみの王様」においては、人形の擬人化とともにねずみの怪物化、人型のパンがかじられる／人間はパンであるという濫喩的アレゴリーが連鎖的に生じ、結末は少女の夢によると思われた人形の擬人化が少年として外在化する。夢による表象の擬人化が、存在論的な様態へと半ば遷移しているのではないか。

ポーにおいては、人形は主要なイメージとならないが、「メルツェルの将棋指し」、「使い切った男」などに身体の機械化を見ることができる。動物の擬人化、怪物化は頻繁に出てくるとともに、分身、殺人／食人の主題と繋がっていることは明らかであろう。

我々は機械／擬人化／二重性／分身／獣性／食人という主題の系をホフマンとポーに見出す。作家によって前景化される項目に差異はあるが、この系は表象的な修辞の問題から、存在論的な主題へと繋がっている。

この系はヴェルヌにおいても初期から晩年に至るまで諸作品に見ることができる。機械／擬人化については見てきたとおりだが、ガン・クラブは義手・義足などをつけた傷痍軍人の集団である。また二重性についてはたとえば、『グラント船長の子供たち』に登場するエアトンは、変名を用いて悪事を働き、主人公の一人グレナヴァンと対立する。無人島に残された彼は、『神秘の島』に再登場した際は、理性を失い獣人化しているのである。

『ミシェル・ストロゴフ』のなりすまし、『蒸気で動く家』における悪役の身体的な「分裂」、ディケンズの影響が色濃い『名を捨てた家族』での兄弟の身代わり、『ヴィルヘルム・シュトーリッツの秘密』における父親そっくりの息子など、分身の主題はヴェルヌに繰り返し現れる。『神秘の島』には人間のように振る舞う猿も登場するが、前述のとおり動物の擬人化あるいは人間の獣化は頻出しており、対になるライバル関係、食人の主題もまた頻度が高い。『チャンセラー』において主人公は漂流する筏という孤絶した閉鎖状況で、食人の欲望という「怪物」に直面する。それは自身の模像である。

この作家たちの系譜を、安易に「ゴシック」という既存のジャンル名で包括することは避けておこう。ホフマンはポーに、そしてホフマンもポーもヴェルヌに影響を与えているが、その主題系への関わり方は各々異なっているし、その主題系の連鎖はただゴシックと呼ばれる作品群だけに関わるものではないからだ。たとえばウェルズの初期作品は、擬人化や食人の主題系を、未来の人類、哺乳類、地球外生命といった、現生人類と時間や空間において連繋する存在へと差異化して表象することで、アレゴリーではない「事実」としての怪物を創造しているのだと言える。

機械／擬人化から食人へと繋がる系は、身体を物体として見る視点《アスペクト》に支えられている。そこにおいて、人間を人間たらしめる理性や感情の様態《モダリテ》が変動する。つまりこの系は心身二元論を基礎としているが、精神性もまた理性と獣性に二重化される。物体としての身体は機械と接合され、また代替されるし、食糧にも見なされるだろう。

我々はこの系をカフカにも見出すことができる。ホフマンやポーにおいては表象されるものとして系が外在化する（分身、怪物など）のに対し、カフカにおいては主体の様態において内在化する。同一のアスペクトにおける分裂ではなく、言説の主体そのものに差異化が生じるのである。たとえばカフカの猿はポーやヴェルヌと異なり、話者に位置づけられる。それは言説の主体そのものが擬人化される逆説なのである。カフカ自身が、次のようにノートに記している。

「なにか〈慰めのないもの〉を考えることは可能か？〔……〕お前はお前を排除しなければならない〔……〕つまり、実際に自分の髪の毛をつかんで自分を沼から引き上げたということである。〔……〕そこでは重力の法則は通用しない。〔……〕心理学はおそらく全体としては、一種の擬人観であり、境界線の［侵犯］である」[65]。

人間が害虫になり、機械は接合に失敗し、人を殺す。理性は欲望や非合理に敗北する。曖昧な雑種や、描写し難い生き物が記述される。人は食われるのではなく、食べられずに衰弱していく（「断食芸人」異稿における食人種の登場、結末における豹との対比[66]）。

カフカにおいて内在化し、価値観が逆転したとしても、この系は死との関わりの中で現れることは説明を要さない。ヴェルヌにおいても同様だと考えてよいだろう。

私市保彦は『幻想物語の文法』において、ギルガメシュ神話から『ゲド戦記』に至るまで、分身の主題が西欧幻想文学における根本的な主題の系譜であることを浮かび上がらせているが[67]、その根底にあるのは自己同一性としての生に対する死の欲動であり、分身あるいは怪物とは、自食の表象なのである。

分身／獣性／食人の系は、怪物／迷宮／冥府の系に連なる。ギルガメシュとエンキドゥはフンババの森において生と死に分かたれる。フンババは内臓を表象し、ミノタウルスとテセウスが対峙する螺旋状の迷宮と結びつく。『オデュッセイア』における食人の怪物や冥府下りは迷宮の拡張と見なし得るだろう。
ダンテ『神曲』の構造、『ロビンソン・クルーソー』における夢中の啓示的巨人、野獣や食人種との関わりなど、時代とともに主体と死の形象との関係性は世俗化／内面化し、個別化することで、近代小説の説話における焦点人物の異常、アスペクトの分裂として表象されるようになる。そしてその関わる死を含む世界構造は、迷宮から様々な変奏を経て、話者によって語られる「世界」自体と一致していくのではないか。ポー『アーサー・ゴードン・ピムの冒険』と『オデュッセイア』とを、その構造、語られる事象、説話などで比べて見ればよい。

擬人化は人間自体の機械化に結びつき、人造人間の系譜へと連なる。メアリー・シェリー『フランケンシュタイン[68]』（一八一八年初版）で青年フランケンシュタインが創造する怪物は、明らかに青年の分身である。モデル／ライバルとなる関係性（以前から青年と関係を持つ兄弟のような友人、幼馴染みの許嫁）を殺害によって破壊し、地位を簒奪する。殺人は獣性の徴でもあり、常に飢えを覚えている（激しい空腹、知恵によりそれを満たした後の承認欲求、愛情への際限ない飢え）のは食人の象徴と言える。

怪物は機械／擬人化／二重性／分身／獣性／食人という系そのものの擬人化なのである。最後の北極での邂逅を中心として、青年が移動するヨーロッパ全体が迷宮とすれば、怪物の先祖返りともいうべきアレゴリーを理解できるだろう。しかし、パラバシス／アイロニーとして主体の様態を差異化するに至ってはいない。青年自身は最後まで変化しないし、怪物は自身の怪物性を否定し続ける。「どんな生き物よりも醜い」と自身を卑下するが、それは否定のための修辞である。

では半世紀後に書かれたヴィリエ・ド・リラダン『未来のイヴ』[69]（一八八六年）はどうか。人造人間アダリーは美女アリシアを完全にコピーしてその地位を簒奪するが、獣性を有しない。『フランケンシュタイン』の怪物が電気で生命＝意識を得るのに対し、アダリーはソワナという霊的存在と接続して自我を得るため、獣性から隔絶されているのだ。獣性を指摘されるのは、エディソンが説明する人間の性質においてである。

欲望に満ち、飢えているのは人間側、依頼者のエワルド卿であり、創造の魔に憑かれたエディソンなのである（知性と承認欲求、愛情への飢え）。むしろ対となるのはこの二人であり、アダリーを媒介として、獣性や欲望は再び主体に内在化する。

「砂男」における人形の擬人化が主人公の幻想と不可分であるのに対し、アダリーは作品内で実在し、機械と登場人物の境界を脱構築する機能を持つ。アダリーはヴェルヌ的装置と同じく擬人化の装置なのだ。それゆえむしろ、『未来のイヴ』は、匿名の話者による事実確認的な言説から途中までは逸脱しない。食欲の減退（アダリーは丸薬しか食べない）・心身の衰弱（エワルドは当初自殺を考えている）などの徴候は、カフカとの親近性を示している。

しかし、物語はオリジナル＝モデルのアリシアを直ちに退場させることで、アスペクトの動揺を回避する。エディソンの地下研究室は冥府のアレゴリーとして表象されており、ソワナの存在と並んで、最後には「学」的言説よりも美的象徴性が勝っていく。

心身二元論から始まる人造人間の主題は、世界の二重性という主題に拡張され、P・K・ディックにまでその系譜は続くのだが、今はヴェルヌに戻ろう。

死者の模像と生還の神話

ヴェルヌは影響を受けたホフマンやポーがとりあげた機械人形あるいは人造人間の主題を一度も扱わなかった。しかし、『カルパチアの城』に登場するラ・スティラ（オッフェンバックのオペレッタ『ホフマン物語』の登場人物ステラからその名をとった可能性が高い）とその模像は、ヴェルヌ作品の中でもっとも人造人間に近いと言える(70)。

録音した歌声と、精細な筆致の肖像画を光学装置でガラス面に投影した姿との複合であるラ・スティラの模像は、彼女を愛し婚約していた青年フランツには死者の甦りとして受容される。それは擬人化である。しかし、装置を使用しているゴルツ伯爵は模像を擬人化して見ない。そもそもラ・スティラの歌だけを愛していたゴルツは、模像を擬人化して見る必要がなかったのだ（生前のラ・スティラ自体が、歌声と美貌という特徴以外ほとんど説明されないという問題もある）。

科学者オルファニクが作成した模像装置は、フランツにとっては存在論的だが、ゴルツにとっては表象論的であり、その機能は完全ではないと言えるだろう。フランツにとってそれが「摂理」として、「オノノカセル秘儀」として機能するのは、それが彼にとっては存在論的だからである。

ミシェル・セールによればラ・スティラの模像はオルフェウス神話の歪んだ写像であり、バッコイに八つ裂きにされるように鏡像は砕け散る(71)のだが、オルフェウスの名はオルファニクに(72)、探索する役割をフランツが、八つ裂きにされる立場をラ・スティラが担うのはなぜであるのか。

テセウスに喩えられる(73)フランツが螺旋状の階段を、怪物＝ゴルツを退治するためにカルパチアの城は、迷宮として象徴化される。城はまた、螺旋の中心である最上階に、死者を支配するハデス＝ゴルツと、フランツが妻と思うエウリュディケー＝ラ・スティラがいる冥府のアレゴリーにも読み取れる。そもそもミノタウロス退治のための迷宮侵入と、妻恋の冥府下りの神話は同形性《イゾモルフィズム》を有しているのではないか。怪物を退治し、妻を得てもディオニュソスに奪われる神話と、妻を死から救い出そうとしてもその死に直面し、自らはディオニュソスの狂信者たちに八つ裂きにされる神話とは、死の場所としての迷宮と冥府の親縁性を通じて表裏を成す。

愛と死は欲望として言説の外で結びつき、迷宮や冥府はその領野が交錯する装置なのだ。そこで主体が直面する怪物や死せる妻とは、主体自身の死や愛の分身なのである。妻を簒奪する、あるいは身体を八つ裂きにするディオニュソスの介入とは、主体の関係性を超えた、分節化されない外部からの力である。その背後にあるものは死の偶有性と絶対性だ。死の象徴としての分身や怪物は、表象において説明できない、フロイトのいわゆる「不気味なもの」として現れる。ディオニュソスとは解釈の外部にある「不気味なもの」としての、死のアレゴリーなのである。

ヴェルヌにとっても分身・転生は、外部性としての死、その不完全な模像なのだ。しかし、ヴェルヌにおいてそれは超自然の幻想とは結びつかず、常に血縁や技術などの「学」的言説による「事実確認的」なものとして記述される。それは合理的に説明され、また主人公たちはそこから「摂理」によって救済される。

デリダがパトチュカを引きつつ説くところによれば、ギリシア哲学は理性によって異教的狂躁《オルギア》＝ディオニュソス的な狂気を封じ込める秘儀として、善性といった自己の本質《イデア》を追求する倫理を追究した。それに対しパトチュカがユダヤ＝キリスト教に見る「オノノカセル秘儀」とは、むしろ普遍的とも言えるギリシア的な倫理を超越し、また自己自体を否定さえする、絶対的な他者との関係による抑圧である。それは死の絶対性を超越する。

冥府下りの神話では見ることができないはずの妻＝ラ・スティラをフランツが目の当たりにするのは、『チャンセラー』で主人公たちを救うのと同様の「摂理」、奇跡なのであり、「死者の甦り」は死の外部性すら超えた出来事としてフランツを圧倒する。

こうした神話的アレゴリー自体が、ゴルツの城、オルファニクの機械という作品内の装置によって生成されている。ラ・スティラは霊魂といった「確からしさ」のない要素が介在しない、実現可能性を有した「甦り」を示した物体である。『カルパチアの城』は、唯物論的《マテリアル》な模像の技術を最初に示した作品ではないだろうか。ゴルツの異常な執念と科学者オルファニクの技術が、フランツ自身の関係性を超えてラ・スティラを人工的に「甦らせる」のであり、欲望の言説が「学」的言説と結びつくことで、徹底して幻想性を排除し、かつまた、そうしたテクストの機構そのものが「人工的」であることを暴露する。

ラ・スティラの模像は、『未来のイヴ』と同じ擬人化の機能を持ちつつ、オリジナルが死者であることによって、「甦り」の奇跡、「摂理」というヴェルヌ固有の主題へと繋げるとともに、機械／擬人化から死の欲動へ連なる系譜自体を脱構築し相対化する装置なのである。ヴェルヌのテクスチュアリティはそのテクスト自体の人工性、模像性そのものを隠そうとしない。ここに、レムの指摘する革新性があるのだ。

焦点人物であるフランツは一時発狂し、オルファニクの記録していたラ・スティラの声によって精神の安静を取り戻す。これはアダリーを受容するエワルドと同様に、主題系の内在化への接近を示している。フランツ自身が、主題系の装置に一部として組み込まれるのである。

カフカにおいてはウンゲツィーファーや城、処刑装置といった作品内の「存在」が分節化されない「不気味なもの」としての機能を負うことになる。ザムザは「どんな生き物より醜い」フランケンシュタインの怪物を内在化しているのだ。それは法則性自体を揺るがす「不条理」である。前述のノートにあるように、カフカは内在化された主題系を「学」的言説で根拠づけることを考えなかったが、それは主体の幻想を優先的に肯定することではなく、むしろ逆説的に否定することであった。

カフカの主体にとって、「確からしさ」など共有されておらず、認識もその表象も、外部や他者に対して全く無力であり、自身の状況を理解も説明もできない。主体は様態を決定できずに差異化するため、言説が基礎づけられる領野も、アスペクトもまた分裂し差異化する。カフカにとって主題の内在化とは、自身が制御できない自己の徹底的な他者化である。それはヴェルヌ的な「摂理」のネガとして主体を慄かせる。

レムが『城』について述べた「生き生きとした」「有形の実在」が主体の分裂をうながす装置であるなら、われわれはレム自身の作品、特に『ソラリス』を想起せずにはおれない。擬人化から冥府へ連なる主題系、そしてその超克としての「甦り」の主題について系譜を見てきた我々は、その系譜と『ソラリス』との関係性を検証する時に来ている。

『ソラリス』における死の超越

惑星ソラリスの上空に浮かぶステーションが、迷宮や冥府の系譜に連なる孤絶した閉鎖環境であることは明らかだろう。カルパチアの城の最上階が、光と影に二分された闇の中の空間（オルファニクの眼帯と単眼鏡に類似している）であるのに対し、ソラリス・ステーションは赤と青の太陽が交互に昇る、強烈な光と色に満ちた空間である。「幽体」が現れるのは、交差する夕暮れと夜明けとの端境であった。

ニュートリノで構成された「幽体」は、知的生命とされるソラリスの「海」が彼らの無意識的な記憶や欲望をスキャンして創造したものだ。それは過去の現実か非現実であるかにかかわらず、彼ら各々の心を最もかき乱す個々の姿をして出現する。

主人公ケルヴィンの前に現れるのは、亡くなった恋人ハリーの「幽体」であった。ケルヴィンはハリーが出現した当初、恐怖のあまり彼女を事実上殺す。ロケットに乗せてステーションの外に放出してしまうのだ。だが以前からステーションに滞在し、「経験者」である同僚のスナウトから、この「甦り」が「海」による作為であり、「幽体」はまた現れ、逃れられないことを告げられると、過去の文献を参照し理解を深めつつ、再び現れるハリーを受け入れ、次第に、失われた愛を「幽体」によって取り戻そうとし始める。つまり、最初は「不気味なもの」であった甦りは、おののくべき「摂理」として受容される。

幽体は、アダリーと同じく機械であり、擬人化の装置として機能している。分身であり、主体の獣性、欲望を刺激する。しかしそれは、積極的な悪意というよりは、対象者の心的障害というネガティヴな反応として表れる。「幽体」のハリーを恋人として受け入れるというのは、以前のハリーを自殺に追いやったのではないかというケルヴィンが持つ罪悪感の抑圧ではないかとも解釈できるだろう。検証してきた主題系において、カフカですらアレゴリカルであった「食べること」の主題は、ケルヴィンとハリーとでは、普通の食事になる。怪物的な「醜さ」も、絶世の「美しさ」もない。主題系は表象において、完全に「世俗化」し、あたかも失われたかのように内在化するが、状況そのものは完全に常軌を逸している。

ソラリスの「海」が作り出すこうした状況は、主体であるケルヴィンの関係性全体を包摂し、支配している。表面上ケルヴィンに対するパラバシス、分身に位置づけられてアイロニカルな役割を持つのは、ハリーではなくスナウトである。「ときにはそんな気がなくたって、道化になってしまう」[74]。ケルヴィンが意識すべき狂気や殺意は、スナウトやもう一人の同僚サルトリウスの行動に表れるのであり、そちらの方が正常なのだとむしろ言える。擬人化の主題系、その「擬人化」である人造人間の言説は、ハリーにおいてその言表効果を消失しているのだ。

ハリーは機械／擬人化の主題系をコノタシォンとして喚起するにはあまりにも日常的なレベル、リアリズムの言説にまで「事実」化し、「確からしさ」を得ている。レムが『ソラリス』において行っているのは、カフカ的な「主題系の内在化」に一定の根拠＝「確からしさ」を与え、さらなる「一般化」、世俗化を進めているということだと言える。「説明もされず、二次的な意味付けもされないが、しかし単に得体の知れぬ記号としてだけでなく有形の実在として」、作品内の「装置」の存在は基礎づけられるが、その「存在」は模像なのである。つまり、それは言説の領野におけるシミュラークルなのだ。

そしてそれは、人間性とは「無縁」の「海」が作り出した、全く非人間的な現象なのである。「学」的言説の「確からしさ」とは非人間的な根拠であり、それは主体に内在しない。したがって主題系自体、主体に内在はしていない（カフカのような寓意的な衰弱は起こらない）はずなのだが、言説は擬人化の主題系を内在化させることしかできないのだ。

登場人物たちの欲望の産物である限りにおいて、「幽体」はラカンのいわゆるシニフィアンと言っていい(75)。もちろんドゥルーズ＝ガタリにしたがって、「幽体」は欲望による生産の結果であり、「海」は欲望の生産装置としての彼ら自身を代理しているのだとも言える(76)。それだけであれば、「幽体」は自己自身の空虚な主体に関わる存在であり、迷宮の怪物、分身に過ぎない。

しかし、ラ・スティラの模像と比べると、幽体は完全に自立した実在である。オルファニクの技術など「海」から見れば児戯に過ぎない。ラ・スティラが光と影の間に浮かぶ幻影でしかないなら、ハリーは二つの太陽の下で明らかに実在する（モーリス・ブランショの「自己自身への類似」あるいは「遺骸的類似」の概念への接近(77)）。

我々は同じく実在性を持った模像、死者の「甦り」を扱った作品として、ビオイ＝カサーレス『モレルの発明(78)』を参照できる。しかし、その物質としてのリアリティにかかわらず、モレルの装置による模像はあくまでも記録の再生であり、シミュラークル自体が固有性を持つことはない。記録の再生である限り、ラ・スティラと本質的に差異はなく、一人称話者のアスペクトを最初から固定しているため、「甦り」の「オノノキ」は起こらない。

モレルの装置がテクスト内で果たす機能の本質は、死者であることが遭遇の後に明かされることで、島自体が死の世界であることを示し、冥府下りの神話を脱構築することなのである（それはゴルツ＝オルファニクが部分的に自身の城内で行っていたことであり、城自体が冥府のアレゴリーであることを改めて示唆している）。それはまだ人間的領野を出ていない。

「ニュートリノの凝集体」を「何らかの力場」が「安定」させることで構成されるという、仮説的だがある程度の実現可能性を保持した、これもまた徹底的に唯物的な「幽体」であるハリーは、その小さな痣や肌触り、体温や呼吸、鼓動までオリジナルと同じである。いや、オリジナルのハリーという女性はこの作品には登場しない。「海」が模像とするのは、あくまでもケルヴィンの記憶が生み出すハリーのイマージュだからであり、それゆえにケルヴィンにとって、過剰なまでに「真実」のハリーなのである。「それはハリーだった。その他に、これよりも本物のハリーなどありえなかった[79]」。

現れたハリーはあくまでも反復され差異化されたシミュラークルでしかなく、にもかかわらず徹底的に固有の「ハリー」として実在している。それはケルヴィンの記憶にある、「オリジナル」のハリーを死なせてしまったという事実を改めて彼に突きつける。すなわち、ハリーを「本物」として受け入れることは、そのオリジナルな「死」の絶対性をも甦らせる。レムがどれだけの人間の死を見てきたのか、忘れるわけにはいかない[80]。

それこそがこの「甦り」の、「オノノカセル」所以なのだ。「ハリー」は主題系の外在と内在の区分を破綻させている。人間的・神話的な象徴性＝意味が不在でありながら、自然の法則性も超越している。反復が死の絶対性を超越するということであり、それは人間の倫理を超えているからこそ「オノノキ」なのである。

スナウトは事態をほぼ正確に表現している。「言葉が肉体になって」いると。人間は宇宙に、「過去の似姿《シミュラクル》」を期待しており、「海」が作り出すのはその「似姿」、「隠してきた真実」の似姿であると指摘する。

それは「海」にとって、「不気味なもの」やウンゲツィーファーですらない、何の意味もない形象を持った物質である。「海」は話者のシニフィアンを物質で模倣して見せた、「言葉」を「肉体」にしただけなのだが、それは「物の隔たり」としての言葉を消失させ、ただ「物」だけが、分節化を模倣する運動だけが実在しているということなのだ。擬人化の作用だけが、この状況を「奇跡」と見せるのである。だが「固有名」としての擬人化は、もはや他の呼び方を全て奪い去る、「言葉＝物質の暴力」として顕在化しているのだ。

固有名

ケルヴィンはハリーが液体酸素で自殺を図り（それはケルヴィンにとってのハリーの、三度目の死である）、またしても甦る様に直面する。それはハリーが不毛な会話の果てに絶望して死ぬという、オリジナルの「物語」そのものの模像＝反復であるとともに、ハリー自身が、自分が「ハリー」ではないと自覚していく差異化の過程でもある。「彼女」は自分が「ハリー」ではないと自覚することで固有性を得るのだ。ザムザが自身を人間と考え「擬人化」するように、彼女はド・マンの言う「固有名」として自らを名指すのである。甦りとは物語としての存在の再帰ではなく、歴史性としての固有名を反復すること、未完の歴史を再開することなのだ。ケルヴィンにとっての記号＝模像であった彼女は、起源なきシミュラークルとして「甦る」（ソラリスの二重の陽のもとでは、影もまた二重に分裂する）。

だが、スナウトが冷静に指摘するように、それも「海」が誘導している「物語」なのかもしれない。さらにスナウトは、ロケットで放出した最初の「幽体」ハリーがまだ軌道上で「生きて」いたらどうするのか、とケルヴィンに問いかける。事態は人間的な倫理を超えているのだ。それこそが「残酷な奇跡」[81]と呼ばれるものなのではないか。

「この」ハリーを「ハリー」と呼ぶことは、「オリジナル」の「ハリー」と、その死とが持つ固有性を忘却し、相対化することなのである。この逆説は、事実確認的記述としての固有名から、その固有性を奪うことに他ならない。

ナタナエルがオリンピアに話しかけることは、単なる登場人物の錯誤である。アダリーがアリシアを騙っていたことを明かす際のエワルドの衝撃は大きいが、それは詐称でしかない。ラ・スティラの模像を固有名「ラ・スティラ」と呼ぶことは、フランツにとっては真実だが、話者においては錯誤でしかない。ザムザの場合、話者は誤ってはいないが、ウンゲッツィーファーを「ザムザ」と名指すことは、作品自体が読者にとって「確からしさ」を失っており、それを示すことができない。

ハリーの場合、「ハリーじゃない」と自ら言うそれを「ハリー」と呼ぶことは、ハリーという固有名の固有性を差異化し、起源としてのオリジナルを持たない、反復すなわちシミュラークルとして複数化することになる。それはオリジナルのハリーという起源を消失すること、その同一性と固有性を解体すること、その死の絶対性を相対化することをケルヴィンに承認させる。
『カルパチア』における甦りが表象としてその同一性を再帰させるのに対し、『ソラリス』における甦りとは、むしろ同一性の解体であり、デリダの言う「オノノキ」、死を超越した関係性への跳躍なのである。キルケゴールが『おそれとおののき』で示したアブラハムのイサク奉献（それ自体が「生贄の擬人化」の問題であることに注意したい）についての複数のヴァリエーション、そしてキルケゴールを精読していたカフカが二次創作のように記すさらなるヴァリエーション、その迷宮のような可能世界群におけるアブラハムの懊悩、その曖昧さによって解体される固有性のように、ハリーは自らのヴァリエーションを繰り広げる。

　アブラハムの複数化、誰もがアブラハムであるという一般化／世俗化を考察するとき、デリダが示す「Tout autre は tout autre である（すべての他者はすべて他者である）」という一文を、「すべての死者はすべて死者である」と読み替えることはできるだろうか。何を信じ、誰の命を救うのかというトリアージの問題、大切な人を遺して見知らぬ他人のために命を落とすという倫理的責任の問題、そうした死の絶対的他者性への責任／応答可能性の問題を、ハリーは擬人化していると言ってもいい[82]。

　ここで言う「擬人化」は修辞でも寓意でもない。すべての人間は、存在論的な擬人化により実定化しているのだ、有限性、固有性、偶有性、複数性において。

方法的革新としてのSF

このように「海」のテクノロジーは、「摂理」自体の模像である。ケルヴィンたちは「海」を「欠陥のある神」の乳児に喩えるのだが、沼野充義によれば、「海」は「自分の似姿《シミュラクル》を神や宇宙の領域で無意識のうちに作り続けてきた人間の、anthropomorphism的な振る舞いをパロディのように」(解説)、再構成して登場人物たちに演じさせる、「作者」の模像、テクスチュアリティ生産装置の模像として機能している。いわば、人間が文学を生み出す関係構造そのもののシミュラークルを、「海」は作り出しているのだ。

それはヴェルヌ作品の諸機械や、摂理を己がものにしようとした登場人物たちが部分的に持っていた能力の、完全体だと言っていい。『ソラリス』がゴシック小説や寓話の側面を持つのも当然で、「海」は人間的諸言説とその歴史的地層を掘削する、文学的考古学の実践者でもあるとも言えるだろう。また擬人化をめぐる主題系を「海」が非人間化により脱構築することで、文学的系譜学を実践しているのだとも言える。

そして、ヴェルヌとレムを重ね読みすることができるのは、『ソラリス』が最後なのである。『無敵』は非人間的どころか、生命という概念自体が意味をなさない非生命の空間、死の惑星が舞台であり、『天の声』ではメッセージに意味があるのかということ自体が判然とせず、「オノノキ」すら意味を失うのだ。

『ソラリス』は伝統的な人間のドラマとしての物語形式、神話的類型などの限界を明確に示したことで、その後のレム作品について大きく三つの方向性を示したと言える。
（一）「新しい宇宙創造説」に結実するフィクション形式の再考へとレムを導く端緒となったこと。『完全な真空』はその実践であるとともに、その内容は人間的文学の終末の光景ともいうべき架空の書物群の提示であった。
（二）（一）から当然に導き出されたと考えられるが、「学」的言説を含む言説形成の動機となる「力」と、その記述不可能性の探究。例えば、『枯草熱』[83]（一九七六年）は大数の法則による確率的必然、『GOLEM XIV』[84]（一九八一年）では超高性能ＡＩの、人間からの問いに対する擬人的アウトプットといったように、そのテクストが成立する理由、それもフーコー的欲望、権力、倫理といった既存の動機に依存しない非人間的な理由を、レムは作品内で基礎づけようとする。
（三）前述のGOLEMあるいは「ビット文学の歴史」[85]のような、人工知能あるいはポスト・ヒューマンの言説の考察。特に、「仮面」[86]はホフマンかポーかと見紛うような既存のゴシック的イメージを参照しつつ、自動機械の一人称、カフカ的な擬人化の説話を試みている。
これら三つの方向性は当然関連性を持ち、晩期の『現場検証』[87]（一九八二年）においては複雑な記述の形式を組み合わせつつ、人類に似て非なる鳥人類の惑星エンチア（entia存在の意）の歴史を探り（その記述は「歴史機」なるシミュレータで演算され、不確定性に伴い錯綜する）、その思想形成の基盤を問い、その結果として表出する恐るべきシステム、その思想の模像としての装置に直面する。それはエンチアのルザニア国民たちをシミュラークルに変容させるシステムであり、彼らは自身の存在を全面的に、ナノスケールで管理される人工物へ変容させることを受け入れているのだ。「すべての国民が擬人(擬鳥人?)化している」のである。それら全てがレムによる架空の出来事であることには、呆然とせざるを得ない[88]。

レムの業績を全体的に評価することは現時点で不可能事であるし、本稿の趣旨を超えている。少なくとも、SFは既存の文学形式を批判的に、それもテクノロジカルに組み直すことで、文学そのものを解体し、新たな可能性をもたらしたのだということは確認できたと思う。

ヴェルヌはそうした可能性の入口を開いたのであり、レムはさらなる外部へと、新たなSFの可能性へと歩んでいったと言えるだろう。この百年に起こったこととは、自身の方法を模索する作家たちによるテクスチュアリティの革新であり、SFとは常に、その先端的な運動の名に他ならない。

註

(1) 『高い城・文学エッセイ』(以下『エッセイ』、沼野充義他訳、国書刊行会、二〇〇四年)。また表の作成には石橋正孝『〈驚異の旅〉または出版という冒険——ジュール・ヴェルヌとピエール・ジュール・エッツェル』(左右社、二〇一三年)の巻末年表、スタニスワフ・レム公式サイト(https://lem.pl)の年表を参照した。

(2) 「ツヴェタン・トドロフの幻想的な文学理論」(加藤有子訳、『エッセイ』所収)。

(3) たとえば、巽孝之『日本SF論争史』(勁草書房、二〇〇〇年)を参照。

(4) ダルコ・スーヴィン『SFの変容』(大橋洋一訳、国文社、一九九一年)。

（5）ブライアン・W・オールディス『十億年の宴』（浅倉久志訳、東京創元社、一九八〇年）。
（6）「高い城」（芝田文乃訳、『エッセイ』所収）、四九頁。
（7）「偶然と秩序の間で——自伝」（沼野充義訳、『エッセイ』所収）、一七八—一七九頁。
（8）「ロリータ、あるいはスタヴローギンとベアトリーチェ」（加藤有子訳、『エッセイ』所収）、三三八頁。
（9）「メタファンタジア——あるいはSFのまだ見ぬかたち」（巽孝之訳、『エッセイ』所収）。
（10）同前、二二九頁。
（11）同前、二三三頁。
（12）「H・G・ウェルズ『宇宙戦争』論」（井上暁子訳、『エッセイ』所収）、「フィリップ・K・ディック——にせ者たちに取り巻かれた幻視者」（沼野充義訳、『エッセイ』所収）。
（13）「新しい宇宙創造説」（沼野充義訳、『完全な真空』国書刊行会、二〇〇四年所収）。
（14）「メタファンタジア」、二二六頁。なお、「新聞記事などのコラージュ」という手法は、カレル・チャペック『山椒魚戦争』などの先行例がある。
（15）「SFの構造分析」（沼野充義訳、『エッセイ』所収）。
（16）「ツヴェタン・トドロフの幻想的な文学理論」、二六一頁。
（17）ヴォルフガング・イーザー『行為としての読書』（轡田収訳、岩波書店、一九八二年）。イーザーが受容理論を論文として発表し始めたのは六〇年代末からのようであるから、レムがその考え方を知っていた可能性は十分ある。しかし、その価値と本質を直ちに応用する力量ははっきりと示されている。
（18）ミシェル・セール『青春　ジュール・ヴェルヌ論』（豊田彰訳、法政大学出版局、一九九三年）。
（19）『グラント船長の子供たち』（大久保和郎訳、ブッキング版上巻、二〇〇四年）第二部第九章、三三五頁。
（20）邦訳『チャンセラー号の筏』（榊原晃三訳、集英社文庫、一九九三年）。主人公カザロンの一人称は飢餓による食人、食うことと食われることとの双方の恐怖により錯乱した記述を示す。それはヴェルヌ自身の食人へのオブセッションかもしれない。『〈驚異の旅〉または出版という冒険』第四章の分析（二三八頁以下）を参照。

(21) ミシェル・ビュトール「至高点と黄金時代」(『レペルトワール』第一巻、石橋正孝監訳、幻戯書房、二〇二一年所収)。

(22) 私市保彦『ネモ船長と青ひげ』(晶文社オンデマンド選書、二〇〇七年)、「ネモ船長の夢」一七〇頁以下参照。

(23) 伊藤誉『ノヴェルの考古学――イギリス近代小説前史』(法政大学出版局、二〇一二年)参照。

(24) チャールズ・C・ギリスピー『科学というプロフェッションの出現』(島尾永康訳、みすず書房、二〇一〇年)、ハンス・ブルーメンベルク『近代の正統性〈一〉世俗化と自己主張』(斎藤義彦訳、法政大学出版局、一九九八年)など参照。またヴェルヌへの「知の世俗化」の影響については、『〈驚異の旅〉または出版をめぐる冒険』第五章(三三八―九頁)参照。

(25) 蓮實重彦『物語批判序説』(講談社文芸文庫、二〇一八年)参照。

(26) M・H・ニコルソン『月世界への旅』(高山宏訳、〈世界幻想文学大系〉、国書刊行会、一九八六年)。

(27) 同前、五一頁。

(28) 同前、三一七頁。

(29) 同前、三六八頁。

(30) セールはヴェルヌ作品と神話的象徴性や物語類型との、主題や関係構造の類似をテクスト間の「写像」と呼び、解釈の手法としている。しかし、かなり恣意的であることは否めない。それはいささか「戯れ」の様を呈しており、セールがヴェルヌ作品に対して抱く子供時代の郷愁すら含まれているようにも思える。

(31) 日本ジュール・ヴェルヌ研究会会誌『Excelsior!』四号(在庫切)掲載の拙稿「鳥とシャツと、ミス・アラベラについての覚書」にて詳細に検討している。

(32) 『海底二万里』の原型の一つと目される『オデュッセイア』(「ネモ」という名は、単眼の巨人キュクロプスに対してオデュッセウスが名乗る偽名である)の舞台となる地中海を、ノーチラス号は四十八時間で通過してしまう(第二部第七章)。

（33）ジャック・デリダ「死を与える」（廣瀬浩司訳、『死を与える』ちくま学芸文庫、二〇〇四年所収）。
（34）以上邦訳『金星応答なし』（沼野充義訳、ハヤカワ文庫、一九八一年）、『エデン』（小原雅俊訳、ハヤカワ文庫、一九八七年）、『ソラリス』（沼野充義訳、ハヤカワ文庫電子書籍版）、『砂漠の惑星』（飯田規和訳、ハヤカワ文庫、一九七七年）、『天の声』（深見弾・沼野充義訳、『天の声・枯草熱』国書刊行会、二〇〇五年所収）。
（35）エルンスト・カッシーラー『アインシュタインの相対性理論』（山本義隆訳、河出書房新社、一九九六年）、一六三頁。
（36）ミシェル・フーコー「物語の背後にあるもの」（竹内信夫訳、『フーコー・コレクション2　文学・侵犯』ちくま学芸文庫、二〇〇六年所収、以下「竹内訳」）、二八八頁。原書はMichel Foucault, « L'arrière-fable », *Dits et écrits volume I, 1954-1975*, Gallimard, p. 534-541.（以下DE）
（37）同前、竹内訳では「語り手」。
（38）「距たり・アスペクト・起源」（中野知律訳、『フーコー・コレクション2』所収、以下「中野訳」）、一二八頁。DE, « Distance, aspect, origine », p. 300-313.
（39）竹内訳、二八九頁など。DE, p. 534. ただし竹内訳における「様態」は、原文ではmodalitéではなくrégimeである。
（40）中野訳、一三五頁。
（41）「外の思考」（豊崎光一訳、『フーコー・コレクション2』所収）、三〇七頁。
（42）『知の考古学』（慎改康之訳、河出文庫、二〇一二年、以下『考古学』）。原書はMichel Foucault, *L'archéologie du savoir*, Gallimard, 1969.（以下AS）
（43）ジョルジョ・アガンベン『アウシュヴィッツの残りのもの――アルシーヴと証人』（上村忠男・廣石正和訳、月曜社、二〇〇一年）、第四章。
（44）『考古学』訳註参照、四〇四頁。
（45）同前、五八頁。

(46)『アウシュヴィッツの残りのもの』、一八八頁。
(47)『考古学』、一六〇頁。
(48)『アウシュヴィッツの残りのもの』、一八八頁。
(49)『考古学』、一六六頁。
(50)同前、二〇二頁。AS.p. 147.
(51)慎改康之はこの言表が言表として成立する出来事を「ポジティヴィテ」と直訳で表記しているが、本稿では意味がとりづらいため「実定化」とした。「ポジティヴィテ」の意味については『考古学』訳註(四〇六頁)、また慎改康之『フーコーの言説』(筑摩書房、二〇一九年)を参照。
(52)『考古学』、二三九頁。
(53)「領野」についてはもはや本稿で詳述する余裕がないが、言表が実定化する際に言説に結びつく基礎となる「場」であり、言説形成の規則そのものとなる「力」の場でもある。フーコーは権力やセクシュアリテという「力」の分析に移っていくのだが、コレージュ・ド・フランス開講講義では「ordre(領域、秩序)」という言葉に変わっている。『言説の領界』(慎改康之訳、河出文庫、二〇一四年)、訳者解説を参照。
(54)ポー『アーサー・ゴードン・ピムの冒険』の後日談『氷のスフィンクス』(一八九八年)、ウィース『スイスのロビンソン』の後日談『第二の祖国』(一九〇〇年)。
(55)「メタファンタジア」、二四四—二四五頁。
(56)ポール・ド・マン「アイロニーの概念」(上野成利訳、『美学イデオロギー』平凡社ライブラリー、二〇一三年所収)、四二二頁。正確な表現としては「譬喩のアレゴリーの永遠のパラバシス」。「譬喩のアレゴリー」とは、その譬喩を成立させる文脈、修辞の体系と理解できる。
(57)ド・マン「時間性の修辞学[2]アイロニー」(保坂嘉恵美訳、『批評空間』第一期第二号所収)、一一三頁。
(58)ド・マン「抒情詩における擬人化と比喩」(山形和美・岩坪友子訳、『ロマン主義のレトリック』法政大学出版局、一九九八年所収)、三一三—三三九頁。原書は、Paul de Man, *The rhetoric of romanticism*, Columbia University

Press, 1984.
（59）フリードリッヒ・ニーチェ「道徳外の意味における真理と虚偽について」（渡辺二郎訳、『ニーチェ全集3 哲学者の書』ちくま学芸文庫版、一九九四年所収）、三五四頁。
（60）「抒情詩における擬人化と比喩」、三一四―三一五頁。
（61）巽孝之『モダニズムの惑星――英米文学思想史の修辞学』（岩波書店、二〇一三年）、三二頁。
（62）フランツ・カフカ「変身（かわりみ）」（多和田葉子訳、ポケットマスターピース『カフカ』集英社文庫ヘリテージ、二〇一五年所収）
（63）「メタファンタジア」、二三二頁。
（64）E・T・A・ホフマン「砂男」（大島かおり訳、『砂男／クレスペル顧問官』光文社古典新訳文庫、二〇一四年所収）、電子書籍版。「くるみ割り人形とねずみの王様」（大島かおり訳、『くるみ割り人形とねずみの王様／ブランビラ王女』光文社古典新訳文庫所収）、電子書籍版。『悪魔の霊酒』（深田甫訳、ちくま文庫、二〇〇六年）など。
（65）フランツ・カフカ『夢・アフォリズム・詩』（吉田仙太郎編訳、平凡社ライブラリー、一九九六年）、九〇―九一頁（〈八つ折版ノート（ノートG）〉一九一七年一〇月／一九一八年一月の記述）。
（66）リッチー・ロバートソン『カフカ』（明星聖子訳、岩波書店、二〇〇八年）、八一―八五頁。
（67）私市保彦『幻想物語の文法』（ちくま学芸文庫、一九九七年）参照。私市は年代や主題に沿って作品の分析を連鎖させていく形式をとっており、その系譜に共通項を見出すのは読者に委ねられている。ここでは筆者の解釈を示した。
（68）メアリー・シェリー『フランケンシュタイン』（小林章夫訳、光文社古典新訳文庫）、電子書籍版。
（69）ヴィリエ・ド・リラダン『未来のイヴ』（渡辺一夫訳、岩波文庫、一九三八年）。
（70）ジュール・ヴェルヌ『カルパチアの城』（新島進訳、『カルパチアの城／ヴィルヘルム・シュトーリッツの秘密』〈驚異の旅〉コレクションV）インスクリプト、二〇一八年所収）。ラ・スティラの名については訳註、三四三頁参照。

(71)『青春』「切り刻まれたオルフェウス」、三〇六頁以下参照。
(72)『カルパチアの城』、訳注、三四四頁参照。
(73)『カルパチアの城』、一四九頁。
(74)『ソラリス』、「小アポクリファ」参照(電子書籍版のため頁表記なし、以下同様)。
(75)ジャック・ラカン『アンコール』(藤田博史・片山文保訳、講談社選書メチエ、二〇一九年)参照。また、佐々木孝次・林行秀・荒谷大輔・小長野航太『ラカン「アンコール」解説』(せりか書房、二〇一三年)、「第八講」など参照。
(76)ジル・ドゥルーズ+フェリックス・ガタリ『アンチ・オイディプス——資本主義と分裂症1』(宇野邦一訳、河出文庫電子書籍版)。言わずもがなだが、同書は、その増補版で『カルパチアの城』を論じたミシェル・カルージュ『独身者機械』(新島進訳、東洋書林、二〇一四年)と、マルセル・モレ『世にも奇妙なジュール・ヴェルヌ』(未訳)を参照(それぞれ第一章と補遺で)しており、その欲望機械論においてヴェルヌと接続している。沼野充義は『ソラリス』について、精神分析的な解釈は「あまりにうまく当てはまり過ぎて、つまらないような気さえする」と述べている。『ソラリス』「解説」参照。
(77)郷原佳以『文学のミニマル・イメージ——モーリス・ブランショ論』(左右社、二〇一一年)第一部第一章参照。
(78)アドルフォ・ビオイ゠カサーレス『モレルの発明』(清水徹・牛島信明訳、水声社、一九九〇年)参照。
(79)『ソラリス』「会議」参照。
(80)「偶然と秩序の間で——自伝」では、「大量虐殺に直面した人間存在の理解しがたい空しさは、個人や小集団を物語の核心にすえる文学的テクニックによっては伝えることができない」と述べている(一七三頁)。
(81)『ソラリス』結末部。
(82)デリダをめぐる議論は宮崎裕助『ジャック・デリダ　死後の生を与える』(岩波書店、二〇二〇年)第八章「他者への応答責任」に多くを負っている。

（83）『枯草熱』（吉上昭三・沼野充義訳、『天の声・枯草熱』所収）。
（84）『GOLEM XIV』（長谷見一雄訳、『虚数』国書刊行会、一九九八年所収）。
（85）「ビット文学の歴史」（沼野充義訳、『虚数』所収）。
（86）「仮面」（久山宏一訳、『短編ベスト10』国書刊行会、二〇一五年所収）。
（87）『泰平ヨンの現場検証』（深見弾訳、ハヤカワ文庫、一九八三年）。
（88）晩期のレム作品が現実の政治状況の諷刺になり過ぎているという批判（出所はあえて書かない）に一言しておくと、『現場検証』は『ガリヴァー旅行記』第三の旅を基礎に据えつつ、根元的な文明論と自己の体験、科学理論とテクノロジーへの洞察が縦横に組み合わされた極めて重層的な作品であり、本稿で論じた文学的系譜やシミュラークルの問題群の他、『無敵』から晩期の短篇「二十一世紀の兵器システム、あるいは逆さまの進化」（関口時正訳、『主の変容病院・挑発』国書刊行会、二〇一七年所収）にまで亘るサイバネティクス進化論をも包摂しているものであり、それが現実の政治状況に重ね合わせて読めるとするならば、それは当然だとも、現実の状況の方がこの作品に似通っているのだとも言える。なぜなら、二〇二〇年時点においても、『現場検証』の内容に比較可能な地政学的状況はいくらでもあるからだ。

上記のナノマシンや生物兵器、ドラッグに至るまで、レムは「見えないもの」へのオブセッションを強く持っていた。二〇二〇年に世界を覆った、ウィルスをめぐる「学」的・政治的言説の多くは、レムの想像力の射程から未だ逃れてはいない。最後にヴェルヌにも一言しておくならば、『気球に乗って五週間』のファーガスンの登場から、晩年の『ヴィルヘルム・シュトーリッツの秘密』まで、ヴェルヌにも「見えない」ことへの独特のオブセッションがあったことは指摘しておきたい。

密使の系譜
——日本近代演劇史に絡むジュール・ヴェルヌ『ミハイル・ストロゴフ』をめぐって

藤元直樹

はじめに

高い所から低い所に物は移動する。そうした物理的な法則や、長年培われた心性を構造化したアーキテクチャによって人々の行動に干渉し、アフォーダンスによって世界を最適化する。

そういったヴィジョンが今世紀の初頭には盛んに論じられていたように思われる。

その結果としての現在を考えると、最適化ではなく操作者にとって都合の良い世界、それも富の偏在によって将来的には大幅に退行することが明らかなものへと向かっているように見え、暗澹たる思いを禁じ得ない。

さて、作家は常に物語をコントロールできるわけではなく、物語に従属させられる感覚を述懐するが、その一方で物語に様々な仕掛けを組み込み、読者の興味の操作を試みて来た存在でもある。

如何に読者の感情を掻き立て、泣かせ、笑わせ、頁をめくらせ続けるか。

小説の書き方、脚本術、物語工学と様々な形で分析がなされ解答案がそれぞれ提示されてきたが、そこに絶対的な正解がないことは、投入資金の莫大さ相応にリスク回避のための関門を山と用意するハリウッド映画にも失敗作はあるということが示している。

明治期における演劇の近代化の流れの中でヴェルヌが参照されていた事実については、拙稿「演劇の開化とジュール・ヴェルヌ」（『Excelsior!』一〇号、二〇一五年）で紹介したが、なぜ今日、演劇史的には全く注目されることがないといってよいヴェルヌが選択されたかについては明らかにすることは出来ていない。

ここで考えるべきは、ヴェルヌにおける一種の解りやすさとその応用可能性かもしれない。『八十日間世界一周』におけるタイムリミットの設定。刻々と残り時間が減少する中で、果たして問題は解決されるのか。これは物語を駆動する極めて強力な仕掛けである。時間が秒単位で可視化されるのは、極めて近代的な事象であることからすれば、そこに旧劇からの革新への糸口が見出された可能性を見ることが出来るかもしれない。

旧来の歌舞伎の世界でも、特定の日の正午、あるいは日没といったリミットを設定した物語は存在するようだが、そもそも役者を見せることが重視され（看板役者は物語中で複数の役を担って遍在する）、今日的な、時間単位で客を入れ替えて収益を確保するという手法を発達させることのなかった江戸期の演劇では、そういった方面での洗練は目指されていなかったと見るべきだろう。

明治期に演じられたヴェルヌ劇で、最も成功した『瞽使者』（原作は『ミハイル・ストロゴフ』）

では、秘密のメッセージがマクガフィンとして設定され物語は推進される。

マクガフィンとは極めて重要なものとして設定された事物（ただし実際のところ中身は重視されない）で、それをめぐって登場人物の思惑が交錯しドラマが生じていく。

例えば映画『ミッション：インポッシブル3』では「ラビットフット」なる謎のアイテムが出てくるが、そのアイテム自体が何なのかは明らかにされないまま、それが重要だということだけで、その争奪戦という物語が進行する。

物語上の狂言回しのアイテムとして、さまざまな形で利用されるのがマクガフィンで、その元型として、アーサー王伝説の聖杯があげられていることからすれば、これも江戸期に様々な作例を見出すことが出来るかもしれない。

ただ由緒であるとか、出生の秘密を記した書付等は頻出しても、どうも密書の争奪戦といった時代劇映画の定番プロットは江戸期には遡らないようである。

歌舞伎、大衆小説に関する論者の知見は、こうした物語の類型の伝播に関して明らかにするには、全く足りておらず、以下、本稿ではヴェルヌ作品がどのような形で日本で提示されたかの側面に絞って紹介していく。

これら日本で再現されたヴェルヌが、他の様々な作品世界と連続するのか、断絶しているのか。そうした検証の叩き台として参照いただければ幸いである。

明治期——川上音二郎の時代

さて、『ミハイル・ストロゴフ』(一八七六年)はヴェルヌの代表作の一つではあるが、SFの祖という評価枠が強力に働き、科学小説の系統からはずれた作品として、一九七九年のパシフィカでの江口清訳『皇帝の密使ミハイル・ストロゴフ』刊行後、四十年以上再刊の機会を得られていないように思われる。

明治二十年代には本作を含めたヴェルヌ作品の翻訳ブームがあったが、その後、ヴェルヌ作品の多くは忘却され、SF/科学小説というジャンルがアメリカで確立され、その始祖にヴェルヌが位置付けられることで、再び多くの読者を得ることになったという見立てで、日本におけるヴェルヌ受容をまとめたのが拙論「忘却のジュール・ヴェルヌ」(『図説児童文学翻訳大事典 第4巻』大空社、二〇〇七年所載)であったが、単に読まれたヴェルヌというのは、その一部に過ぎない。

演じられたヴェルヌ、そして変奏されたヴェルヌが存在し、それらは複雑に絡み合っている。

おそらく『ミハイル・ストロゴフ』は、日本において最も作者から離れ、原作者を意識させることなく流布したヴェルヌ作品であり、ミームとして様々な影響を与えているのである。

「盲目使者」として『郵便報知新聞』で一八八七年に羊角山人(森田思軒、一八六一——一八九七)の翻訳が連載され、翌一八八八年に単行本『瞽使者』の上巻が刊行された同作は、本国でも早くから戯曲化されていたが、日本では一八九六年に川上音二郎(一八六四——一九一一)の手によって舞台に上げられることになった（図1）。

そこでは、ロシア帝国内での反乱という物語の背景は、西南戦争という日本国内での叛逆の物語に書き換えられている。これは、西洋演劇を翻案するにあたって、戦乱物については西南の役という世界を与えるという定石が、早くに確立されていたことによるといわれる。

この定石が誰によって始められ、どのように広まったのかということも気になるところではあるが、ここではひとまず措き、モーパッサンの「脂肪の塊」の背景を西南戦争に置き換えた川口松太郎の戯曲に基づく溝口健二監督作『マリヤのお雪』（一九三五年）、同じく『レ・ミゼラブル』を下敷きにした伊丹万作監督作『巨人伝』（一九三八年）に至るまで、映画の世界へも持ち込まれ戦前を通して用いられていた事実が知られることのみ触れておく。

図1　森田思軒訳『瞽使者』

一八九六年の初演以降、一九一二年の新富座における上演を除き、基本は川上の脚本を踏襲した形で再演されている。これら明治期の上演については白川宣力が川上の脚本を翻刻した際（「翻刻：川上音二郎一座使用上演台本「瞽使者」」『演劇研究』一〇号、一九八三年）に附した解説で、初（巡）演以降の七つの再演の存在をまとめている。白川は、一九八五年に刊行した『川上音二郎・貞奴――新聞にみる人物像』（雄松堂出版）で、川上自身による一八九七年神戸での再演と、最初の巡演の際に岐阜でも上演されている可能性を示し、一九九四年に『演劇研究』一七号に発表した「明治期西洋種戯曲上演年表（一）明治五年〜明治四十年」では、一八九九年の演伎座での再演を加えている。

これらに見えない、幾つかの上演を加え、現在のところ判明している公演情報を、リストの形で示しておく。

一、「聾使者」（川上音二郎）巡演……一八九六年九月二十二日―十月十八日・川上座→十月三十日―十一月八日・末広座（名古屋）→十一月十四―十九日・国豊座（岐阜）→十二月三―十三日・浪花座（大阪）
二、「鹿児嶋叛乱」（福井一座）……一八九六年十月三十一日―十一月十六日・蔦座（横浜）
三、「聾使者」（川上音二郎）……一八九七年十月一日―・大黒座（神戸）
四、「聾使者」（森・野崎・菊池ら）……一八九九年十二月一日―・演伎座
五、「聾使者」（菊池武久・藤野静大ら）……一九〇二年五月三十一日―・壽座
六、「秘密の使者」（静間小次郎、今泉壮太郎、熊谷武雄ら）……一九〇五年二月一―十六日・明治座（京都）
七、「聾使者」（本多小市郎・岡本貞次郎ら）……一九〇五年三月三十一日―四月十八日・常盤座
八、「盲目使者」（笠井栄次郎・熊谷武雄ら）……一九〇七年二月十三日・大黒座（神戸）
九、「聾使者」（菊池武久・谷昇ら）……一九一〇年三月十一日―・常盤座
一〇、「めくら使者」（浜田周之一座）……一九一一年十月三十一日―・明治座（大阪・西九条）

一一、「瞽使者」（伊井蓉峰・河合武雄・井上正夫ら）……一九一二年五月三日―・新富座
一二、「瞽使者」（水野好美・川崎武夫ら）……一九一二年五月十九日―・常盤座

ここで原作の物語を手短に紹介する。シベリアでの反乱が拡大し東方への電信線が断たれた中、皇帝からイルクーツクの皇弟へ、彼を狙うオゴレッフの存在を知らせるため、密使としてストゴロフを派遣、その途上出会った少女ナディアを道連れとして旅を続ける。そこに立ちはだかるのがオゴレッフと結んだジプシーの女頭目サンガルである。

これを内務卿大坪冨美（大久保利通）から千島二位（島津忠重）への密使須藤五郎とし、ナディアを略して太田剛三と三枝軽子を敵役に配したのが川上版である。

川上の初演は東京での好評を受けて巡演する。名古屋では、準備に手間取り開演が十月末まで遅れるが、連日大賑わいで、『歌舞伎新報』一六五〇号（一八九六年十一月二十八日）にも「名古屋の観劇眼〔……〕末廣座に川上一座の瞽使者これが一番の大入とは矢張り名古屋の観劇眼は壮士（？）の仕方噺の方がよきものと思はれたり。」と報じられているが、既に次の公演がブッキングされていたため日延べは出来ず、ほぼ一週間で上演は終わり、岐阜に巡廻する。その後、再び名古屋に戻ってくるが、その際には、演目が変更されていた。なお、続く大阪公演では同時期に上演されていた別作品に人気が集まったため苦戦したという。

一方、横浜では福井一座によって「此の程川上座で好評を得たる盲使者を作り替たるもの」（『歌舞伎新報』一六五四号、一八九六年十一月十日）が上演される。

一八九七年には神戸で川上による再演があったとされ、それに続くのが一八九九年の演伎座（「土地の人気に叶ひ前興行に増したる大入りなりと」『都新聞』十二月六日）、一九〇二年の壽座での上演である。

一九〇五年に京都で上演された「秘密の使者」は同時に舞台に上げられた『エルナニ』の方に話題が集中して内容に関する言及がなされていないため、関連作品であると確定することが困難であったが、山田桂華「京のしばゐ」『歌舞伎』五九号（一九〇五年三月一日）に「一番目は思軒氏の「瞽使者」を戦争に綯交せて「秘密の使者」を銘打つたるもの、甘い物なるは云ふに及ばす。」という下りを見出すことが出来た。

同年の常盤座、一九〇七年の神戸・大黒座（『神戸又新日報』二月十四日に見える演題は「大使命」）、一九一〇年の常盤座に続くのが一九一一年の大阪、西九条の明治座での「めくら使者」である。これも詳細のよくわからない上演であるが、幸いデジタル化された番付が松竹大谷図書館のサイトで公開されており、役割役名に大きな異同があるものの、その中に太田剛三が含まれることから、関連作であることが特定できる。なお同サイトでは他に川上の浪花座での上演と一九一二年新富座の番付の閲覧が可能である。また、早稲田大学の演劇博物館では、これら二点に加え、一九一〇年と一九一二年常盤座の番付及び一九一二年の二つの上演に関連する資料である、新富座の筋書と常盤座の絵入役割を公開している。

一九一二年五月の上演は、前年に没した川上音二郎を顕彰する意味合いを込めた常盤座と、川上の脚本にはよらず、元の森田思軒＝ヴェルヌに戻って、原作に基づく役割と筋立てでの上演に臨んだ新富座という、新旧対決とも言うべき競演となった（図2、図3）。ただし、どちらも劇通からはほとんど評価を得られていない。

後者については、同時に上演された泉鏡花の『南地心中』が興味の中心となっており、そのついでに砂をかけていくような評言、例えば伊原青々園の「小説として読んでは冒険的の際どい所でハラハラと思はせて読者を引付けるが劇としては活動写真のやうに場面をバタバタ変へて筋を通すといふのだけに感興が足りぬ、河合も伊井も村田も井上も斯ういふ脚本では技倆を示す所があるまい」（『都新聞』一九一二年五月十三日）、「やまの多い通俗小説を組んだもので云ふに値ひせぬ」（『文章世界』一九一二年六月一日）等を散見するにとどまり、明治時代と共に『瞽使者』上演史は幕を閉じる。

白川が「まことに要領よく、しかも極めて日本的にまとめている」とするように、川上の脚本は、

図2　新富座で上演された『瞽使者』。左から，ナデヤ（河合武雄），マルハ（村田正雄）

図3　ストロコッフ（伊井蓉峰）

客に抵抗感を与えないために、ストロゴフとサンガルの間に姻戚関係を設定し、因縁噺的要素を導入するなどして、旧劇に寄せたものとなっている。

川上の初演を見た、依田学海は日記に「書生演劇ますます尋常の演戯に近くなりぬ」と記している（一八九六年九月二十八日）。これは素人役者の技量が上がったことを言っているのではなく、壮士芝居の持ち込んだ革新性が早くも失われつつあることを指摘していたように思われる。

川上の配慮は、かえって『瞽使者』を急速に陳腐化させ終焉へと繋げてしまったようである。

大正期――前田曙山による変奏

西洋種を翻案した時代劇を次々と世に送ったことで一種悪名を得ている前田曙山（一八七二―一九四一）は、一九二〇年四月より一九二一年六月まで、『講談倶楽部』で「糸の乱」という幕末維新物として、『ミハイル・ストロゴフ』の翻案作を連載する。

ここでの舞台設定では、戊辰戦争の只中に、幕府側の影の指揮者ともいうべき存在として上野寛永寺の高僧淩雲院僧正を置き、函館へ落ち延びた榎本武揚に、その命を狙う元新徴組波岡玄蕃の存在を知らせる密使萩原吉彌を派遣するというもの。

連載終了後、一年を経て講談社傑作叢書の第一巻として単行本が刊行されている（図4）。

講談社とはライヴァル関係にあった博文館の雑誌に出た新刊紹介を参考にあげておこう。

「幕末から明治維新へかけての時代を背景に胆勇機敏なる志士の活躍と美少女の恋を織り交ぜた歴

史小説。肩の凝らぬ面白き読物であらう。」(『新青年』三巻一三号、一九二二年十月十日)。「講談社傑作叢書の第一巻である。曙山氏の艶麗な筆になり、材を徳川末期に採つて、美男美女、悪党と毒婦を交錯して、時に血の雨を降らし、時に濃艶な情緒を叙し、波瀾変幻極まりなく興味横溢せる絶好読物である。」(『新趣味』一八巻二号、一九二三年二月一日)。

なお、白石実三が『日本文学講座　第十一巻』所載の「根岸派の人々」に「某老大衆作家が『からみ蜘蛛』とか題して訳本の筋を失敬してゐる。」と記しており、また別の翻案作の存在を示唆しているかのようにみえるが、これは同じ講談社傑作叢書の第二巻として刊行された江見水蔭(一八六九―一九三四)の『搦み蜘蛛』を混同した誤記であろう。

この作品は『糸の乱れ』として、一九二四年三月、小島孤舟の脚色で梅島昇を主演として京都で舞台に上げられている(十九―二十七日、京都座)。

図4　前田曙山翻案『糸の乱』

そして、一九二五年九月にはマキノ映画として沼田紅緑監督で同じ『糸の乱れ』の題で、前・後篇にわけて映画化されており、十月に出た新聞広告には「八版」が謳われていた。

『キネマ旬報』二〇九号(一九二五年十月二十一日)に山本緑葉が記した作品評は「焼直しの大家前田曙山氏が西南の役の一挿話として知られて居る「盲目の使者」を改作した物語で、「燃ゆる渦巻」姉妹篇と銘打つて花柳梅島一派が上演した事のある原作である。然し原作は映画化された本篇より数段興味ある物語で脚色さへ今少し洗練されて居ればもつともつと興味深い映画が出来る筈である〔……〕」と手厳しい。

さて、ここで名前のあがっている『燃ゆる渦巻』は、『糸の乱』が発表された後、『大阪朝日新聞』で一九二三年十月十六日から一九二四年七月二十六日まで連載された長篇物語で、一般に『三銃士』の焼き直しとして語られている。ところが、明らかに、物語の序盤は、これまた『ミハイル・ストロゴフ』で、『糸の乱』と同工異曲の展開を見せている。

敵地を行く密使という筋立てがよほど使い良かったのであろうか。

老中安藤対馬守屋敷に潜入していたお綾は勤王派殲滅計画を知り、その情報を小石川の水戸館に持ち帰る。計画の存在を京の近衛家に警告する密使に選ばれたお綾は単身木曽路を西へ向かうが笹子峠に新設された関所で止められてしまう。それを妹と呼びかけ、自身は幕府の隠密であると役人を信用させて通過させるのが林清之助で、この二人を阻むのが新撰組と結んだ妖婦龍巻お蓮であった。

このように、ストロゴフとナディアの性別は入れ替えられているが、サンガルに相当する敵役の配置ぶりといい、明らかにヴェルヌ作品を踏襲した物語として『燃ゆる渦巻』は始まっているのである。

管見の限りでは、同作からヴェルヌ作品を想起して評した例を見ない。自作で一度使った展開の再使用ということで、見事にプロットのロンダリングが果たされたとするべきか。

こちらは新聞連載中から『糸の乱』以上の評判を得、物語の完結以前にマキノ映画（沼田紅緑監督）と日活映画（池田富保監督）の競作という形で一九二四年一月から、同時に映画化されている。『キネマ旬報』一四九号（一九二四年二月一日）に同じ山本緑葉がそれぞれの初篇を比較した評がある。「大阪朝日新聞に連載された幕末巷談を日活京都第一部とマキノ映画とが同時に撮影し、各地で猛烈な映画戦を行つたもので、譚りは中々変化に富んで居て新時代映画劇には持つて来いのものである。評者は原作を知らないから、いづれが原作に忠実かは論じられぬが単に映画に依つて知る譚りは日活の方が遥かに好かつた。〔……〕」

ともかく、新聞連載と映画によって後発の『燃ゆる渦巻』は『糸の乱』を遥かに上回る知名度を得て、前田曙山の代表作となる。そのため『糸の乱』は同じ幕末物の姉妹篇という扱いでマイナー・ピースとなってしまったわけであるが、どちらも同じ『ミハイル・ストロゴフ』から派生した物語として、目配りするべきだろう。

『燃ゆる渦巻』は、映画を追いかけるように二月から『大阪朝日新聞』の地盤である関西では複数の劇団によって舞台化されていく。

大阪の様子を見ていくと、一つは栗島狭衣（一八七六―一九四五）脚色の国精劇で、四日初日、二十三日から続篇、七月二十五日から最終篇の上演があった。また、静間小次郎らが出演した松島誠二郎脚色版は新世界ルナパーク清華殿で、こちらも十日初日、二十三日から中篇、三月一日から後篇が上演されている。

三月には他に、一日から天満八千代座で嵐徳三郎を、松島八千代座で実川延童を、それぞれ林清之助役とした上演があった。

京都では三月十二日より阪東左門一座が三友劇場で前篇を二十一日まで、二十二日から中篇・後篇を上演したとされる。また、この後半部は連鎖劇として外で撮影したシーケンスを挟み込む形式になると報じられている。ただ、連日上演が続いていたとすると、映画部分は、舞台に出ていた役者抜きで作られたものということになりそうだ。

この他に同月二十一日から国技館で相生劇一派の上演があったとされるが、二十七日初日という資料もあり、これが続篇の上演であったのか、当初の予定がずれ込んだものか、さらなる調査が必要とされる。そして、その後に松竹が座主となった南座での上演もあった（五月六―十九日）。

なお東京では翌一九二五年一月に本郷座で同志座による上演があって『東京朝日新聞』二十八日には「大阪朝日新聞で好評を博した前田曙山氏原作「燃ゆる渦巻」五幕七場、矢張りこれが今度の呼ものになつてゐる、金井の出るまで近藤勇は加藤が代つて勤めてゐるが立派な押出した、韮崎山賊棲家の立廻りはなかなか猛烈で前受けはいい（慈）」、『読売新聞』三十日には「幕末巷談と銘打つた五幕七場といふ長いもの、立廻りなども見せて、一般受けするやうにと出して居るものだらうが、それにしても少し甘過ぎるやうな気がする（與）」という評が見える。

さらに、一九三八年には、大都映画による前後篇での再映画化（中島宝三・佐伯幸三監督）があった。『キネマ旬報』六四四号（一九三八年五月一日）の評から引く。

時代映画の揺籃期のマキノ映画が阪東妻三郎、環歌子主演で製作して当つた事のある原作で、今でも俗受けする内容は持つて居よう。講談に近い前田曙山の原作もの辺りが未だに大衆の好

みであるから仕方がない〔……〕

先に、川上音二郎の初演が大阪に巡演した際に、別の劇場に人気が集まったため、川上一座が不入りをかこつ羽目になったことに触れたが、これは川上が大阪に来ることを知って、対抗できる演目をということで喜多村緑郎（初代）が『是亦意外』（瀧の白糸）を用意したことが見事に功を奏した結果であるという（関根黙庵「成美団の成功」『新演芸』二巻一号、一九一七年一月一日）。

興味深いのは、この喜多村が後年「盲目の使者」という脚本を小島孤舟と検討していることである（『喜多村緑郎日記』演劇出版社、一九六二年）。

日記から関連する記述を抜き出すと、まず、一九二五年一月十九日に小島が「「盲目の使者」を女でゆく筋を切りと話してゐた」とあり、四月八日に至って「小嶋孤舟が、「盲目使者」の筋立の相談に来た。切りと、筋を案じた。いゝ工夫が、少しづつ出てきて、かなりまとまりさうになつた」と出てくる。

もっとも、五月三十日に「昨夜と、今朝とで、「盲使者」の訂正の分をよむ。以前よりは幾分無理もなくなつたが、もう一と工夫なのである」と出てくるものの、七月十一日には「小島が切りと、「盲使者」を売込んでゐるが、なるべく今はさけたいと思ふ」とあり、以降、この脚本への言及はない。

『糸の乱』を舞台化した小島が、男女逆転版『ミハイル・ストロゴフ』を構想していたということは、同時期に舞台化された『燃ゆる渦巻』の導入部分が、ヴェルヌ作品の男女を入れ換えて作られていることに気づき、途中で別の物語に逃げず、作品全体に終始一貫させる可能性に挑んでいたことを示している。

果たして、いかなる『ミハイル・ストロゴフ』の変奏がこの時、紡がれたのであろうか。

小島の経歴自体、明らかにされていないが、真山青果が、仙台でおなじ小学校にいたと証言していることから、同地で育った人物のようだ。一九二九年以降の活動が、主に小島多慶夫名義でなされているにもかかわらず、そのことが知られていない（白水社の『日本戯曲大事典』では別人扱いされている）ことも手伝って、昭和期に入っての事跡は不明とされてきたが、一九二八年時点では、松竹キネマの企画部に在籍していた。一九三一年に河合映画の企画部に入り、一九三二年には日活の脚本部へ移ったものの、同社の内紛で解雇され、行方不明となり、自殺の噂が流れた後に、関西新派劇の作者・演出者として姿を現し、周囲を驚かせている。その後、同劇団と新聞小説で活躍。一九四〇年に『大阪朝報』の編集者であったところまでは消息がたどれる。『ミハイル・ストロゴフ』がらみのアイデアが、その後、小島が手掛けた作品の中でなんらかの形となっているのかが、気になるところである。

昭和期――映画の時代と森田思軒の子どもたち

昭和初期、ヴェルヌ作品自体の紹介は途絶えていたが、映画として『ミハイル・ストロゴフ』は入って来ている。

一九二七年、イワン・モジューヒン主演ヴィクター・トゥールヤンスキー監督作の『大帝の密使』が、一九三七年にはアントン・ウォールブリュック主演ジョージ・ニコルスJr.監督作が同題の『大帝の密使』で公開されている。

ただし、いずれも評論家受けは良くなかったようである。『キネマ旬報』から拾うと、前者については二五三号（一九二七年二月二十一日）に内田岐三雄が「ジュウル・ヴェルヌの原作を読んでゐる時の方が、或は面白いかも知れない。兎に角、此の映画は困る。何故に困るかと云へば、ユニヴァアサルで無茶に編輯し直したからである。長過るからといつて五百頁の小説の所々から頁を引き裂いて、それをチョコチョコ補綴した位で二百五十頁の小説に仕上げたら、どんなものが出来るか、それは分り切つた話である。何といふ名だか忘れたが、この映画を編輯した男の遣り方は無茶だ。〔……〕」と書き、後者については六一五号（一九三七年七月一日）で友田純一郎が「原作は十九世紀後半の大衆小説、各国語に翻訳されて、世界各国で愛読されたものであると識者にきいた、が大衆小説も十九世紀物になると時代の香りが強過ぎる」と、六二二号（一九三七年九月十一日）の飯田心美は「ジュール・ヴェルヌの面目躍如たる通俗小説の興味をそのままフィルムに移植した平易な物語である。ストーリーの性質上シナリオの狙らひが狙らひだからかへつてその単純なところが一般にはよく判るのであらう。だが、それにしても、この主人公ミハエル・ストロゴフの武勇伝は講談を読むとなんらえらぶところなき平板さである。」と切って捨てている。

もっとも、「私はまだその来ないうちから、あれは面白くないョ、と言はれ、又来てからは批評家に依つて、面白くないと書かれ、されに友人のうちにも同じ意見をもつて居るものがあるので、まことに心細くな」っていた戸川秋骨は、このニコルス版を楽しみ、「預評も、新聞の批評も、友人評もみな当を得て居ないのに驚かされ」「何故これが面白くないのだらうと訝りも」し、劇場での観客の満足ぶりを書き残している（「「大帝の密使」を見て」『朝食前のレセプション』第一書房、一九三七年）。

ちなみに、映画評論家の児玉数夫は「わが国でも訳出され、広く読まれていたもので〔……〕一将校の祖国愛に燃える冒険譚であったため、軍人の間で熱心な愛読者がいたといわれている。〔……〕あの『少年倶楽部』の、山中峯太郎つくる『敵中横断三百里』は、このフランス版『大帝の密使』のあとに、連載が始まる〔……〕この映画にインスパイアされたものであろう」という自説を『昭和映画世相史』（社会思想社、一九八二年）で、トゥールヤンスキー版に言及した際に開陳している。

なお、ニコルス版は戦後、一九五二―五三年に新作映画であるかのように紹介した雑誌記事が散見され、リヴァイヴァルであることには触れないで、新たなプリントによる再公開がなされたようである。

続く戦後の映画輸入状況を見ておくと、一九五七年にカルミネ・ガローネ監督作が『反乱』として公開され、それに合わせて秘田余四郎訳が同題で珊瑚書房から刊行されている。

一九六一年のトゥールヤンスキー監督作 *Le Triomphe de Michel Strogoff* は紹介記事のみ見え、劇場公開はされていない。

また、一九七一年にエリプランド・ヴィスコンティ監督作が『栄光への戦い』として公開されているものの、大きな話題を集めることはなかったようだ。

その後は、一九九九年にTVのミニシリーズとしてイタリアで放映された『ロシアン・レジェンド』がDVDとして発売されるにとどまり、平成は『ミハイル・ストロゴフ』の空白期となった感がある。

さて、昭和前期は、おそらく少年時代に森田思軒に夢中になった世代が、その面白さを次代に伝えようと試みた時代と見るべきかもしれない。

一九三二年、千葉省三（一八九二―一九七五）は、平安朝日本に舞台を移した翻案『陸奥の嵐』を『少女倶楽部』に連載する（一―十二月）。

これは千葉自身の企画ではなく、編集者より本を提示されて、翻案を求められて成った作品だという。連載時の編集責任者は宇田川鈞であるが、この宇田川の発案であったのか、あるいは別の編集者に慫慂されたものか。童話作家として評価される千葉省三の中では傍流に位置付けられて、この辺りの事情は明らかにされていないようである。

物語は、蝦夷の反乱を背景に京の右大臣から陸奥の鎮守府の照日の王子への密使として禁軍の騎士小田の武麿が少女狭霧と同道し、出羽の赤鷲、夜叉姫と対峙するという筋立てで、サンガルに相当する夜叉姫の人物造形に大幅な手が加わっている。

この作品は大川橋蔵主演の加藤泰監督作品『紅顔の密使』として一九五九年に映画化されている。『陸奥の嵐』の単行本が刊行された一九三三年、千葉亀雄（一八七八―一九三五）が根岸派とも縁の深い『日本及日本人』から枝分かれした雑誌といってもよい『大日』で六二号（九月一日）から

「嵐の聲使者」と題して『ミハイル・ストロゴフ』の翻訳の連載を始め、九一号（一九三四年十一月十五日）で完結させている。ただ、ここでは原作者名の表記はない。これといった関連記事もなく、六四号（一九三三年十月一日）の後記に「千葉氏の「嵐の聲使者」は、本号にて第三回となり、事件は波瀾起伏曲折の妙を極め、訳筆亦た剣気を帯び、軍国文壇に雄視する壮快文字たり。」と見えるのみで、その連載意図は不明である。あるいは千葉の考える大衆文芸のお手本として、同作が提示されたものであろうか。

さて、一九三八年には再び舞台上に『ミハイル・ストロゴフ』が登場する。三好十郎（一九〇二―一九五八）による翻案『無明一番槍』である。

三好が「一番大きな困難は、原作の各部分のヨーロッパ人的感覚を日本人的に消化することでした。何度か投げかけました。是非やれと言はれる坪内士行さんや劇団の方を恨んだ事もあります」としていることからすれば、前年の映画『大帝の密使』が好調だったことを受けて、坪内が企画を立てたもののようである。

「原作は、フランスのダンヌリイ並びにジユール・ベルヌ合作「ミシエル・ストロゴフ」〔……〕映画にもなつてゐます。〔……〕僕はその双方を比較研究しながら、更にそのいづれとも幾分変へて自由に翻案して見ました。」（以上、「『無明一番槍』に就て」）とあることからすれば、この翻案は思軒とも川上とも切れたところに成立したことになる。

物語は戦国時代に設定され、天文十五年、小田原城主北条氏康が、武州川越の城主北条綱成が上杉勢の大軍に攻められているところに急使秩父小次郎を送り、その敵手として上杉方の軍師錦織兵衛介が置かれる（図5）。

四月一―二十四日、大阪の北野劇場で東宝劇団によって高木次郎の演出で上演された同作は「大帝の密使の翻案でなるだけ翻案臭を避けてはゐるが母子の再会の弱気は武士道的でなく主題の無明を示す両眼を抉られる場面も室町御所の池田丹後の負傷と違つて惨酷さが先だちこれを母や真琴が隙見してゐるのも無理になる。〔……〕」（高谷伸「四月の関西劇壇」『演芸画報』三二年五号、一九三八年五月一日）と冷静に評されている。

同じ号に見える「読者の声」欄には「面白かつた。テムポは早く役者の芸を味ふよりも筋で引付けて行くだけに気の毒な処がある〔……〕」とした上で難を指摘する投書が掲載されていたが、東京に『戦国の密使』と題を変えて巡演した際の五所平之助の評は「折角の三好、金子両氏の健闘を裏切つて、スケールの小さなものにしてゐる」（『読売新聞』六月十一日）と責めを役者陣に負わせている。

図5 北野劇場で上演された『無明一番槍』。左から，錦織兵衛介（坂東簑助），秩父の小次郎（市川壽美蔵）

六月二―二十六日に有楽座で上演された『戦国の密使』は、金子洋文（一八九三―一九八五）潤色演出と銘打たれており、大阪での上演の際に寄せられた不満を解消するためにテコ入れがなされたようだ。もっとも、『演芸画報』三二年七号（一九三八年七月一日）の堀川寛一

「六月の東宝を見て」には、「相当うるさい筈の演出家金子洋文氏を使つても、根本的なものは直しやうがなかつたのかも知れない。従つて、面白い筈の芝居が一向に盛り上つて来なかつた」とある。

さらに、『東京朝日新聞』六月十日に見えた水木京太による劇評は罵倒に終始していた。

「三好十郎翻案脚色金子洋文潤色演出と、ひどく手数のかかつた『戦国の密使』も映画の『大帝の密使』明治新派の『瞽使者』須藤五郎原作の『ミシエル・ストロゴフ』——つまり捕はれて盲目にされた密使が、首尾よく役目を果すといふ筋を、狂言作者的に劇化したものに過ぎない。ところが翻案脚色者が十分商売人で、場当りにかけて相当なところへ、潤色演出でひどい強薬を利かせたので、とても尋常には戴けない代物になつてゐる。密使の道連れがその許嫁だつたり、荒寺で再会したり、最後に盲目の使者実は味方さへ欺く目明きの使者だつたり——偶然、衝撃、意外、幸運等等、目先きの変化だけに無用のトリックを盛りこんでゐる。勿論此種の技巧とて有機的に働く場合責むべきでないが、その効果のみを狙ふ御都合主義なため、不自然不合理続出し、肝腎の芝居を支離滅裂ならしめてゐる。従つて登場人物は、これに引ずり廻される木偶に終り、ただ御苦労といふより外ない。」

ということで、ここで終わるといささかアンチクライマックスの感はいなめないが、明治・大正・昭和を通して『ミハイル・ストロゴフ』の物語は様々に楽しまれていたことを見て取っていただくことは出来たかと思う。

本来、日本における『ミハイル・ストロゴフ』の受容を語るに際しては、泉鏡花、瀬沼夏葉、原抱一庵といった森田思軒訳の読者として、同時代に大きな影響を受けたことが知られる人物を取り上げることが基本なのであるが、舞台や映画を通して大きく広がり、複雑に入り組んだ枝葉の部分についての見通しが全く得られていないことに隔靴搔痒たる思いを禁じ得ず、ここでは、メディア横断的に拡散した残響の取り纏めを試みた。本陣たる明治期の読書界での様相については稿を改めて取り組む予定である。

なお、明治・大正期における大阪、京都、名古屋での上演についての記述は『近代歌舞伎年表』各編に、岐阜におけるそれについては岐阜大学教授土谷桃子の調査研究に負っている。末筆ながら記して感謝の意を表する次第である。

【付録】〈驚異の旅〉作品一覧

一、〈驚異の旅〉作品を、エッツェル社から出版された単行本の刊行年順に並べた。よって、とりわけ短篇作品の初出年は本一覧の刊行年とは大きく異なることがある。なお、〈驚異の旅〉というシリーズ名が冠されるのは『ハテラス船長の航海と冒険』からで、また、シリーズ収録作品の選定には識者によって異同もある。

一、『 』は長篇作品、「 」は短篇作品を示す。

一、収録作には『八十日間世界一周』など劇作家との共作が基になった作品があるほか、編集者エッツェルの生前に出版された作品には、その加筆修正をヴェルヌが受け入れていることもある。「フランス人による四十回目のモンブラン登頂」、「ロッテルダムからコペンハーゲンへ」はヴェルヌの弟、ポール・ヴェルヌ名義。ほかはジュール・ヴェルヌ名義だが、『ベガンの五億フラン』、『南の星』はアンドレ・ローリー（パスカル・グルーセ）の、「〈バウンティ号〉の反逆者」はガブリエル・マルセルの原稿を基にした作品。

一、『地の果ての灯台』以降は死後出版であり、ヴェルヌの息子、ミシェル・ヴェルヌによる改作版が流布していたが、近年、ヴェルヌの草稿を基に編纂されたオリジナル版も刊行されている。『ドナウ川の水先案内人』、『〈ジョナサン号〉の遭難者』はミシェル版のタイトル。改稿の程度は作品によって異なり、『トンプソン旅行代理店』、「二十九世紀にて」、「永遠のアダム」、『バルサック調査団の驚くべき冒険』は実質上、ミシェル作品。

一、本一覧の邦題は原題を直訳したもので邦訳のタイトルとは異なる場合がある。本書収録論文の表記では『地底旅行』は『地球の中心への旅』、『ミシェル・ストロゴフ』は『ミハイル・ストロゴフ』と同作品。

一、ヴェルヌには〈驚異の旅〉シリーズ以外にもドキュメンタリー、詩篇、戯曲など無数の著作、作品がある。

一、本一覧は、日本ジュール・ヴェルヌ研究会編纂「〈驚異の旅〉作品リスト」（会誌『Excelsior!』一〇号所収）に編者が修正をほどこしたものである。

一八六〇年代

- 『気球に乗って五週間』*Cinq semaines en ballon*（1863）
- 『地球の中心への旅』*Voyage au centre de la Terre*（1864）
- 『地球から月へ』*De la Terre à la Lune*（1865）
- 『ハテラス船長の航海と冒険』*Voyages et aventures du capitaine Hatteras*（1866）
- 『グラント船長の子供たち』*Les Enfants du capitaine Grant*（1867-68）

一八七〇年代

- 『月を回って』*Autour de la Lune*（1870）
- 『海底二万里』*Vingt mille lieues sous les mers*（1869-70）
- 『浮かぶ街』*Une ville flottante*（1871）〔「海上封鎖破り」« Les Forceurs de blocus » を収録〕
- 『三人のロシア人と三人のイギリス人の南アフリカにおける冒険』*Aventures de trois Russes et de trois Anglais dans l'Afrique australe*（1872）
- 『八十日間世界一周』*Le Tour du monde en quatre-vingts jours*（1873）
- 『毛皮の国』*Le Pays des fourrures*（1873）
- 『オクス博士』*Le Docteur Ox*（1874）〔短篇集――「オクス博士の酔狂」« Une fantaisie du docteur Ox »,「ザカリウス師」« Maître Zacharius »,「氷海の越冬」« Un hivernage dans les glaces »,「空中の悲劇」« Un drame dans les airs »,「フランス人による四十回目のモンブラン登頂」« La Quarantième ascension française du Mont Blanc » を収録〕
- 『チャンセラー号』*Le Chancellor*（1874）〔「マルティン・パス」« Martin Paz » を収録〕
- 『神秘の島』*L'Île mystérieuse*（1874-75）
- 『ミハイル・ストロゴフ』*Michel Strogoff*（1876）〔「メキシコの悲劇」« Un drame au Mexique » を収録〕
- 『黒いインド』*Les Indes noires*（1877）
- 『エクトール・セルヴァダック』*Hector Servadac*（1877）
- 『十五歳の船長』*Un capitaine de quinze ans*（1878）
- 『ある中国人の中国における苦悩』*Les Tribulations d'un Chinois en Chine*（1879）
- 『ベガンの五億フラン』*Les Cinq cents millions de la Bégum*（1879）〔「〈バウンティ号〉の反逆者」« Les Révoltés de la «Bounty» » を収録〕

一八八〇年代

- 『蒸気で動く家』*La Maison à vapeur*（1880）
- 『ジャンガダ』*La Jangada*（1881）〔「ロッテルダムからコペンハーゲンへ」« De Rotterdam à Copenhague » を

収録〕

- 『緑の光線』*Le Rayon vert*（1882）〔「狩りの十時間」« Dix heures en chasse » を収録〕
- 『ロビンソンの学校』*L'École des Robinsons*（1882）
- 『頑固者ケラバン』*Kéraban-le-têtu*（1883）
- 『燃える群島』*L'Archipel en feu*（1884）
- 『南の星』*L'Étoile du Sud*（1884）
- 『シャーンドル・マーチャーシュ』*Mathias Sandorf*（1885）
- 『征服者ロビュール』*Robur-le-conquérant*（1886）
- 『宝くじの券』*Un billet de loterie*（1886）〔「フリット＝フラック」« Frritt-Flacc » を収録〕
- 『フランスへの道』*Le Chemin de France*（1887）〔「ヒル・ブラルタール」« Gil Braltar » を収録〕
- 『北対南』*Nord contre Sud*（1887）
- 『二年間のヴァカンス』*Deux ans de vacances*（1888）
- 『名なしの家族』*Famille-sans-nom*（1889）
- 『上を下への』*Sans dessus dessous*（1889）

一八九〇年代

- 『セザール・カスカベル』*César Cascabel*（1890）
- 『ブラニカン夫人』*Mistress Branican*（1891）
- 『カルパチアの城』*Le Château des Carpathes*（1892）
- 『クロディウス・ボンバルナック』*Claudius Bombarnac*（1892）
- 『坊や』*P'tit-Bonhomme*（1893）
- 『アンティフェール親方のとんでもない冒険』*Mirifiques aventures de Maître Antifer*（1894）
- 『スクリュー島』*L'Île à hélice*（1895）
- 『国旗に向かいて』*Face au drapeau*（1896）
- 『クローヴィス・ダルダントール』*Clovis Dardentor*（1896）
- 『氷のスフィンクス』*Le Sphinx des glaces*（1897）
- 『すばらしきオリノコ河』*Le Superbe Orénoque*（1898）
- 『変人の遺言』*Le Testament d'un excentrique*（1899）

一九〇〇年代

- 『第二の祖国』*Seconde patrie*（1900）
- 『空中の村』*Le Village aérien*（1901）
- 『ジャン＝マリ・カビドゥランの物語』*Les Histoires de Jean-Marie Cabidoulin*（1901）
- 『キップ兄弟』*Les Frères Kip*（1902）
- 『旅行給費』*Bourses de voyage*（1903）
- 『リヴォニアの悲劇』*Un drame en Livonie*（1904）
- 『世界の主』*Maître du monde*（1905）
- 『海の侵入』*L'Invasion de la mer*（1905）

死後刊行

・『地の果ての灯台』*Le Phare du bout du monde*（1905/2004）
・『黄金の火山』*Le Volcan d'or*（1906/1989）
・『トンプソン旅行代理店』*L'Agence Thompson and Co.*（1907）
・『流星を追いかけて』*La Chasse au météore*（1908/1986）
・『ドナウ川の水先案内人／美しき黄なるドナウ』*Le Pilote du Danube/Le Beau Danube jaune*（1908/1988）
・『〈ジョナサン号〉の遭難者／マゼランにて』*Les Naufragés du « Jonathan » / En Magellanie*（1909/1987）
・『ヴィルヘルム・シュトーリッツの秘密』*Le Secret de Wilhelm Storitz*（1910/1985）
・『昨日と明日』*Hier et demain*（1910）〔短篇集――「ラトン一家」« La Famille Raton »,「レのシャープ君とミのフラットさん」« M. Ré-Dièze et Mlle Mi-Bémol »,「ジャン・モレナスの運命」« La Destinée de Jean Morénas »,「いかさま（ハンバグ）」« Le Humbug »,「二十九世紀にて。あるアメリカ人ジャーナリストの二八八九年の一日」« Au XXIXe siècle : La Journée d'un journaliste américain en 2889 »,「永遠のアダム」« L'Éternel Adam » を収録〕
・『バルサック調査団の驚くべき冒険』*L'Étonnante aventure de la mission Barsac*（1919）

あとがき

ジュール・ヴェルヌ（一八二八―一九〇五）は日本で、あるいは世界でもっとも名の知られたフランス語作家のひとりでしょう。『十五少年漂流記』や『海底二万里』は今も小中学生向け推薦図書のど定番ですし、東京やパリのディズニーリゾートに、作品にちなんだアトラクションがある十九世紀の作家などほかに誰がいるでしょうか。アレクサンドル・デュマの『三銃士』などもさまざまなメディアに翻案されていますが、デュマが過去に向き、歴史小説で成功したのに対し、ヴェルヌには科学が開く進歩主義的な未来のイメージが付与され、これが現代においてヴェルヌをより特権的にしていると思われます。「人が想像できることは、必ず人が実現できる」というコピーが幾度となくテレビCMでヴェルヌの言葉として引かれ、企業の先進性をアピールするのに一役買っているのもそのためでしょう。

ただし、例えばこの文言はある伝記の記述が独り歩きしたもので、ヴェルヌ自身の言葉としてはどのテクストにも見あたりません。ヴェルヌとその作品はこうした有名税に喘ぎ苦しんできました、青少年向け科学冒険小説作家、ないしはSF文学の祖といった、わかりやすいレッテルにも。〈驚異の旅〉とほぼ同時期に

〈ルーゴン＝マカール〉シリーズを書き継ぎ、ヴェルヌがライヴァル視していたエミール・ゾラが、スキャンダルもあれ、生前から文学史の正典《キャノン》に名を連ねた一方、月、海底、地球の中心、そして世界一周の旅を描き、大スペクタクル劇でヒットを飛ばしたヴェルヌはどうあっても大衆作家であり、場合によっては通俗作家、娯楽小説作家にさえ分類されます。しかし日本におけるヴェルヌ研究の牽引者、私市保彦氏が本書「まえがき」で述べるように、ヴェルヌ作品は一時の忘却を経たのち、二十世紀中葉からは「本格的な文学」としても再読されるようになりました。しかし、どういった意味で？　それが本書の問いとなります。

編者もまた、ずいぶん大人になってからヴェルヌを読み直し、その破天荒なテクスト――個人的には海底にも漂流にもさほど興味がありません――に唖然としたり、笑い転げたりする一方、冒険や旅といった筋書きの裏でなにか別の装置が作動しているのではないかという漠たる印象を抱いてきました。そしてそれは、現代になってついに理解できるような文学的革新性なのではないかとも。この雑感を言語化すべく、二〇一七年秋、今日におけるヴェルヌ研究の第一人者フォルカー・デース氏を日本に招聘し、さらに、専門を異にする国内の文学研究者にお集まりいただき、ヴェルヌを主題とした国際シンポジウムの開催を立案しました。本書は同シンポジウムと、その後の各登壇者の研究成果を収めた、単行本としてはおそらく本邦初のヴェルヌ論集となります。なお論者には基本的に、ヴェルヌと誰々というお題で講演、執筆をしていただきました。

各論の内容は読者のみなさまに委ねるとして、ここでは全体の流れを概観しておきましょう。私市氏の序言で幕を開ける本書はまず、ヴェルヌという作家を形成した先人とヴェルヌとの関係、その再考をおこないます。ヴェルヌが愛読した作家は数多あれ、しかしこと、その文学的模範となるとドイツのE・T・A・ホフマン、そしてアメリカのエドガー・アラン・ポーが双璧をなします（さらに足せば、ジェイムズ・フェニモア・クーパーですが）。ヴェルヌは、悪魔に類するキャラクターが登場する「ザカリウス親方」のような幻想譚を数篇残していますが、そうした作品は科学主義、進歩主義作家の余技であり、幻想文学の大家ホフマンへの単なるオマージュなのでしょうか？　デース氏の精緻な論考はそうした古典的なヴェルヌ像を根底から覆すものでしょう。同論はまた、本書全体を貫く二つの問題提起をおこなっています。ひとつ、ヴェルヌ作品における「科学」の真の言意。ふたつ、ヴェルヌ作品における「文学の文学」という視座。つまりはヴェルヌにおけるサイエンスとフィクション、その新たな意味。これは続く論考の各所と呼応し合い、畢竟、われわれが今日、見いだすべきヴェルヌ像をあぶり出すための起点になっています。デース氏は現在、フランスのヴェルヌ協会会誌の編集長を務めるドイツ在住の研究者。翻訳を担った盟友の石橋正孝氏とは、ヴェルヌ伝記の決定版であるフォルカー・デース『ジュール・ヴェルヌ伝』石橋正孝訳（水声社、二〇一七年）に続く共演となります。

もう一柱のポーについてはポー研究の泰斗である巽孝之氏に後段たっぷり論じていただくとして、ヴェルヌが母国で直接の薫陶を受けた師といえばアレクサンドル・デュマとなります。デース氏が存分に示したとおり、そもそもヴェルヌ作品は間テクスト性に富むわけですが、同『シャーンドル・マーチャーシュ』（既訳の邦題は『アドリア海の復讐』）はデュマ『モンテ゠クリスト伯』のリメイク作品であり、ヴェルヌにおける「文学の文学」という主題を考える際に欠かせないテクストです。ロートレアモン研究で知られるも、近年ヴェルニアンとして大活躍する三枝大修氏の細密な分析と新発見からは、アレンジ作家ヴェルヌの面目躍如たる手並みが伝わってきます。なお、三枝氏は現在、『シャーンドル・マーチャーシュ』の新訳を準備中であり、刊行が大いに待たれています。

ヴェルヌが約五年間生きた二十世紀に進みましょう。今日、二十世紀フランス文学をプルーストとルーセルに代表させる論者は少なくありません――多くはない、のかもしれませんが。ともあれ、その二十世紀フランス文学の両輪もヴェルヌの読者でした、方や本質的な、方や横断的な。とりわけ本書のヴェルヌと誰々のなかでもっとも驚くべき誰々こそ、マルセル・プルーストに相違ないでしょう。プルーストと西洋近代絵画を専門とする荒原邦博氏は、そんな両者のあいだに横断線を見いだす「前代未聞の冒険」に乗り出し、これまで瞠目すべき成果をあげてきました。その冒険は、ヴェルヌ自体の再評価もあれ、ヴェルヌを欠いた歴代プルースティアンの文学史を、ミシェル・ビュトールを範に「プルーストをヴェルヌとともに演奏する」ことで読み替えていく大胆な試みとなっています。ここで氏が紹介する、ジャック・リヴィエールが定義するところの〈冒険小説〉は、ヴェルヌ再読の鍵となる概念でしょう。

今日、ヴェルヌ作品がフランスで再版される際、その宣伝文句としてレーモン・ルーセルのヴェルヌ讃美が引かれるのは半ばお約束と化した現象です。子ども向きとして軽視され、忘れられたかつての人気作家の復活を、生前ほぼ無名であった詩人の言葉でもちあげる。これは文学史の皮肉かもしれません。とはいえ、ルーセルのようなゲームチェンジャーが神と崇め奉ったことが、ヴェルヌの現代性を裏づけるのは確かなことであるはずです。しかしルーセルはやはりどこまでもルーセルであって、常軌を逸したその偏愛ぶりにもかかわらず、両者の影響関係の解明は一筋縄ではいきません。拙論ではその探求の端緒として、ヴェルヌ作品の影をルーセルのテクストから拾いあげ、その実態を明らかにするとともに、二人の邂逅の意味合いを再検討しました。

ヴェルヌの成功はフランス国内に無数のエピゴーネンを生じさせたばかりか、日本を含む各国においてリアルタイムで翻訳紹介――魯迅は日本語版から中国語に重訳しています――され、たちまち世界の文学者たちに影響力を及ぼします。ホフマンとドイツSF文学を専門とする識名章喜氏の論考からは、たとえばドイツでのヴェルヌ受容がどれほどの盛りあがりを見せていたかをうかがい知ることができます。そんな状況のなかで〈ドイツのヴェルヌ〉と呼ばれてしまった作家クルト・ラスヴィッツは、おそらくヴェルヌとは逆の意味で、そのレッテルに苦しんだ人物といえるかもしれません。科学者かつ哲学者であるラスヴィッツは、ヴェルヌのような大衆作家と十把一絡げにされることを嫌ったわけですが、まさにヴェルヌは科学者でも、科学の教育を正式に受けた人物でもなく、ここでもヴェルヌにおける「科学」が、本来の科学者作家との対比によって相対化されています。

イギリスでは、プルーストが「イギリスのヴェルヌのような作家」としたH・G・ウェルズ、そしてアーサー・コナン・ドイルがやはりヴェルヌの読者でした。デース氏と並ぶヴェルヌ研究の第一人者で、マルチな領域で文芸批評家としても活躍する石橋正孝氏は、ダニエル・デフォー『ロビンソン・クルーソー』を近代文学における書く／読まれるという行為のメタフィクションとして捉える議論から、読者という存在の役割に注目し、ともに天性の二次創作者であるも、〈シャーロック・ホームズ〉シリーズにおいて「ロビンソン的状況を生きてしまった」ドイルに対して、ヴェルヌはある離れ業によってロビンソンという近代の神話の呪いから脱し、それをして『神秘の島』をはじめとする新たなロビンソンものの書き手になり得たと説きます――「〈驚異の旅〉とはその全体が、地球という島を隈なく記述する『ロビンソンもの』なのだ」、この指摘には唸らされること必至です。

石橋氏が提起した、作者としてのロビンソン、探偵としての作者、地球の中心への入口としての極、二次創作といった着眼点は、そのまま巽孝之氏の「続篇製造業学」というコンセプトに連絡されています。ヴェルヌは、ポー『ナンタケット島のアーサー・ゴードン・ピムの冒険』の続篇、『氷のスフィンクス』を書くわけですが、巽氏はむしろ『地底旅行』(『地球の中心への旅』)こそが「致命的なほど未完成」な『ピム』の続篇にほかならず、さらには「以後のありとあらゆる古生物学的空想科学小説の起源」だとします。また同作は、ポーの未完の短篇草稿「灯台」とも呼応し合っているとのこと(同作品の巽訳が本篇で読めます!)。地球空洞説を提唱したシムズからポー、ヴェルヌ、ブラッドベリ、さらに奥泉光へと連なる続編製造の系譜、まさに巽氏一流の、豊かな文学の旅案内を満喫することができます。

ヴェルヌをはじめ、これまで名の挙がったポー、ウェルズ、ドイル、ラスヴィッツらは一九二〇年代に北米で誕生するジャンルSFの先駆作家とされます。しかし彼らは、そしてヴェルヌは、どういった意味でSF文学の祖といえるのでしょうか。フィリップ・K・ディックやスタニスワフ・レムを中心としたSF批評で知られ、現在、日本ジュール・ヴェルヌ研究会の会長を務める島村山寝氏はこの古典的かつ未解決の大問題に対し、テクスト理論や擬人化という概念を駆使し、カフカ、ヴィリエ・ド・リラダン、アドルフォ・ビオイ＝カサーレス――すべて独身者機械作家であるのは偶然ではないでしょう――を横断しながら、デース氏の提起したサイエンスとフィクションというキーワードを回収、ヴェルヌをSF文学の入口に立つ作家（出口に立つのはレム）とする真の理由に迫り、SF文学というジャンル自体の再定義をおこなっています。

ヴェルヌが大衆的である所以のひとつに、生前から『八十日間世界一周』と『ミハイル・ストロゴフ』の大がかりな舞台公演がヒットし、あるいはジョルジュ・メリエスによる黎明期の映画として――ただし、同「月世界旅行」の原作は厳密にはヴェルヌ作品ではありません――つまり活字以外の媒体を通して作品が流通したという事情があります。世界大戦後は、恐竜おたく少年だった巽氏を熱狂させた映画版「地底旅行」や、さらに降って現代日本のアニメーションでも「不思議の海のナディア」の原作が『海底二万里』であり、「機動戦士ガンダム」のプロットが『十五少年漂流記』からとられるなど、ヴェルヌ作品は今風の言葉でいえば、メディアミックス展開に適しているといえるわけです。つまりドイツ語圏作家が苦手とする娯楽性（識名氏）。明治大正期の翻訳文学を研究対象としている藤元直樹氏の調査は、その事情が明治期に起きたヴェルヌ翻訳ブームの時代から変わってはいないことを教えます。現代の日本では読者を獲得しているとはいえない『ミハイル・ストロゴフ』が、明治大正期には近代演劇によって、さらに昭和に入ってからは映画によって盛んに翻案されていたことには寡聞にして驚きを禁じえませんでした。原作そっちのけともいえる皇帝の密使の独り歩きは、まさに「わかりやすさと応用可能性」の実例であり、これもまた、ヴェルヌ作品が二次創作を誘う理由のひとつともできます。ちなみに歳こそ違え、川上音二郎の誕生日を新暦に直すと、ヴェルヌと同じ二月八日になるそうです。

以上、フィクション生成の舞台で縦横無尽の冒険をくり広げた作家たち、いわばフィクションの冒険者たちの肩越しにヴェルヌを眺めてきました。そこで見えてきたのは、テクストでテクストを紡ぐヴェルヌの〈手法〉であり、新たなフィクション構築の礎としての近代科学ということではなかったかと考えられます。それが回り回って大衆性の産物であったことも。青少年向け科学冒険小説を年数作、あるいは二巻本を一作といったペースで量産する縛りがあったからこそ、ヴェルヌは「自我の問題ばかりを重視し、それに拘泥する」（荒原氏）近代文学の呪縛から無縁となり、読者の参画を促してロビンソン神話を超克し、二次創作を続篇製造という〈手法〉にまで高め、言語の物性を露呈させたルーセルの詩学に近づくとともに、レムのいう〈SF文学〉、つまり新たな文学ジャンルを築いてしまったのではないか。もちろん、その天才と文学的栄光を求める弛まぬ努力によって。それが今日、リヴィエール由来の〈冒険〉的な読みを誘発し続けている。ホフマン、ポー、カフカ、ルーセルらが経験した死後の復活を、ヴェルヌもまた一世紀のときを経てなしとげるのか。読者としてテクストに参入することで、ひき続き、この作家のフィクションの冒険に同行しようと思った次第です。

冒頭に記したように本書は、フォルカー・デース氏を迎えておこなわれた国際シンポジウム（二〇一七年十月二十二日、慶應義塾大学日吉キャンパス）をきっかけに企画されました。なお、デース氏はその前日、早稲田大学で開催されたシンポジウム「〈他者〉としてのカニバリズム」にも登壇しています。当日は大型台風の接近が予想され、準備にあたって胃の痛い時間を過ごしましたが、大雨のなか多数の聴衆に恵まれ、事故も大きなトラブルもなくシンポジウムは無事閉幕。初来日のデース氏はひじょうに気さくな人物で、日本ジュール・ヴェルヌ研究会のメンバーも交えて何度か食事をともにするなどし、親睦を深めることができました。石橋氏の案内で鎌倉にも足を伸ばされたそうです。

遠路はるばる来訪し、早慶でシンポジウムを梯子してくださったデース氏、シンポジウムの実現にあたって多大なるご助力をいただいた石橋氏、島村氏、早稲田大学の橋本一径氏、開会の挨拶を賜った私市氏、勤務校で共同研究者を務めていただいた識名氏と巽氏、なによりも力のこもった論考を仕あげてくださった執筆陣各位、そしてシンポジウムに来場いただき、書籍化を後押しし、編集の労を執ってくださった水声社の廣瀬覚氏に深く感謝申しあげます。読者のみなさまにとってこの論集が二十一世紀におけるヴェルヌを模索する一歩となれば望外の喜びです。なお、本書の刊行にあたっては慶應義塾大学学事振興資金（二〇二〇年度、共同研究）の援助を受けました。

二〇二〇年十二月三十一日　長倉にて　　新島進

編者／執筆者について——

新島進（にいじますすむ）　一九六九年、埼玉県生まれ。レンヌ第二大学大学院博士課程修了。博士（文学）。現在、慶應義塾大学教授。専攻、近現代フランス文学、SF文学。主な著書に、『ジュール・ヴェルヌが描いた横浜』（編著、慶應義塾大学教養研究センター、二〇一〇年）、主な訳書に、ジュール・ヴェルヌ『カルパチアの城／ヴィルヘルム・シュトーリッツの秘密』（インスクリプト、二〇一八年）、レーモン・ルーセル『額の星／無数の太陽』（共訳、平凡社ライブラリー、二〇一八年）などがある。

＊

私市保彦（きさいちやすひこ）　一九三三年、東京都生まれ。東京大学大学院修士課程修了。武蔵大学名誉教授。専攻、フランス文学。主な著書に、『ネモ船長と青ひげ』（晶文社、一九七六年）、『幻想物語の文法』（ちくま学芸文庫、一九九七年）、『フランスの子どもの本』（白水社、二〇〇一年）、『名物編集者エッツェルと巨匠たち』（新曜社、二〇〇七年）などがある。

フォルカー・デース（Volker Dehs）　一九六四年、ブレーメン生まれ。ゲッティゲン大学、ナント大学で文学・美術史・哲学を学ぶ。ジュール・ヴェルヌ協会会報編集長、ジュール・ヴェルヌ国際センター会員。主な著書に、『ジュール・ヴェルヌ伝』（石橋正孝訳、水声社、二〇一四年）、『ヴェルヌ研究書誌ガイド』、『ヴェルヌ・エッツェル往復書簡集』（編著、全五巻）などがある。

三枝大修（さいぐさひろのぶ）　一九七九年、千葉県生まれ。ナント大学大学院博士課程修了。博士（文学）。現在、成城大学准教授。専攻、近代フランス文学。主な著書に、『フランス文学を旅する60章』（共著、明石書店、二〇一八年）、主な訳書に、ミシェル・レリス『オペラティック』（共訳、水声社、二〇一四年）、ジュール・ヴェルヌ『蒸気で動く家』（共訳、インスクリプト、二〇一七年）などがある。

荒原邦博（あらはらくにひろ）　一九七〇年、東京都生まれ。東京大学大学院総合文化研究科博士課程単位取得退学。博士（学術）。現在、東京外国語大学大学院准教授。専攻、近現代フランス文学、美術批評研究。主な著書に、『プルースト、美術批評と横断線』（左右社、二〇一三年）、主な訳書に、ジュール・ヴェルヌ『ハテラス船長の航海と冒険』（インスクリプト、二〇二一年）などがある。

識名章喜（しきなあきよし）　一九五六年、東京都生まれ。東京大学大学院博士課程単位取得退学。現在、慶應義塾大学文学部教授。専攻、ドイツ近現代文学、ドイツ語圏のSF。主な訳書に、リュディガー・ザフランスキー『E・T・A・ホフマン』（法政大学出版局、一九九四年）、ヨースト・ヘルマント『理想郷としての第三帝国』（柏書房、二〇〇二年）、フケー『水の精』（光文社、二〇一六年）などがある。

石橋正孝（いしばしまさたか）　一九七四年、横浜市生まれ。パリ第八大学大学院博士課程修了。博士（文学）。現在、立教大学准教授。専攻、十九世紀フランス文学。主な著書に、『〈驚異の旅〉または出版をめぐる冒険』（左右社）、主な訳書に、ジュール・ヴェルヌ『地球から月へ　月をまわって　上も下もなく』（インスクリプト、二〇一七年）、ミシェル・ビュトール『レペルトワールI』（監訳、幻戯書房、二〇二一年）などがある。

巽孝之（たつみたかゆき）　一九五五年、東京都生まれ。コーネル大学大学院博士課程修了（Ph.D）。現在、慶應義塾大学教授。専攻、アメリカ文学思想史・批評理論。主な著書に、『サイバーパンク・アメリカ』（勁草書房、一九八八年）、『ニュー・アメリカニズム　増補決定版』（青土社、二〇一九年）、訳書にダナ・ハラウェイ他『サイボーグ・フェミニズム』（水声社、二〇〇一年）、ポー『黒猫・アッシャー家の崩壊』（新潮社、二〇〇九年）などがある。

島村山寝（しまむらさんしん）　一九六八年、横浜市生まれ。SF批評家。日本ジュール・ヴェルヌ研究会会長。主な論考に、「過剰なる分身――SFの臨界点をめぐって」（『水声通信』、二七号）などがある。

藤元直樹（ふじもとなおき）　一九六五年、京都府生まれ。東京大学大学院博士課程満期退学。主な論考に、「英国作家ジュール・ヴェルヌ――明治期翻訳のねじれ」（『水声通信』、二七号）などがある。

ジュール・ヴェルヌとフィクションの冒険者たち

二〇二一年三月一〇日第一版第一刷印刷　二〇二一年三月二〇日第一版第一刷発行

編者――新島進

執筆者――私市保彦＋フォルカー・デース＋三枝大修＋荒原邦博＋
識名章喜＋石橋正孝＋巽孝之＋島村山寝＋藤元直樹

装幀者――宗利淳一

発行者――鈴木宏

発行所――株式会社水声社
東京都文京区小石川二―七―五　郵便番号一一二―〇〇〇二
電話〇三―三八一八―六〇四〇　ＦＡＸ〇三―三八一八―二四三七
［**編集部**］横浜市港北区新吉田東一―七七―一七　郵便番号二二三―〇〇五八
電話〇四五―七一七―五三五六　ＦＡＸ〇四五―七一七―五三五七
郵便振替〇〇一八〇―四―六五四一〇〇
URL : http://www.suiseisha.net

印刷・製本――ディグ

ISBN978-4-8010-0554-9
乱丁・落丁本はお取り替えいたします。